上岗就业百分百系列丛书

包装工上岗就业百分百

上岗就业百分百系列丛书编委会　组编

机械工业出版社

本书是参照行业中初、中级包装工的等级标准及职业技能鉴定规范要求,按照岗位培训需要的原则编写的。本书主要内容包括:绪论、包装材料及包装设备、纸制品包装、塑料包装、其他容器包装、充填、现代商品包装技术。本书内容由浅入深、由简单到复杂,突出技术实用性和通用性,图文并茂,通俗易懂。

本书主要作为企业培训部门、职业技能鉴定培训机构、再就业和农民工培训机构的培训用书,也可作为技校、中职及各种短训班的教学用书。

图书在版编目(CIP)数据

包装工上岗就业百分百/上岗就业百分百系列丛书编委会组编.
—北京:机械工业出版社,2011.3
(上岗就业百分百系列丛书)
ISBN 978-7-111-33182-7

Ⅰ.①包… Ⅱ.①上… Ⅲ.①包装 - 工艺学 Ⅳ.①TB48

中国版本图书馆 CIP 数据核字(2011)第 012078 号

机械工业出版社(北京市百万庄大街 22 号 邮政编码 100037)
策划编辑:王晓洁 责任编辑:赵磊磊 责任校对:李秋荣
封面设计:马精明 责任印制:乔 宇
北京机工印刷厂印刷(三河市南杨庄国丰装订厂装订)
2011 年 4 月第 1 版第 1 次印刷
169mm×239mm · 11.75 印张 · 315 千字
0 001—3 000 册
标准书号:ISBN 978-7-111-33182-7
定价:25.00 元

前　言

随着我国工业化进程的加速、产业结构的调整和升级，经济发展对高质量技能人才的需求不断扩大。然而，技能人才短缺已是不争事实，并日益严重，这已引起中央领导和社会各界的广泛关注。面对技能人才短缺现象，政府及各职能部门快速做出反应，采取措施加大培养力度，鼓励各种社会力量倾力投入技能人才培训领域。为认真贯彻国家中长期人才发展规划（2010—2020年），适应全面建设小康社会对技能型人才的迫切要求，促进社会主义和谐社会建设，我们特邀请有关专家组织编写了这套"上岗就业百分百系列丛书"。

本套丛书在编写中以企业对人才的需求为导向，以岗位职业技能要求为标准，以与企业无缝接轨为原则，以企业技术发展方向为依据，以知识单元体系为模块，结合职业教育和技能培训实际情况，注重学员职业能力的培养，体现内容的科学性和前瞻性。同时，在编写过程中力求体现"定位准确、注重能力、内容创新、结构合理、叙述通俗"的特色，为此在编写中从实际出发，简明扼要，没有过于追求系统及理论的深度，突出"上岗"的特点，使具有初中文化程度的读者就能读懂学会，便于广大技术工人、初学者、爱好者自学，掌握基础理论知识和实际操作技能，从而达到实用速成、快速上岗的目的。

本套上岗就业百分百系列丛书编委会的组成人员有：汪立亮、刘兴武、袁黎、徐寅生、陈忠民、张能武、黄芸、徐峰、杨光明、潘旺林、潘珊珊、兰文华、邱立功。我们真诚地希望本套丛书的出版能对我国技能人才的培养起到积极的推动作用，能成为广大读者的"就业指导、创业帮手、立业之本"。

由于编者水平有限，书中难免有错误和不妥之处，恳请广大读者批评指正。

上岗就业百分百系列丛书编委会

目　录

第1单元

绪 论

知识要点

- · 熟悉商品包装的基本概念、组成及分类。
- · 了解我国包装工业的特点及发展过程。
- · 了解我国包装业发展的四大趋势。

模块一 商品包装的基本概念

一、商品包装的概念

我国在国家标准(GB/T 4122.1—2008)中对包装的定义为:包装是为在流通过程中保护产品,方便运输,促进销售,按一定技术方法而采用的容器、材料及辅助物等的总体名称。也指为了达到上述目的而采用容器、材料和辅助物的过程中施加一定方法等的操作活动。

从包装的定义看,有以下两层含义:若静态地理解,包装就是指容器、材料及辅助物等,也就是包装企业部门可提供的产品,即包装商品所用的物料;若动态地理解,是指包装操作活动。

图1-1所示为包装概念的框图,从图中可以看出,包装不仅包含一种包装材料、一个容器,还包括包装技术活动。这是因为产品必须通过包装技术活动对其进行填充、封装、密封等,即将包装物料与产品组装,构成一个包装件,才能使产品在运输、仓储、保存过程中保持其初始质量。

包装材料有纸、塑料、金属、玻璃、陶瓷、天然材料、复合包装材料等。包装容器有箱、袋、盒、桶、瓶、罐等。包装辅助物有密封物(如瓶盖、瓶塞)、隔离物(如隔板、衬板)、紧固物(如铁钉、捆扎绳)、标志物(如标签、吊牌)、胶黏剂等。包装技术活动有防潮包装、防水包装、防霉包装、无菌包装、防虫害包装、防锈包装、防震包装、防伪包装、真空包装、泡罩包装、贴体包装、收缩包装、拉伸包装等。

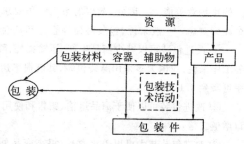

图1-1 包装概念框图

二、商品包装的地位与作用

包装虽然不像钢铁、汽车、电子、建筑等行业那样是国民经济发展的主导和支柱产业,但是随着社会主义市场经济的发展,包装工业的地位和作用日益突出。

包装对提高经济和社会效益的重要作用可以体现在以下几个方面:

1. 包装保护产品的功能

现代包装是社会化大生产和商品经济发展的产物。如果包装不能随着商品经济的发展而相应发展,将使已经生产出来的许多物资白白损失掉。

2. 包装便于储运的功能

商品的储运量与商品经济的发达程度成正比。商品经济越发达,商品的储运就会越迅速和频繁,因而减少和节约花费在储运环节的劳动消耗,意义就更重大。而改进包装就可以通过便于运输装卸、提高运载能力、利于储存以及便于堆码、点数等有效途径提高经济效益。

3. 包装促进销售的功能

包装之所以可以促进销售是因为随着人民消费水平的提高,人们对商品外在质量提出了越来越高的要求,而且一件造型美观、新颖、结构精巧、印刷精美的包装商品本身就有很强的广告促销效能。

4. 包装增加价值的功能

包装是商品的一部分,商品价值中的一部分中有包装的价值,从事商品包装的劳动也是生产劳动。包装的价值有两部分,一部分是与其他商品具有同样性质的劳动消耗所创造的价值,也就是完成保护产品、方便储运、促进销售的功能。另一部分则是包装所独有的,因其具有满足刺激用户要求、增加销售等功能而能增加商品的价值,包装增加价值的功能源于人们对美和受人尊敬的需要。包装增加价值的功能可以形象地表示为 $1+1>2$。此处的前一个 1 表示单位产品具有的效用价值,后面的一个 1 表示包装单独具有的价值。按理说,产品和包装组合后即产品被包装后成为包装商品,其具有的价值应该是产品和包装各自单独存在时的价值之和,但事实上,商品包装的价值却可能超过其两者的和,这超过的部分就是包装增加的价值。当然,如果包装不好,其商品包装价值可能小于两者的和。

包装不仅是商品的必要组成部分,而且也是沟通商品生产的最后一道工序。从流通过程看,包装可保护商品、美化商品、宣传商品以及便于商品储存、运输、销售和使用,从而可提高商品的市场竞争能力。因此,激烈的市场竞争要求重视包装,不断地改进包装,这已成为企业的一个经营观念。一般来说,包装对提高企业和社会经济效益的制约作用表现在以下四个方面。

① 改进包装可以减少商品生产、运输损耗,降低商品销售成本。例如,对玻璃瓶厂最后一道包装工序来说,我国大多采用麻袋包装,其破损率达 10% ~20%。而采用托盘热收缩薄膜包装,破损率可降到 0.1% 以下。

② 改进包装可以便于商品运输、销售和使用,从而扩大销路。例如,同样出口茶叶,小包装出口增值二倍。

③ 改进包装技术可以美化商品,提高商品外观质量,提高"身价",增加了附加价值。我国出口玻璃器皿的品种多达数百种,原来一律用白瓦楞盒包装出口,外观十分粗陋,进不了国外超级市场。近几年来,通过改进包装扩大了销路,售价也普遍上升,有的已进入了超级市场。

④ 改进包装可以降低包装成本。目前,包装费用在商品售价中已占相当比例。因此在市场竞争日益激烈的今天,企业在考虑其产品售价的同时,不得不考虑对商品售价具有很大影响的包装

材料价格、包装人力价格以及运输和装卸费用。在我国,通过改进包装,降低包装费用的事例很多。例如,我国出口石蜡改为缝合型塑料编织吨装袋后,包装费由每个 350 元降为 270 元,每年增收外汇 20 万美元。

三、商品包装的组成

包装的种类很多,但无论包装的个体或群体,都是由下面四个要素组成的。

1. 材料

包装材料是包装的骨肉,是构成包装实体的物质基础,因此,没有材料就没有包装。

可用作包装材料的物质很多,包括纸、塑料、金属、玻璃、木材、陶瓷等主要材料和辅助材料。它们的成分、结构、性质和用量,决定着包装的性能、质量和用途,并对包装的生产、成本和回收处理等有重要影响。

2. 容器

包装容器是具有一定空间结构形式的包装材料形体化。常见容器的结构形式有骨架结构、编织结构、板式结构、空柱结构、薄壳结构、袋式结构等。在实际应用中,可根据包装的目的,以及产品对包装的功能要求来决定采用何种结构形式。

包装容器是包装技术的承担者。一个完全的包装结构,一般包括静的组合成分和动的机构部分。静的组合成分是构成包装实体的骨架,对容器各组成部分起连接和支撑作用;动的机构部分是控制内装物进出数量的功能部件,具有方便使用和包装安全的作用。两者有机地统一起来,就能使设计的包装技术体现出来。同时,包装容器还是商品信息的载体。反映商品特征的视觉信息只有印制在包装容器上才能传递给顾客。因此,包装容器也是传递商品信息的媒介。

3. 技术

包装技术是根据自然科学原理、生产经验和设计要求,用相应的设备、工具,使包装物和内装物组成包装件的方法或工艺操作程序。包装技术水平受某一区域的科学基础、经济发展、政治文化等因素的影响,是衡量包装水平的标志。

从实际效果看,包装技术有以下几种类型,但它们都是相互关联的。

(1)防护性技术

防护性技术是能保证内装物安全无损的技术,包括防震、防潮、防水、保鲜、防锈、防虫害、防盗、防窃换等包装技术。

(2)适用性技术

适用性技术是能使包装在实际应用中具有坚固耐用、可靠、高效、方便等性能的包装技术。

(3)装饰性技术

装饰性技术是能使美化包装商品的设计构思得以实现,使包装外观具有艺术魅力的装潢印刷等工艺技术。

(4)经济性技术

经济性技术是能使包装降低资源、能源消耗,节省包装成本、流通费用及消费者支出的包装技术。

4. 信息

包装的形、色、质等视觉要素迅速地传递商品信息,同时消费者以自己的感官接受这些信息,并直接影响其购买行动。

凡是一个完全的包装,都包含以上四个要素。在进行包装设计时,应全面考虑四个要素的最佳组合,使包装符合科学、牢固、美观、经济、适销的原则,以充分发挥包装的功能。

四、商品包装的分类

对商品包装进行科学分类,其首要问题是选择适当的分类标志,这是进行分类所依据的标准。可作为分类的标志有三类:特性标志,是用文字来表达不同包装的特征,为大多数分类方法所采用;数量标志,是用数字来表达各类包装的特征;综合标志,是用文字和数据结合起来表达包装的特征。

根据包装分类所选用的标志不同,可按以下方法进行分类。

(1) 以包装材料为依据的分类

① 纸包装,如纸袋、纸盒、纸箱、纸杯、纸管等。

② 塑料包装,如塑料袋、塑料瓶、塑料箱等。

③ 金属包装,如铁桶、铝罐、马口铁罐等。

④ 玻璃包装,如玻璃瓶。

⑤ 陶瓷包装,如瓷瓶。

⑥ 木质材料包装,如木桶、木盒、木箱等。

⑦ 纤维制品包装,如麻袋、绳类等。

⑧ 复合材料包装,如用纸、塑料、铝箔等复合材料制成的袋等。

⑨ 其他材料包装,如草袋、竹筐、条篓等。

(2) 以包装容器特征为依据的分类

① 按包装容器的结构形态,可分为箱盒类包装、袋类包装、瓶类包装、罐类包装、桶类包装、坛缸包装、管类包装、盘类包装、筐篓包装等。

② 按包装容器的刚性不同,可分为软包装、硬包装。

③ 按包装容器的结构特点不同,可分为固定式包装、可拆卸包装、折叠式包装。

④ 按包装容器的质量水平高低,可分为高档包装、中档包装、低档包装。

⑤ 按包装容器的密封性,可分为密封包装、非密封包装。

⑥ 按包装容器结构造型特点,可分为便携式、易开式、开窗式、透明式、悬挂式、堆叠式、喷雾式、组合式、礼品包装等。

(3) 以内装物特征为依据的分类

① 按内装物在社会再生产中被消费的用途不同,可分为生产资料包装、消费资料包装。

② 按内装物的物理形态不同,可分为固体包装、液体包装、气体包装、混合物体包装。

③ 按内装物的商品种类不同,可分为食品包装、药品包装、电器包装、五金包装、机械包装、纺织品包装、化妆品包装等。

④ 按内装物数量的不同,可分为单件包装、多件包装(把多件相同产品包在一个容器里)、配套包装(把多件品种相同但规格不同的产品或品种不同但用途相关的产品包装在一个容器里)。

⑤ 按内装物可供使用的数量不同,可分为一次用量包装、多次用量包装。

⑥ 按内装物的特性不同,可分为普通包装、危险品包装、特种包装。

(4) 以包装应用情况为依据的分类

① 按包装在物流过程中的使用范围不同,可分为运输包装、销售包装、运销两用包装。

② 按在包装件中所处的空间地位不同,可分为内包装、中包装、外包装。

③ 按容器使用的频数不同,可分为一次用包装、多次用包装。

④ 按容器适用的对象范围不同,可分为专用包装(如农药瓶、水泥袋、汽油桶)和通用包装。

⑤ 按包装所适应的群体不同,可分为民用包装、公用包装、军用包装。

⑥ 按包装所适应的市场不同,可分为内销包装、出口包装。出口包装有消费者常见的习惯包装、按国外标准制作的标准包装、为打破进口国和地区限制措施而采用的中性包装。

（5）以包装技术为依据的分类

① 按包装技术的不同,可分为缓冲包装、透气包装、真空包装、充气包装、灭菌包装、冷冻包装、施药包装(施加吸氧剂、防霉剂、杀虫剂等化学物质的包装)等。

② 按包装技术的防护目的不同,可分为防潮包装、防水包装、防震包装、保鲜包装、防虫包装、防锈包装、防盗包装、儿童防护包装等。

（6）以货物运输工具为依据的分类

按运输工具不同,可分为公路货物包装、铁路货物包装、航运货物包装、空运货物包装。

（7）以包装用后处理情况为依据的分类

按内装物消费后的包装容器的处理情况不同,可分为回收包装、不回收包装。

模块二 我国包装工业的特点及其发展

一、我国现代包装工业的特点

同其他工业门类相比,现代包装工业在技术经济方面具有以下五个基本特征。

① 包装工业是许多行业分支的集合,是一种横向性行业。包装工业中,许多企业属于不同行业。

② 包装工业与其他商品生产的行业有着密切的技术经济联系。包装产品往往是其他行业产品的一个组成部分。没有包装的产品一般不能完成从生产到流通再到消费的全过程。

③ 包装工业从总体上说是国民经济中的辅助性行业,同时又是必不可少的独立性行业,具有两重性。包装产品既为其他商品作嫁衣,又作为一种独立商品提供给市场。

④ 包装工业的生产一般以中小企业为主体,企业具有多品种、小批量的生产特点。

⑤ 包装工业的技术是涉及多门类、多学科的综合技术。

二、我国包装工业的发展

包装工业作为一门新兴工业,其迅速发展是近几十年的事。我国的包装工业在新中国成立后才逐渐发展起来,但发展不平衡。新中国成立后的前 30 年,由于我国实行的是一种统一计划的、产品经济的管理体制,客观上对包装的需求和要求不是太高,包装工业没有受到重视,发展缓慢,没有自己专门的管理机构和行业组织,为数不多的包装企业主要分散在轻工、商业、经贸等部门。当时由于人们还没有认识到包装应是一门工业,所以考虑包装问题更多地是从产品出发。商业、轻工、外贸等部门围绕产品的需要各自颁布了有关产品包装的一些规章、制度、条例和办法,组织各自系统的技术力量,研究改进一些重要商品的包装。

20 世纪 50 年代初,包装工业企业基本是处在手工作坊和合作社性质。为了恢复生产、发展经济,"一五"时期,国家投资在佳木斯、广州、汉阳、保定、重庆等地区建设了近 10 个造纸厂,其中包括纸包装原材料的生产。第二、三个五年计划时期,由于国内经济的高涨和中国对外贸易的重点转向西方,包装问题逐渐引起了政府的关注,政府加强了包装工业的领导。这段时期,纸容器包装、玻璃包装、包装装潢印刷等都有不同程度的发展。

随着包装问题的暴露,为了减少商品的损失,国家有关部门把商品包装的研究改进提到了议事日程,外贸部、林业部门分别成立了包装公司。1964 年,商业部建立商品包装研究室,1968 年成立全国商品包装研究会。由于出口创汇的需要,特别是为了解决出口商品所需的优质包装材料,外贸部于 1961 年在外贸部材料局内设立了"中国对外贸易包装材料公司"。1974 年中国对外贸易包装材料公司更名为中国出口商品包装总公司,同时成立外贸包装和包装研究所。

1979 年,包装企业中的一批有识之士,针对我国包装行业的落后状况,上书邓小平同志,请求国家加快包装工业的发展,对包装行业实行行业管理,并很快得到了邓小平同志的支持。随后,经国务院批准,作为经济体制改革的试点,先后于 1980 年和 1981 年分别成立了中国包装技术协会、中国包装总公司,对我国的包装工业进行行业管理。经过长期艰苦的努力,包装逐步形成一个行业,包装企业的面貌也有了巨大的变化。

据包装工业统计年报显示,1986 年至 1991 年包装行业的工业企业数以年均 10.98% 的速度递增,全部职工人数每年递增 8.2%,同期工业总产值的增长速度为 17.37%,利税总额的增长速度为 11.94%,劳动生产率和人均实现利税呈不断增长趋势。

"八五"期间,我国包装工业呈现出高投入、高发展的势头,工业产值、利税、企业数、职工人数、固定资产原值等都比以前有明显增长。按可比价格工业总产值计算,平均每年递增 20.45%,高于"六五"期间 4.6 个百分点,高于"七五"期间 3.1 个百分点。"九五"期间,包装工业仍保持较快的增长速度,据统计,到 1998 年,包装工业产值已达 1840 亿元,实现利税 122 亿元。"十五"期间,包装工业产值、利税平均年增长率分别为 16.8% 和 13.6%。

三、我国包装业的发展趋势

1. 包装设计趋于多样化

未来的包装设备更多地是利用现有的各种包装形式及包装图案,加以取舍,进行合理组合,而不是像传统的包装设计那样,从头构思,从零开始。借鉴和组合是未来包装设计的主流。而设计人员的欣赏能力是包装设计成败的关键。

包装设计已进入电脑时代。传统的包装设计方法因设计速度慢和准确性差,已不能适应竞争激烈的商品经济。

如今,一个新产品从开发到进入市场的周期越来越短,包装结构、形式也日趋多样化。有时一个产品为适应不同地区、不同消费群体,需要有多种形式的包装,从创意、色彩到规格、材质、制作方法,都要有不同的要求。因此,为及时把握市场机遇,须凭先进的手段迅速设计出市场需要的包装产品。包装设计者同时还须知道相关的包装制作工艺,如何选材,如何利用现代化的包装制造设备,如印前工艺设备、印后处理设备等。

2. 包装工艺趋于简单化

包装工艺主要指包装制作过程中的制造工艺,包装工艺的发展是依助于相关科学的发展得以实现的。例如包装的成型工艺、包装的黏合工艺、包装的印刷工艺、包装的整饰工艺等,都经历了一个改进完善的过程。包装的成型工艺,包括金属包装的成型、塑料包装的成型、纸类包装的成型以及其他复合材料包装的成型。其中,塑料包装的挤压、热压、冲压等成型工艺,已逐渐用到纸包装的成型上;过去的纸板类纸板包装压凸(凹)成型较为困难,现在已基本解决;塑料发泡成型技术已被广泛用于纸模包装制品的发泡与成型,使过去不能用纸包装的产品也用上了纸类包装。

包装印后处理工艺更加科学与实用,包装性能和效果发生了显著的变化。例如,过去的包装表面处理中涂蜡、覆膜工艺已逐渐被表面过胶(喷胶处理)取代。这是因为涂蜡表面光泽度欠佳,而覆膜中的单面覆膜易使包装制品产生翘曲变形,采用双面覆膜则给后道工序的裁切带来一定困难。

包装干燥工艺也由过去的普通热烘转向紫外光固化,使干燥成型更加节能、快速和可靠。

包装印刷工艺更加多样化,特别是高档商品的包装印刷已采用丝网印刷和四色印刷。还有防伪包装制作工艺,已由局部印刷或制作转向整体式大面积的印刷与制作。

现代科技应用于包装领域,使很多包装工艺得以简化,更加科学合理。

3. 包装机械趋于智能化

目前包装机械的特征趋于"三高"——高速、高效、高质量。发展重点趋于能耗低、自重轻、结构紧凑、占地空间小、效率高以及外观造型适应环境和操作人员心理需求、环保需求等。国外包装机械发展的趋势,体现了现代化先进包装机械的高新技术,特别是科技及经济发达的欧美及日本等生产的包装机械及设备,其技术伴随着科技和商品经济的发展,已处于国际领先地位。

近些年,发达国家一方面为满足现代商品包装多样化的需求,发展多品种、小批量的通用包装技术及设备,同时又紧跟高科技发展步伐,不断应用先进技术,发展和开发应用高新技术的现代化专用型包装机械。所应用到的新技术有:航天工业技术(热管类)、微电子技术、磁性技术、信息处理技术、传感技术(光电及化学)、激光技术、生物技术及新的加工工艺、新的机械部件结构(如锥形同步齿形带传动等)、新的光纤材料等,使多种包装机械趋于智能化。

国内包装机械的发展趋势是,在引进、消化、吸收的基础上,有了一定的创新,产品科技含量也在不断提高。这些包装机械产品正在向机电结合、主辅机结合、成套连线方向发展。我国包装机械产品在开发过程中存在一些问题,主要是面对国外企业及外资企业的竞争,如何根据中国国情,提高产品"三化"水平,做到工作高速化、包装产品规格多样化、提高可靠性以及如何使食品和药品包装机械达到无菌化;在提高包装机械产品的使用性能和可靠性的前提下,走向机电一体化、控制微机化;运用可靠性设计、优化设计和计算机辅助设计等先进的设计方法,研制组合式、模块式等先进机械与部件(零件),提高产品的工艺水平以及"三化"水平;同时与国际质量体系相结合,大力发展与包装机械配套的各种自动检测技术与设备。目前,我国在包装机械方面与先进发达国家相比,某些加工工艺、某些元器件还有差距,有些关键性的材料还达不到要求。因此,这方面将是我国包装机械领域未来应重点突破和解决的问题。

4. 包装材料趋于环保化

包装质量的好坏,很大程度上取决于包装材料的性能。没有好的包装材料就不可能有好的包装产品。包装新材料与包装新技术是包装企业或科研院所首要的追求,现在很多新产品和新工艺必须要有新的包装材料与之配套,方可达到很好的包装效果。基于环保要求,污染环境不利于环保的包装材料亟待更新。

第2单元
包装材料及包装设备

知识要点

- 熟悉包装材料的概念及分类。
- 熟悉各种包装材料的特点及分类。
- 了解常见包装机械的概念、分类及应用。

任务目标

- 掌握包装材料的选用原则及其性能。
- 了解主要包装机械的功能及基本操作方法。

模块一　概　述

一、包装材料的概念

包装材料是指用于制造包装容器和构成产品包装的材料的总称。包装材料主要有纸和纸板、塑料、金属、玻璃,还有竹木与野生藤类、天然纤维与化学纤维、复合材料、缓冲材料、纳米材料、阻隔材料、抗静电材料、可降解材料等,还包括包装的辅助材料,如胶黏剂、涂料和一些辅助材料。

二、包装材料的分类

以包装材料作为分类标志,是研究包装材料的主要分类方法。包装材料可以从不同的角度进行分类。

① 按材料材质可以分为纸和纸板、塑料、玻璃、金属和复合材料等。

② 按材料的软硬性质可以分为硬包装材料(如金属、硬质塑料、玻璃等)、半硬包装材料(如瓦楞纸板、塑料等)、软包装材料(如纸、铝箔、天然纤维等)。

③ 按材料来源可以分为天然包装材料和加工包装材料。

三、包装材料的选用原则

1. 对等性原则

在选择包装材料时,首先应区分被包装物的品性,即把它们分为高、中、低三档。对于高档产品,如仪器、仪表等,本身价格较高,为确保安全流通,就应选用性能优良的包装材料。对于出口商品和化妆品,虽都不是高档商品,但为了满足消费者的心理要求,往往也需要采用高档包装材料。对于中档产品,除考虑美观外,还要多考虑经济性,其包装材料应与之对等。对于低档产品(一般是指人们消费量最大的一类),则应着眼于降低包装材料费和包装作业费,便于开箱作业,以经济性为第一考虑原则,可选用低档包装规格和包装材料。

2. 适应性原则

包装材料是用来包装产品的,产品必须通过流通才能到达消费者手中,而各种产品的流通条件并不相同,包装材料的选用应与流通条件相适应。流通条件包括气候、运输方式、流通对象与流通周期等。气候条件是指包装材料应适应流通区域的温度、湿度、温差等。对于气候条件恶劣的环境,包装材料的选用更需倍加注意。运输方式包括人力、汽车、火车、船舶、飞机等,它们对包装材料的性能要求不尽相同,如温湿条件、震动大小条件大不相同,因此包装材料必须适应各种运输方式的不同要求。流通对象是指包装产品的接受者,由于国家、地区、民族的不同,对包装材料的规格、色彩、图案等均有不同要求,必须使之相适应。流通周期是指商品到达消费者手中的预定期限,有些商品,如食品的保质期很短,有的可以较长,如日用品、服装等,其包装材料都要相应满足这些要求。

3. 协调性原则

包装材料应与该包装所承担的功能相协调。产品的包装一般分为个包装、中包装和外包装,它们对产品在流通中的作用各不相同。个包装也称小包装,它直接与商品接触,主要是保护商品的质量,多用软包装材料,如塑料薄膜、纸张、铝箔等。中包装是指将单个商品或个包装组成一个小的整体,它需满足装潢与缓冲双重功能,主要采用纸板、加工纸等半硬性材料,并适应于印刷和装潢等。外包装也称大包装,是集中包装于一体的容器,主要是保护商品在流通的安全,便于装卸、运输,其包装材料首先应满足防震功能,并兼顾装潢的需要,多采用瓦楞纸板、木板、胶合板等硬性包装材料。

4. 美学性原则

产品的包装是否符合美学,在很大程度上决定一个产品的命运。从包装材料的选用来说,主要是考虑材料的颜色、透明度、挺度、种类等。颜色不同,效果大不一样。当然所用颜色还要符合销售对象的传统习惯。材料透明度好,使人一目了然,心情舒畅。挺度好,给人以美观大方之感,陈列效果好。材料种类不同,其美感差异甚大,如用玻璃纸和蜡纸包装糖果,其效果就大不一样。

在当今国际市场激烈竞争的情况下,商品包装的形状、图案、材料、色彩以及广告,都直接影响商品的销售。从包装的选用来说,主要考虑的因素有材料的颜色、材料的挺度、材料的透明性以及价格等。

四、包装材料的性能

1. 力学性能

包装材料的力学性能主要包括弹性、可塑性、强度、韧性和脆性等。包装材料的缓冲防震性能主要取决于其弹性。变形量越大，包装材料的弹性越好，缓冲性能就越佳；可塑性是指包装材料在外力作用下发生变形，移去外力后不能恢复到原来形状的性质，这种变形称为塑性变形或永久变形。包装材料受外力作用，拉长或变形的量越大，又不会出现破裂现象，说明该材料的塑性好。包装材料强度分为抗压、抗拉、抗弯曲、抗撕裂、抗戳穿、抗剪切和抗磨等强度指标。包装材料适用范围和使用条件不同，包装承受外力的形式也不同。因此，强度对于不同包装材料有不同的意义。比如包装堆码时要求抗压强度，起吊时要求抗拉强度，搬运时还要求抗弯曲、抗磨、抗戳穿强度等。

2. 物理性能

包装材料的物理性能主要包括密度、吸湿性、阻隔性、导热性、耐热性和耐寒性等。密度是表示和评价某些材料的重要指标，它不但可以判断这些材料的紧密度和多孔性，而且对包装材料的耗料量，以及搬运、装卸、堆码都很重要。现代包装材料要求密度小、质轻，以便于流通，减少运费，降低材料成本。

吸湿性是指包装材料在一定温度和湿度条件下，从空气中吸收或放出水分的性能。具有吸湿的包装材料在潮湿环境中能吸收空气中的水分而增加其含水量；在干燥环境中，则会放出水分，减少含水量。包装材料吸湿性的大小，对包装物有很大的影响。吸湿率和含水率对控制包装的安全水分，保证商品质量安全都是重要的指标。

阻隔性是指包装材料对气体和水汽的阻隔性能。它对于防湿、保香包装十分重要。阻隔性的反面是渗透性与透水性，是指被空气或水透过的性能。不同商品的包装，对包装材料阻隔性能的要求不完全相同。阻隔性主要取决于包装材料结构的紧密程度。材料的组织结构紧密，阻隔性就好；反之，结构松弛，阻隔性就差。

导热性指包装材料对热量的传递性能。由于包装材料的组成成分和结构不同，各种包装材料的导热性有很大差异。金属材料导热性强，陶瓷的导热性差。

耐热性和耐寒性是指包装材料耐温度变化而不致失效的性能。耐热性的大小，取决于材料的成分和其结构的均匀性。一般规律是晶体结构材料大于非晶体结构材料，无机材料大于有机材料，金属材料最高，玻璃次之，纸、塑料、木材更低。熔点越高，耐热性越强。

3. 化学稳定性

化学稳定性是指包装材料受外界条件的作用，不易发生化学变化（如老化、锈蚀等）的性能。老化是指高分子材料在日光、空气和高温作用下，它们的分子结构受到破坏，物理力学性能急剧下降的现象。

4. 加工（成型）性能

包装材料一般需加工成容器或进行其他加工。因此，包装材料的加工（成型）性能的好坏十分重要，加工（成型）性能不好的材料难以推广。对不同的包装材料和不同的成型加工工艺有不同的加工性能要求，如金属包装材料的冲压性、焊接性，塑料包装材料的黏合性、热封性，对各种包装材料都有适印性的要求。

5. 安全性

安全性是指包装材料必须是无毒（不含有有害物质或不溶出有害物质）、无菌、无放射性等。也就是说包装材料必须对商品无污染，对人体不产生损害，这点对食品包装和药品包装尤为重要。

6. 无污染、能自然分解和易于回收利用

易于回收处理的性能主要指包装材料要有利于环保，有利于节省资源，对环境无害，尽可能选

择绿色包装材料。对此要研究包装废弃物的回收、回用和再生等。

模块二　纸和纸板材料

纸和纸板作为传统包装材料,发展至今仍是现代包装最主要的包装材料。纸包装材料是最早采用的包装材料之一,也是当前世界各国包装行业用得最广、用得最多的包装材料。

一、纸和纸板包装材料的特点

从包装的功能上讲,任何包装材料都必须要满足保护商品、方便储运和促进商品销售这三个功能。而纸和纸板以及纸制容器除能很好满足这三项要求之外,还具有其他包装材料所不具有的优点。

① 原料充足,价格低廉。纸和纸板的原料丰富而广泛,易进行大批量、机械化生产,成本价格低廉。

② 保护性能优良。与其他材料的包装容器相比,纸箱的抗冲击性强,又隔热、遮光、防尘、防潮,能很好地保护内装物。纸箱在内部装满载荷物时耐压强度好,而空箱运输和储存时,折叠起来占用空间又小。

③ 安全卫生。纸和纸板包装材料无毒、无味、无污染,纸箱既可以做成完全封闭型,又可以制成具有“呼吸作用”型,以满足不同商品储存、运输的要求,且不会污染内装物。

④ 加工储运方便。纸和纸板的成型性和折叠性优良,便于裁剪、折叠、黏合、钉接,既适于机械化加工和自动化生产,又利于手工生产,同时可以根据需要设计制成各种形状。

⑤ 印刷装潢适性好。纸和纸板作为承印材料,具有良好的印刷性能,印刷的图文信息清晰牢固,便于复制和美化商品。尤其是面对当前盛行的仓储式超市,印刷精美的商品外包装直接面对消费者,使消费者对内装物一目了然,刺激消费者的购买欲。

⑥ 绿色环保,易于回收处理。纸制包装可回收复用和再生,废物容易处理,不造成公害,节约资源。纸制品的原始材料——植物纤维,在自然界可以循环再生,取之不尽,用之不竭。

⑦ 加工性能好。以纸为基材可以和其他包装材料如塑料、金属箔、纤维制的线和布等制成复合包装材料。

二、包装用纸、纸板的种类

纸和纸板一般是按定量和厚度来区分的。定量在 $200\ g/m^2$ 以下、厚度不到 0.1 mm 的称为纸,定量超过 $200\ g/m^2$、厚度大于 0.1 mm 的则称为纸板。但也有例外,如白卡纸其定量可达 $400\ g/m^2$,已属于纸板的范围,但习惯上还是称为“纸”或“卡纸”。

包装纸和纸板种类繁多,根据加工工艺可分为包装纸、包装纸板、加工纸和加工纸板等几大类。

包装纸主要用来制造纸袋、裹包和包装标签等纸包装制品的纸张,主要品种有牛皮纸、纸袋纸、瓦楞原纸、铜版纸、鸡皮纸、食品包装纸、中性包装纸等。

包装纸板主要用来制造加工纸盒、纸管、纸桶或其他包装制品,常用的纸板有白纸板、黄纸板、箱纸板、灰纸板、茶纸板、标准纸板、厚纸板等品种,多用来包装普通商品。

加工纸和加工纸板是为了增加纸和纸板的包装适性,对纸和纸板进行表面涂布、浸渍、改性、复合及其他加工技术处理后得到的产品。加工纸的主要品种有羊皮纸、玻璃纸、防锈纸、保险纸、防油纸、真空镀铝纸。加工纸板包括涂布纸板(单面、双面涂布白纸板、铸涂纸板)、复合纸板(纸/塑复合、纸/铝复合、纸/铝/塑复合)、钢纸板、瓦楞纸板、蜂窝纸板等品种。

三、包装纸和纸板的规格

包装纸和纸板分为平板纸、卷筒纸和卷盘纸三种形式,它们的规格尺寸各有不同。

平板纸尺寸规格差别较大,常见规格为 787 mm × 1092 mm、850 mm × 1168 mm、880mm × 1230mm。平板纸既可以按质量来计量,又可以按令来计数,我国规定 500 张为一令,10 令左右为一件,但每件平板纸的质量不应超过 250 kg,以利于包装与装卸。

卷筒纸的宽度一般都有统一的标准,卷筒直径也规定了一定的范围,由于纸和纸板的定量差别较大,故卷筒纸长度没有统一的规定。习惯上的做法是,如新闻纸和胶版纸的长度为 6000m 左右,卷筒纸袋纸的长度为 4000m。

卷盘纸多用于制造胶带、缠绕纸管。一般来讲,复合软包装纸板也可以看成卷盘纸。

四、主要包装用纸和纸板

1. 包装用纸

主要的包装用纸有纸袋纸、牛皮纸、鸡皮纸、羊皮纸、仿羊皮纸、玻璃纸、半透明纸、食品包装纸、茶叶袋纸、黑色不透光包装纸、中性包装纸。

(1) 纸袋纸

纸袋纸用于制作纸袋,供水泥、化肥、农药等包装用,故又称为水泥袋纸。纸袋纸根据国家标准分为 1、2、3、4 四种品号,产品一般为卷筒纸,根据需要也可以生产平板纸。卷筒纸宽度为 1100mm 和 1020mm,或根据订货要求生产。通常以 4～6 层纸袋纸缝制成水泥包装袋,为保证运输过程中和装袋时不易破损,要求纸袋纸有较高的物理强度,如耐破度、撕裂度、抗张强度、耐折度等,为了使纸袋纸能抵抗运输过程中瞬时的冲击应力,还要求纸袋纸具有一定的伸长率。为了在装袋时空气易于从袋中排出,以免造成粉尘飞扬,还要求纸袋纸具有一定的透气度。

专家提醒 此外,纸袋纸还要求具有一定的施胶度,使其具有良好的防水性能。纸袋纸要求用本色硫酸盐针叶木浆生产。

(2) 牛皮纸

牛皮纸用于包装工业品,主要是棉毛丝纺织品、五金交电产品、仪器、仪表以及各种小商品。牛皮纸还常用作纸盒的挂面、挂里以及要求坚牢的档案袋、纸袋等。有的将纸袋纸也列入牛皮纸范围,称为重包装袋用牛皮纸。牛皮纸还可以作为砂纸的基纸。牛皮纸按标准分为 A、B、C 三个等级,A 等牛皮纸要求用针叶木硫酸盐浆制造,B 等和 C 等牛皮纸以针叶木硫酸盐浆为主,可以掺用部分其他纸浆,也有用废水泥袋纸浆制造的。从外观上分,牛皮纸可以分为单面牛皮纸、双面牛皮纸和条纹牛皮纸等品种。牛皮纸通常为未漂硫酸盐浆的本色——浅褐色,也可以根据要求制成彩色牛皮纸。牛皮纸的定量,根据要求可以从 40 g/m^2 到 120 g/m^2,分为 8 个档次,以 80 g/m^2 的品种用途最广。

专家提醒 牛皮纸要求有较高的耐破度、撕裂度和良好的耐水性能。

（3）鸡皮纸

鸡皮纸是一种单面光且光泽度较高，比较强韧的平板薄型包装纸，主要适用于食品、工业品的包装，分为 A、B、C 三等。鸡皮纸的颜色较牛皮纸浅，也可以按要求生产各种颜色的鸡皮纸。

专家提醒 鸡皮纸要求较高的耐破度和耐折度以及一定的抗水性。

各种规格的鸡皮纸的定量都是 40 g/m^2。鸡皮纸的原料可用漂白硫酸盐木浆或未漂白亚硫酸盐木浆，掺用少量草浆。

（4）仿羊皮纸

仿羊皮纸是防油纸的一种，用于包装含油脂较多的食品、药品、油脂产品，以及机械产品的防油耐渗包装。仿羊皮纸经过超级压光处理，产品呈半透明状，光泽度和紧度较高，不透油。仿羊皮纸的原料为未漂白亚硫酸盐木浆。

（5）羊皮纸

羊皮纸又称为植物羊皮纸或硫酸盐纸，是一种半透明的、防油、防水、不透气、湿强度大的高级包装用纸，主要用于包装化工药品、仪器、机械零件、油脂食品等。羊皮纸的原纸以漂白化学木浆为原料，原纸经过质量分数为 72% 的硫酸浸渍处理，之后经水洗、纯碱中和处理，水洗后再用甘油溶液浸渍塑化而富有弹性。根据用途不同，羊皮纸又分为工业羊皮纸和食品羊皮纸。食品羊皮纸与工业羊皮纸的各项技术指标均相同或相近，除特别要求，重金属铅、砷的质量分数不能大于0.002% 和 0.000 15% 。

（6）玻璃纸

玻璃纸又称作"赛璐玢"，属于再生纤维素膜。玻璃纸透明、光亮，适用于医药、食品、纺织品、化妆品等商品的透明、美化包装，并可作为透明胶带的原纸。玻璃纸的主要原料是精制的漂白化学木浆或漂白棉短绒浆。玻璃纸的透明性极好，对可见光的透过率可达 100%；不透气性、耐油、耐化学性能好；不带静电、不易粘上灰尘；耐热耐寒性好；其纵向强度大而横向强度小，撕裂强度差，适用于撕裂带启封的包装；安全卫生，特别适于食品包装。玻璃纸的缺点是尺寸稳定性差，亲水性强，遇水遇热易互相粘结，纸页中水分蒸发后会脆化。玻璃纸分为 A、B 两等，颜色有漂白、彩色两种。

（7）食品包装纸

食品包装纸用于食品包装，根据所包装的食品种类不同，可分为三种型号，即 I 型、II 型、III 型。

① I 型食品包装纸又称为糖果包装原纸，适用于经印刷、上蜡加工后，供糖果包装商标用。根据用途又分为 A、B、C 三等，A 等和 B 等纸供机械包糖用，C 等纸供手工包糖用。

注意事项：
糖果包装纸具有良好的不透气性和抗水性，由于用于机械包装，对原纸的抗张强度和撕裂强度都有特殊要求。糖果包装纸原纸要求以漂白化学木浆为主，配以部分漂白草浆，应符合国家对包装食品用纸的卫生标准，不得采用废旧纸，不得使用荧光增白剂或对人体有影响的化学助剂。

② Ⅱ型食品包装纸又称为冰棍包装纸原纸,适用于经印刷、涂蜡加工后,作为冰棍包装纸。冰棍包装原纸产品分为 B、C 二等,B 等供机械包装冰棍、雪糕用,C 等供手工包装冰棍、雪糕用。

> **注意事项:**
>
> 冰棍包装纸原纸的定量为 24 g/m^2 和 28 g/m^2 两种,对其裂断长及撕裂度有一定要求。要求用漂白木浆或草浆生产,不允许采用废旧纸或社会回收的废纸作原料,不允许使用荧光增白剂或对人体有影响的化学助剂。

③ Ⅲ型食品包装纸又称为普通食品包装纸,普通食品包装纸是一种不经涂蜡加工,直接用于入口食品包装用的食品包装用纸,在食品零售市场广泛应用。

(8)薄页包装纸

薄页包装纸是指定量在 22 g/m^2 以下的白色薄型包装纸。薄页包装纸按其用途分为三种型号,即Ⅰ型、Ⅱ型和Ⅲ型。Ⅰ型适用于高级商品内衬包装,也可用作复写纸;Ⅱ型适用于一般仪器以及其他商品的内衬包装;Ⅲ型适用于商品内衬包装。

(9)黑色不透光包装纸

黑色不透光包装纸是用于照相纸、电影胶片、X 射线胶片和 120 胶卷等感光材料的防光包装用纸。黑色不透光包装纸按用途分为Ⅰ型和Ⅱ型两种型号,每一种型号按质量又分为 A、B 等。其中,Ⅰ型用于照相纸、电影胶片和 X 射线胶片等的防光包装纸,而Ⅱ型则专门用于 120 胶卷的防光包装纸。根据使用要求,黑色不透光纸除应具有一定的机械强度、裂断长和抗张强度外,还应具有一定的吸水性、伸缩率和表面光滑度的要求。特别在纸的孔眼率、不透光性、对感光层的化学作用等方面,更有其独特的严格要求。

(10)中性包装纸

中性包装纸是用于军用品的包装用纸,也用于包装铝制品和仪器仪表零件。产品按质量分为B、C 等,有卷筒和平板两种规格。中性包装纸以未漂白硫酸盐浆木浆为原料。

(11)非热封型茶叶滤纸

非热封型茶叶滤纸用于非热封型茶叶自动包装机、手工包装茶叶或中成药的滤袋用纸。茶叶滤纸主要用于生产袋泡茶的包装纸,因此要具有一定的抗张强度以适应机械包装,同时由于要求茶叶袋要耐沸水的冲泡而不破裂,所以要求茶叶滤纸具有较好的湿抗张强度。要求过滤速度快又不能漏茶叶,不能有异味,要符合食品包装用纸卫生标准。

茶叶滤纸以韧皮纤维为原料制造,国外多用马尼拉麻,国内用桑皮纤维,抄成纸后经树脂处理以增加湿强度。

(12)防锈原纸

防锈原纸是制造防锈纸的原纸。以防锈原纸为载体,将气相缓蚀剂涂在载体防锈原纸上面,经干燥后制成防锈纸。防锈纸分置于待包装的金属周围或直接用于包装金属制品,起到防止锈蚀、保护金属制品的作用。

2. 包装用纸板

用于包装的纸板主要有箱板纸、瓦楞原纸、瓦楞纸板、白纸板、黄纸板、灰纸板、茶纸板、纸管原纸、标准纸板以及白卡纸和米卡纸等。

(1)箱板纸

箱板纸用于制造瓦楞纸板。

(2)瓦楞原纸

瓦楞纸板是由箱板纸和瓦楞纸粘合而成的,而瓦楞纸是由瓦楞原纸轧制而成的。由瓦楞纸板制成的瓦楞纸箱作为一种容器,要求具有一定的刚性,即抗压强度。所以瓦楞原纸必须有较高的挺度(环压强度和压楞强度)。此外,还要求原纸具有一定的松厚性,即紧度要适中,以不小于 $0.45 \sim 0.50 \ g/cm^3$ 为宜。瓦楞原纸国外一般都用阔叶木半化学浆制造,我国木材资源紧缺,大多以麦草、蔗渣、棉秆和废纸为原料生产。

(3) 瓦楞纸板

瓦楞纸板是将瓦楞原纸加工成瓦楞形状后按一定的方式与箱纸板黏合在一起而形成的多层纸板。最早的瓦楞纸板由面纸、瓦楞芯和里纸三层构成,瓦楞芯侧面呈近似三角形结构,波纹状的峰顶分别与面纸和里纸粘结,形成连续的拱形。它具有较大的刚性和良好的承载能力。

(4) 黄纸板

黄纸板又称为草纸板,俗称马粪纸,它是一种低档的包装用纸板,过去曾大量用于裱糊制作包装小商品、食品、纺织品、鞋等的纸盒,以及包装的衬垫隔框。由于黄纸板主要用作裱糊纸盒,因此要求表面平整,不能有翘曲,为保证成品成盒的强度,要求黄纸板具有一定的挺度。

(5) 白纸板

白纸板又称为单面白纸板,主要用途是经单面彩色印刷后制成纸盒供包装用。因白纸板表面具有良好的印刷性能,能印出精美的图案,同时白纸板便于模切、模压和刻痕加工,可以制成各种形状的包装纸盒,而且白纸板又具有一定的抗张强度、耐折度和挺度等包装性能,以白纸板最适宜作为销售包装材料。通常白纸板制成的纸盒,用于包装香烟、食品、化妆品、药品、纺织品等。

(6) 灰纸板

灰纸板又称为书封纸板、封面纸板、双灰纸板和工业纸板。主要用于制作精装书封面、高档包装盒、文具制品,并用于纺织印染及制革行业等。灰纸板的技术指标主要包括紧度、平均裂断长、白度、耐破度、耐折度、撕裂度和水分等。灰纸板的面层为半漂白破布浆或漂白化学木浆,里层为稻草浆、草浆和废纸浆。

(7) 茶纸板

茶纸板是一种浅棕色的纸板,有单面光和双面光两种,供轻纺商品包装纸盒,可与瓦楞纸粘合制造瓦楞纸板。茶纸板由于要求面层组织均匀、表面光滑平整、适印性较好,所以常用 100% 的硫酸盐浆废纸浆。

(8) 纸管原纸

纸管原纸是用来制造纸管的。

(9) 标准纸板

标准纸板是一种用于制作精密的特殊模压制品以及重要制品的包装用的纸板。纸板要求经压光处理,表面平整不翘曲,且全张厚度必须均匀一致。标准纸板的原料一般为 30% ~40% 的本色硫酸盐木浆,60% ~70% 的褐色磨木浆。

(10) 白卡纸和米卡纸

白卡纸是供印刷名片、封皮及包装装潢用的纸板。米卡纸是供美术印刷品(如画册)和精装书籍装潢衬纸用的压花纸板。

模块三　塑　料

塑料是以树脂为主要成分,在一定温度和压力下可制成一定形状,并在常温下能保持既定形状的高分子材料。塑料是 20 世纪初产业化的一种新型高分子材料,问世至今不到 100 年。然而由于其品种繁多、性能优良、市场适应性强,而且成型加工方便,成本低廉,在和其他材料的竞争中显示出了强大的生命力,目前已深入到工业、农业、国防、科研等领域的各个方面,成为现代人类生活中一种不可或缺的材料。塑料制品在包装领域中也得到了广泛的应用及高速的发展。

一、塑料的基本性能

塑料具有质轻、比强度高、电绝缘性和化学稳定性优异,减磨、透光和减振性能好等特性。塑料的基本性能如下:

① 质轻、比强度高。

② 电绝缘性能优异。有些品种如聚乙烯、聚苯乙烯、聚四氟乙烯等在高频或超高频条件下,介质损耗仍很低,因此适合用作高频或超高频绝缘材料,广泛用于电讯工业、发电机、变压器和各种电气开关设备。

③ 化学稳定性好。一般塑料对酸碱等化学药品均有良好的耐腐蚀能力。

④ 减磨、耐磨性能好。大多数塑料具有优良的减磨、耐磨和自润滑特性。许多工程塑料制造的耐摩擦零件就是利用塑料的这些特性。在耐磨塑料中加入某些固体润滑剂和填料时,可降低其摩擦因数或进一步提高其耐磨性能。

⑤ 透光及防护性能好。多数塑料都可以做成透明或半透明制品,其中聚苯乙烯和丙烯酸酯类塑料像玻璃一样透明。有机玻璃(聚甲基丙烯酸甲酯)可用作航空玻璃材料,聚氯乙烯、聚乙烯、聚丙烯等塑料薄膜具有良好的透光和保暖性能,大量用作农用薄膜。塑料具有多种防护性能,因此常用作防护、包装用品,如塑料薄膜、箱、桶、瓶等。

⑥ 减振、消音性能优良。某些塑料柔韧而富于弹性,当它受到外界频繁的机械冲击和振动时,内部产生黏性内耗,将力学性能转变成热能,因此,工程上用作减振消音材料。

上述塑料的优良性能,使其在工农业生产和人们的日常生活中具有广泛用途。然而,塑料也有许多缺陷,主要有以下几个方面:热性能差,一般塑料只能在 100 ℃ 以下使用,少数可在 200 ℃ 左右使用;热膨胀系数大,尺寸稳定性差,不易成型尺寸精密的制品;塑料制品在使用过程中易产生蠕变、冷流、疲劳和结晶等现象;耐老化性能差;许多塑料都容易燃烧。

二、塑料的分类

按照塑料的热行为可分为热塑性塑料和热固性塑料。热塑性塑料为长链大分子,线形或支链形聚合物。当加热此类塑料到一定温度时,塑料就会软化熔融,进而产生流动,形成物理的熔融过程;当降至一定温度时,材料就硬化恢复原来的状态;再受热又可软化,冷却再变硬。包装上常用的聚乙烯、聚丙烯、聚氯乙烯、聚酰胺、聚碳酸酯、聚乙烯醇、聚偏氯乙烯等均为热塑性塑料。

热固性塑料由较低分子质量的物质构成,为线形结构。但一经加热,首先变软,呈现出流动性,随即发生缩聚反应,脱出小分子物质并生成中间缩聚物,进而该中间缩聚物分子间发生交联反应,生成具有三维交联体型结构的高分子化合物,最终固化为不熔、不溶的高分子材料。酚醛树脂、脲醛树脂、环氧树脂等均为热固性塑料。

热塑性塑料和热固性塑料的性能比较见表 2-1。

表 2 - 1　热塑性塑料和热固性塑料的性能比较

性能	热塑性塑料	热固性塑料
耐热性	大多数都在 150 ℃时出现热变形	制品受热后,不再熔融,一般耐热 150 ℃
成型效率	可采用注射、挤出、热成型等多种方法加工,效率高,可连续生产	多采用模压、层压成型,效率低
废料利用	成型时没有发生化学变化,原则上废品可回收利用	成型时发生了化学变化,为立体网状结构,废品不能回收利用
透明度	多数可生产透明制品	不透明或半透明的制品
填充剂、增强剂	利用的目的是为了降低成本,多不利用	多利用,以提高制品的性能

三、塑料包装材料中常用的塑料

1. 聚乙烯(Polyethylene,PE)

聚乙烯是包装中用量最大的塑料品种之一,聚乙烯是经石油裂解所得到的乙烯,经聚合而成,聚乙烯可以是均聚和共聚的,同时也可以是线形和非线形的。聚乙烯为无臭、无毒、外观呈乳白色的蜡状固体,材料柔软性好,不易脆化。化学稳定性好,常温下几乎不与任何物质反应,具有一定的透气性,热封性能好。

2. 聚丙烯(Polypropylene,PP)

聚丙烯属于聚烯烃品种之一,也是包装中最常用的塑料品种之一,聚丙烯是以丙烯单体进行聚合的热塑性聚合物,相对密度为 0.90 ~ 0.91,是目前常用塑料中最轻的一种,聚丙烯由于具有全同构型,其结晶度可达 95%,透明性较聚乙烯好,表面光滑,吸水性低(<0.02%),气密性也比聚乙烯好。聚丙烯是一种热塑性树脂,具有良好的耐热性、电绝缘性,且耐腐蚀、密度低,加之原料易得、来源丰富,成为近年来世界通用树脂中增长较快的品种。

聚丙烯薄膜主要包括双向拉伸聚丙烯(BOPP)薄膜、流延聚丙烯(CPP)薄膜、普通包装薄膜和微孔膜等。BOPP 薄膜具有质轻、机械强度高、尺寸稳定性好等优点,广泛应用于包装领域,特别是食品包装领域。BOPP 薄膜按用途可分为光膜、烟膜、电工膜、珠光膜等。CPP 薄膜具有阻隔性好、热封温度低、印刷和复合适应性强、耐蒸煮等特点。与 BOPP 薄膜相比,CPP 薄膜具有加工设备简单、单位面积成本低的优势。而且其抗刮性和包装机械性能良好,因而在包装领域占有重要地位。

3. 聚苯乙烯(Polystyrene,PS)

聚苯乙烯是目前世界上应用最广的塑料品种之一。聚苯乙烯大分子主链上带有体积较大的苯环侧链,使得大分子的内旋受阻,故柔顺性较差,且不易结晶,属于线形无定型聚合物。聚苯乙烯包括三个品种,即通用聚苯乙烯、增强聚苯乙烯和发泡聚苯乙烯。通用聚苯乙烯耐热温度高、流动性高,几乎不含添加剂,通常用作发泡塑料和热塑成型原料,用于注塑透明商品盒、高品质化妆用品器皿盒、光盘包装、透明的食品盒、果盘、小餐具等。高流动性聚苯乙烯用作医用器皿、餐具盒的热塑成型的共挤片材。

4. 聚氯乙烯(Polyvinyl Chloride,PVC)

聚氯乙烯塑料是多组分塑料,它包括聚氯乙烯树脂、增塑剂、稳定剂、润滑剂、填料、颜料等多种助剂,助剂的品种及数量都直接影响聚氯乙烯塑料的性能。聚氯乙烯的性能可调,可制成从软到硬力学性能不同的塑料制品。化学稳定性好,在常温下不受一般无机酸、碱的侵蚀;耐热性较差,受热易变形;光学性能好,可制成透光性、光泽度皆好的制品。

5. 聚偏二氯乙烯(Polyvinylidene Chloride, PVDC)

聚偏氯乙烯分子结构的对称性使得它具有高度的结晶性,并且软化温度高,接近其分解温度,再加上它与一般的增塑剂相容性较差,难以加热成型,因此工业上采用结构与其相似的氯乙烯与之共聚而形成聚偏二氯乙烯,起到内增塑的作用,从而达到适当地降低其软化温度,提高与增塑剂相容性的目的。制造薄膜用的共聚物中的偏氯乙烯质量分数为80% ~ 90%,多为悬浮法生产,其特点为杂质少、透明度好。用作涂料、黏合剂的共聚物中偏氯乙烯的质量分数通常在70%以下,常采用乳液法生产。乳液法聚偏氯乙烯涂覆在其他纸张、薄膜或塑料容器的表面,可提高纸张和塑料薄膜甚至半刚性容器PET瓶的阻隔性能,延长食品的保存期。

6. 聚酰胺(Polyamide, PA)

聚酰胺俗称尼龙(Nylon),是分子主链上含有酰胺基团的线形结晶聚合物,它是由内酰胺或二元胺与二元酸缩聚而成,其名称是根据胺与酸中的碳原子数或内酰胺中的碳原子数来命名的。尼龙在包装方面主要以薄膜形式应用,为提高薄膜性能,一般对薄膜进行拉伸。由于尼龙的熔融加工性能好,在大多数的包装应用中,尼龙通常被用于制造挤出薄膜,可以通过流延或吹胀的工艺得到。在整个薄膜加工过程中,通过不同温度的处理可以得到不同结晶度的尼龙。尼龙通过吹塑加工,可以用来生产工业容器、燃料罐和油罐。尼龙一般还用于医疗器械、肉类和奶酪的包装及热成型填充包装。在大多数包装应用中,尼龙一般与其他薄膜复合成多层结构,其他树脂主要提供热封性能和阻水性能,如尼龙多层复合膜通常用于真空咸肉、干酪、大腊肠和其他肉类加工品的包装。

7. 聚对苯二甲酸乙二醇酯(Polyethylene Terephthlate, PET)

聚对苯二甲酸乙二醇酯简称为聚酯。聚酯具有优良的性能,力学性能好,其韧性在常用的热塑性塑料中是最大的;具有优良的阻气、水、油及异味性能;透明度高,可阻挡紫外光,光泽性能好;无毒、无味,卫生安全性好,可直接用于食品包装。

PET片材是PET经干燥→挤出→流延铸片而成。PET薄膜用作医疗器具、精密仪器、电器元件的高档包装材料和录音带、录像带、电影胶片、计算机软盘及感光胶片等的基材,还可以制成拉伸薄膜,用于各类产品的包装。瓶用树脂是由PET制成瓶类容器,用于充气饮料及纯净水等的包装,其特点是质量轻、强度高、韧性好、透明度高,拉伸取向后可耐较高的内压、化学稳定性好、阻隔性好。结晶的PET树脂是目前较好的耐热包装材料,适用于冷冻食品及微波处理食品的容器,以及热罐装的食品包装。

8. 聚萘二甲酸乙二醇酯(Polyethylene Naphthalene, PEN)

聚萘二甲酸乙二醇酯和PET有非常类似的结构,所以在性质上也有相同的特性,而且几乎在所有方面都优于PET。在PET树脂的阻隔性和耐热性达不到要求的应用领域,PEN则显示出其卓越的性能。PEN的耐热性能较好,拉伸强度比PET高35%,且加工性能好,成型周期快。由于PEN具有较高的熔融温度,且价格较高,限制了其作为包装材料的广泛使用。PEN以其较高的防水性、气密性、抗紫外线性以及耐热、耐化学、耐辐射而著称,目前在包装上的典型使用是生产医药和化妆品的吹塑容器和可蒸煮消毒的果汁、啤酒瓶等。

9. 聚碳酸酯(Polycarbonate, PC)

聚碳酸酯为一种线形聚酯,是一种无色或呈微黄色且透明的无定形塑料。具有优越的耐高温性能及在高温下的高强度,且耐低温性能也很好,脆化温度低于 - 100 ℃,可在130 ℃下长期使用。耐稀酸,耐脂肪烃、醇、油脂和洗涤剂,溶于卤代烃,易与碱作用。对水、蒸汽和空气的渗透率高,可用于蔬菜等需要呼吸的食品的包装,若需阻隔性时,必须进行涂覆处理。无毒、无味、无臭,具有透明性。耐候性较好,对热、辐射、空气、臭氧有良好的稳定性。聚碳酸酯在包装上主要以薄膜形式用于蔬菜、肉类等需要呼吸及氧气的食品,还可制成纯净水桶、婴儿奶瓶,以及瓶、碗、盘类食品包装。

10. 乙烯-醋酸乙烯酯共聚物(Ethylene Vinylacetate Copolymer,E/VAC)

乙烯-醋酸乙烯酯共聚物按聚合工艺不同,所得产物可用于不同的用途。高压本体法所制得的E/VAC 用于塑料,溶液法用于 PVC 加工助剂,乳液法用于制作黏合剂、涂料等。E/VAC 的特性主要取决于醋酸乙烯的含量,由于 VA(醋酸乙烯酯)的存在,增加了链与链之间的分子间的黏性,相对于LDPE 来说,E/VAC 树脂具有更好的柔软性、韧性和热封性。在包装应用中,VA 的质量分数最佳为5% ~20% 。相对分子质量增加,黏合性、柔韧性、热封强度、热黏强度和柔软性能都有所提高。E/VAC 具有良好的黏结性和易加工性,常用于挤出涂布,作为热封层与 PET、OPP 挤出复合,用来包装奶酪和药品。在低温下有很好的柔韧性,这种低温性可用于冰淇淋、冷冻肉的包装。

11. 乙烯-丙烯酸乙酯共聚物(Ethylene/ethyl Acrylate Copolymer,E/EAC)

乙烯-丙烯酸乙酯共聚物是乙烯和丙烯酸乙酯的共聚物,为柔软的橡胶状半透明固体,其主要优点是加工热稳定性好,耐低温性能优良,脆折温度可低至 -100 ℃,具有优良的耐弯曲开裂性及耐环境应力开裂性,而且弹性较大,有优异的热黏强度和黏结强度,E/EAC 可用于铝箔和其他树脂的黏结层。E/EAC 具有广泛的用途,可以作为包装材料中的黏结层,也可以做成薄膜或容器的形式用于食品软包装和快餐食品、药品的包装,挤出薄膜可用于无菌纸盒包装、复合罐、牙膏管和食品包装。

12. 聚乙烯醇(Polyvinyl Alcohol,PVA)

聚乙烯醇是一种耐热、高强度、柔韧、耐溶剂、介电性能好的材料,近一半用于薄膜、涂料、黏合剂或成型材料。聚乙烯醇的单体乙烯醇是不稳定的,因此聚乙烯醇不能由单体直接聚合而成,而是先用醋酸乙烯酯聚合成聚醋酸乙烯酯,然后将其醇解,制得聚乙烯醇。聚乙烯醇被大量地用于制造涂料、黏合剂。当它作塑料使用时,通常以薄膜形式应用于食品包装。聚乙烯醇薄膜的力学性能好,耐折、耐磨,无毒、无臭、无味,化学稳定性好,阻气性和阻香性极好,因分子内含有羟基,具有较大的吸水性,故阻湿性差,且随着吸湿量的增加,其阻气性能急剧下降,因此常与高阻湿性薄膜复合,用作高阻隔性食品包装材料。

13. 乙烯-乙烯醇共聚物(Ethylene-Vinyl Alcohol Copolymer,EVOH)

乙烯-乙烯醇共聚物是乙烯和乙烯醇的水解共聚产物。聚乙烯醇具有特别高的气体阻隔性能,但它吸湿性大,有的品种还溶于水,因此难以加工。通过乙烯醇和乙烯的共聚合,保留了高的气体阻隔性能,而耐湿性和加工性也得到了改进。

乙烯-乙烯醇共聚物树脂最突出的特性就是能提高对 O_2、CO_2 或 N_2 等气体的高阻隔性能,使其在包装中能充分提高保香和保质的作用。由于乙烯-乙烯醇共聚物分子中存在较多的羟基,因而材料是亲水和吸湿的。乙烯-乙烯醇共聚物具有非常好的耐油性和耐有机溶剂能力,可以用作油性食品、食用油等要求高阻隔性能食品的包装材料。

14. 离子交联聚合物(Ionomer)

离子交联聚合物又称为离子型聚合物,是以乙烯为主体,加入 1% ~10% 的丙烯酸(或甲基丙烯酸)等单体进行高压共聚并在共聚物主链上引入金属离子(如钠、钾、锌、镁等)进行交联而得到的产品。

离子交联聚合物在包装行业中以薄膜形式使用时,可用于包装形状复杂的或带棱角的物品、食品,特别是高油脂的食品,还可用于普通裹包、弹性裹包及收缩包装,以及复合材料的中间黏合层或热封层,还可以制造盛装洗涤剂、食用油、全损耗系统用油、化妆品、药品、食品的容器。

15. 复合薄膜

复合薄膜是指几种薄膜结合成为一体的多层薄膜材料,复合薄膜的品种很多,归纳起来有纸塑型、塑塑型和纸铝型。

16. 编织袋

聚乙烯和聚丙烯是非极性高聚物,将它们拉伸后,在拉伸方向强度提高的同时,沿拉伸方向的撕裂强度或垂直拉伸方向的拉伸强度则明显下降。聚丙烯编织袋以聚丙烯树脂为主要原料,经挤出成膜、切割、拉伸制成的扁丝织造缝制而成,主要用于化肥、合成材料、炸药、粮食、食糖、盐、矿砂、水泥等产品的包装。复合塑料包装布是以高密度聚乙烯或聚丙树脂为原料,经挤出拉伸制成各种颜色的扁丝,再经编织和流延法复合聚乙烯或聚丙烯而制成的单经平纹复合塑料编织布,可以作为各种帐篷、露天建筑用遮布及缝制成手提袋等。

17. 泡沫塑料

泡沫塑料是以树脂为基础制成的内部具有无数微小气孔的塑料制品。泡沫塑料的通性是质轻,比同种塑料要轻几倍甚至几十倍,由于有无数小孔,因此不易传热、能吸音、绝缘、防震等。泡沫塑料可用作包装材料、绝热材料、吸音材料、过滤材料、室内装饰材料、浮漂物、绝缘材料等。

18. 塑料打包带

塑料打包带具有色泽鲜艳、美观、耐腐蚀、不生锈、质量轻等优点,同时吸水性和吸湿性很小,浸水后不会降低强度,经牵伸的塑料打包带,使用过程中收缩会将包装物扎得很紧,长期使用可靠。它广泛用于食品、纺织、轻工、医药、仪表等包装的打包。

19. 塑料瓶

塑料瓶主要用于包装饮料、液体调料、香水、药水、洗涤剂等。用作塑料瓶的塑料品种有聚对苯二甲酸乙二醇酯、聚氯乙烯、聚乙烯、聚丙烯、聚苯乙烯等。新发展的多层复合共挤吹塑的复合塑料瓶,进一步改善了阻隔性,同时可利用廉价的塑料加入夹层,因而可以降低成本。

20. 塑料桶

塑料桶主要采用聚乙烯和聚丙烯塑料。桶的容量由几升到200L不等,外形多数呈方形和圆形。塑料包装桶可以用作工业原料(酸、碱、盐)、油类以及盐渍食品的包装,其优点是耐腐蚀、质量轻、不易破损。塑料桶的加工技术采取中空成型,先进的加工方式是采取多工位成型,并有多点电子测厚仪反馈控制桶壁厚度,自动调整厚度公差。软塑料桶是由聚乙烯共聚物制成的,呈方形。灌装前可压扁折叠,节省空间和运输费用,用于液体饮料和盐渍酱菜的包装。

21. 塑料箱

塑料箱广泛应用的是聚丙烯周转箱,新型的塑料高密度聚乙烯瓦楞板,其强度/质量比值很高,是制作包装箱的好材料,用以代替木材和纸板等。另外还有发泡聚苯乙烯增强板、合成纤维增强板等,作为受力结构的板材。用作包装箱材料,主要目的是代替天然材料,减轻质量并降低成本。

22. 塑料罐

塑料罐除了传统采用全塑料结构外,又发展了许多新结构,如以薄纸板为基材的复合结构。薄纸板与镀铝塑料薄膜复合以及发泡聚苯乙烯与铝箔复合,广泛用于食品饮料包装,代替金属罐。还有一种纸板与金属的组合罐,罐身由薄纸板螺旋卷绕而成,纸板表面经涂塑或复合,盖和底用金属,这种组合罐用于包装固体饮料和熟制食品。

23. 塑料杯、盘、盒

塑料片材成型工艺的发展,为高效生产塑料小型容器创造了条件。聚苯乙烯、聚乙烯、聚氯乙烯以及发泡聚苯乙烯的薄片材连续热压成型制成的一次性容器已大量使用,成本很低。薄壁塑料杯用于包装果汁、冷饮和固体饮料以及作为旅行用饮料杯。发泡聚苯乙烯浅盘用于包装新鲜鱼肉、果脯、点心、蔬菜、水果,表面蒙上一层拉伸薄膜或收缩薄膜封闭,由自动包装机连续化生产,已大量被超市采用。

模块四　金 属 材 料

金属包装是以英国人 1814 年发明的马口铁罐为标志,从而开创了现代金属包装的历史。金属材料广泛用于工业产品包装、运输包装和销售包装,已成为各种包装容器最主要的包装材料之一。金属包装材料具有高阻隔性,是传统的包装材料之一。与其他包装材料相比,金属包装材料有许多显著的性能和特点,它具有高的强度、刚度、韧性,以及组织结构致密性、良好的加工性等。

一、金属包装材料的性能特点

① 优良的力学性能。金属包装材料的机械强度优于其他包装材料。用它制作的包装容器,尽管壁很薄,也有很高的耐压强度,不易破损。另外还表现为耐高温、耐温湿度变化、耐虫害、耐有害物质的侵蚀。

② 保护性能好。金属包装材料有极好的阻隔性能,如阻气性(如氧气、二氧化碳、水蒸气等)、防潮性、遮光性(特别是阻隔紫外线)、保香性能,优于塑料、纸等其他包装材料,能长期保持商品的质量和风味不变,因此广泛用于食品、药品、化工产品的包装。

③ 外表美观。金属包装材料具有自己独特的金属光泽,便于印刷、装饰,使商品外表华丽美观,提高商品的销售价值。另外,各种金属箔和镀金属薄膜,也是非常理想的商标印刷材料。

④ 加工性能好。金属材料加工性能好,且工艺较成熟,适于连续自动化生产。金属包装材料具有很好的延展性和强度,可以轧制成各种厚度的板材、箔材。箔材可与纸、塑料等进行复合,金属铝、金、银、铬、钛等还可在塑料和纸上镀膜。

⑤ 资源丰富。作为主要金属包装材料的铁和铝,在地球上的蕴藏量极为丰富,且已形成大规模工业化生产,材料品种繁多。

⑥ 废弃物处理性好。金属包装容器一般可以回炉再生,循环使用,减少环境污染。

专家提醒 金属包装材料虽然有上述优点,但也有很多不足之处。主要是:金属材料的化学稳定性差,尤其是钢材,耐腐蚀性差。一般钢材单独作为包装材料用途有限,大多需要在其表面镀覆耐蚀材料(如锡、铬、锌等),以防止来自外界和被包装物的腐蚀破坏作用,同时也要防止金属中的一些有害物质对商品的污染。此外,它的加工工艺比较复杂,小厂无法加工,相对成本较高,它单位面积的质量较纸和塑料大,故制成的容器也较重。

二、金属包装材料的分类

金属材料的种类极多,但用于包装上的材料品种并不很多,包装用金属材料的品种有钢铁材料及铝、铜、锡、铅等,其中使用较多的是钢材、铝材及其合金材料。包装用金属材料的形式主要有金属板材、带材、金属丝、箔片等。板材和箔材是按厚度来区分的,一般将厚度小于0.2 mm的称为箔材,大于0.2 mm的称为板材。金属板材和带材为厚度小于1 mm、大于0.2 mm的薄板材料。金属薄板主要用于制造罐、盒、桶类包装容器;金属薄带主要用于包装捆封;金属丝用于捆扎或制作包装内钉;金属箔材具有组织致密的特性,即不透湿、不透气、能遮光。包装用金属箔材主要为铝箔。箔材主要用于与纸、塑料等材料制成具有特殊性能的软性复合包装材料,应用于各种商品包装。此外,金属材料还应用于电镀、真空镀膜等包装的装潢加工。

模块五　木质材料

木质材料主要是指由树木加工成的木材或片材。木材是一种优良的结构材料,长期以来一直用于制作运输包装,适用于大型或较笨重的机械、五金交电、自行车以及怕压、怕摔的仪器和仪表等商品的外包装。近年来,木材虽然有逐步被其他材料所代替的趋向,但仍在一定范围内使用。包装工业越发达,木质包装在整个包装材料中的比重会越低。

一、木质包装材料的特点

木材作为包装材料有许多优良的性能。

① 木材的资源分布广,便于就地取材。

② 木材具有优良的强度/质量比,有一定的弹性,能承受冲击、震动、重压等作用,木质包装是装载大型、重型物品的理想容器。

③ 木材加工方便,不需要复杂的机械设备,木制容器使用简单工具就能制成。由于木材钉着性能好,箱内可安装挂钩、螺钉,便于拴挂内装物。

④ 由于木材的热胀冷缩比金属小、不生锈、不易被腐蚀,所以木制包装可盛装化学试剂。

⑤ 木材可进一步加工成胶合板,对减轻包装质量、提高材料均匀性、改善外观、扩大应用范围均有很大好处。胶合板包装箱具有耐久性和一定的防潮、抗湿、抗菌等性能。

⑥ 木质包装可以回收、复用,降低成本。

专家提醒 木材易于吸收水分,易变形开裂,易腐败,易受白蚁蛀蚀,还常有异味,加工不易实现机械化,价格高,加之树木生长缓慢等因素,在包装上的应用受到限制。

二、木质包装材料的种类

木质包装材料的种类繁多,其用途也各不相同,一般分为天然木材和人造木材两大类(见表2-2)。

表 2-2　木质包装材料的种类

天 然 木 材		人 造 木 材	
针叶木	阔叶木	纤维板	胶合板
红松	杨木	密度板	三夹板
落叶松	桦木	木丝板	五夹板
白松	柳木	刨花板	…
马尾松	…	…	
…			

三、木质包装材料的选用

1. 物理性能的选用

木材的物理性能包括密度、水分含量、收缩与膨胀率以及气味等。木材由于水分含量、密度的不同,其空隙也不一样。密度大者称为重材,其强度高,变形大,握钉力也大,铁钉钉入时容易裂开;密度小者称为轻材,其强度低,变形小,握钉力也小,铁钉钉入时却不易裂开。水分含量的高低,直接影响着木材的强度。过高会降低其抗弯、抗拉性能,一般选用水分的质量分数在 20% 左右的木材作为包装木材。木材的收缩、膨胀和可燃性是木材的三大缺点,特别是作为包装材料,经过长途运输,气温变化较大,或者由于储存仓库干湿度不同,都会引起木材容器的箱板、条板发生不同程度的收缩或膨胀。某些木材还因含有树脂、胶质、挥发油、单宁和其他成分,故带有特殊气味。做包装箱时,要考虑木材的气味,如松木、柏木、樟木等就不宜做茶叶箱、蜂蜜箱、糖果食品包装箱,以免染上松节油或樟脑的气味;用栎木盛装葡萄酒,内含的单宁可增加酒的美味。

2. 力学性能的选用

木材抵抗外界机械力的能力叫做木材的力学性能。木材的力学性能包括强度、硬度、弹性、可劈性等。木材的硬度与其加工性能是密切相关的,硬度大的木材耐磨损但难刨锯,硬度小的木材易加工但不耐磨损。

3. 握钉性能的选用

用木材做成的包装箱、笼,无论其种类如何,都是由数块木板部件装配连接而成。连接的方法主要是用铁钉连接,连接强度越高,木箱越牢固。连接强度的高低取决于木材握钉力的大小,木材握钉力的大小不但取决于木材的性质,而且与铁钉的种类和进钉方式有关。握钉力是指木材对已钉入的铁钉或螺钉拔出的阻力,即木材对钉的抗拔力。木材的握钉力决定于铁钉与木材之间的摩擦力。当铁钉从木材侧面钉入,一部分木材纤维被切断,一部分产生弯曲,一部分受压,从而木材被分开的部分由于弹性而在钉子侧面呈现压力,此压力越大,则握钉力也越大。铁钉表面粗糙度不同,木材握钉力的大小因之而异。铁钉表面越粗糙,则握钉力越大。所以要增加木材的握钉力,可以使用螺钉,或使用星形或矩形截面的螺钉,或使用倒刺钉,均可提高木材的握钉力。

4. 耐腐蚀性能的选用

要根据贮藏时间的长短考虑包装木材的耐腐蚀性能,而且要求它不腐蚀包装物。

四、代木包装材料

1. 竹胶板箱

用竹材制成的竹胶合板是近年开发的一种比较好的以竹代木的包装材料。竹胶合板具有良好的物理、化学性能,用它制成各类包装箱可用于机电类产品的包装,从而代替大量木材,节省资金,成本比木质包装低一半左右。

2. 胶合板

利用木材顺纹方向强度高这个特点,把两块相邻的薄板按相互垂直的纹理方向胶合起来,使胶合板各方向强度相近。胶合板的层数均采用奇数层,只有这样,胶合板的结构才能平衡。用胶合板制成的包装容器质轻、坚固、不易变形和开裂,具有良好的防腐、防潮性能。用它代替部分木质包装可节省大量木材。

3. 纤维板

纤维板是利用各种木材的纤维和棉秆、稻草、芦苇等植物纤维制成的人造板。它不需要用原木,凡是木材的边角料、刨花等都能利用。纤维板的性能与胶合板类似,板面宽大、构造均匀、无木材的天然缺陷、耐磨、耐腐蚀、不易胀缩、翘裂,还具有绝缘性能等优点。经过油浸或特殊加工后,还能耐水、耐火和耐酸。纤维板制成包装容器后可代替部分木质包装,节省木材。

模块六　玻璃和陶瓷

1903 年欧文斯在美国发明了制瓶机,从那时起玻璃容器制造在 20 世纪有了突飞猛进的发展,玻璃包装成为包装领域的主力军。玻璃是由无机材料熔融冷却而成。玻璃以其本身的优良特性以及玻璃制造技术的不断改进,仍旧适应现代包装的需要。

一、玻璃材料的特性

作为包装材料,玻璃具有一系列非常可贵的特性。其透明性好,易于造型,具有特殊的美化商品的效果。玻璃的保护性能优良,坚硬耐压,具有良好的阻隔性、耐蚀性、耐热性和光学性能。玻璃能够用多种成型和加工方法制成各种形状和大小的包装容器。玻璃的原料丰富,价格低廉,并且具有回收再利用性能。玻璃作为一种包装材料,具有以下优点:

① 化学惰性。对于大多数可能用玻璃包装的物品,玻璃不会与之产生化学反应,没有什么影响,安全性高。

② 阻隔性高。对水蒸气和气体完全隔绝,从而具有很好的保存性。

③ 透明度高。可制成有色玻璃。

④ 刚性大。可以使其在灌装线上易于被握持,并在整个销售期间保持形状不变,另外它可使对外包装容器刚性要求降低、降低成本。

⑤ 耐内部压力强。特别对那些含碳酸气的饮料和气溶胶的包装是一种特别重要的性能。

⑥ 耐热性好。因为在许多包装领域耐高温是一个重要性质,故玻璃包装具有优越性。在包装时需要耐高温的主要场合有热灌装、在容器中烧煮或消毒杀菌、用蒸汽或热空气对容器进行消毒。而玻璃能耐高达 500 ℃的温度,能适应于任何包装。

⑦ 制造原料易得,成本低廉。

专家提醒 玻璃包装也存在一些缺点,有时甚至是致命的。如脆性,玻璃的耐冲击强度不大,尤其当表面受到损伤或制造组成不均匀时更严重,而这可能造成严重后果。如灌装期间瓶子破碎,既损失了容器,又损失了产品,更严重的是中断了机器运转,甚至更有可能玻璃屑掉在产品中,如为食品和化妆品则后果不堪设想。

玻璃包装的第二个缺点为质量大,特别在早期由于难以控制玻璃的分布,每个瓶子用了过量的玻璃以确保各点有足够的强度,这样就提高了成本,且使运输量和费用增大。

二、玻璃材料的种类

通常根据形成体氧化物的种类,把玻璃分成硅酸盐玻璃、硼酸盐玻璃、磷酸盐玻璃和铝酸盐玻璃等。常用的包装玻璃为钠钙玻璃,其次是硼硅酸盐玻璃。钠钙硅酸盐玻璃是用途最广和用量最多的玻璃品种,钠钙玻璃容易熔制和加工,价格便宜,用作对耐热性、化学稳定性没有特殊要求的玻璃。钠钙玻璃的主要成分是 SiO_2、CaO、Na_2O,表 2 - 3 列出了几种常用玻璃的组成及主要性能。

表 2 - 3　几种常用玻璃的组成及主要性能

玻璃种类	SiO_2	Na_2O	CaO	B_2O_3	Al_2O_3	MgO	主要性能
石英玻璃	99.5						热膨胀系数最小,密度最大
硼酸盐玻璃	81	3.5 ~ 4		12 ~ 13	2.5		化学稳定性好,耐热
钠钙玻璃	74	11 ~ 16	5 ~ 10		1 ~ 3	1 ~ 4	熔制加工性好
门窗玻璃	72	14	10		1	2	熔制加工性好,耐热
纤维玻璃	54		16	10	14	4	易拉制纤维
光学玻璃	54	1	8(K_2O)		37(PbO)		高折射率,密度大

三、玻璃包装容器

玻璃包装容器通常称为玻璃瓶,种类繁多,按制造方法分为模制瓶和管制瓶;按色泽分为无色透明瓶、有色瓶和不透明的混浊玻璃瓶;按造型分为圆形瓶和异形瓶;按瓶口形式分为磨口瓶、普通塞瓶、螺旋盖瓶、凸耳瓶、冠形盖瓶、滚压盖瓶;按瓶口大小分为窄口瓶和广口瓶;按用途分为食品包装瓶、饮料瓶、酒瓶、输液瓶、试剂瓶、化妆品瓶等;按容积分为小型瓶和大型瓶;按使用次数还可分为一次用瓶和复用瓶;按瓶壁厚度可分为厚壁瓶和轻量瓶。

四、陶瓷

陶瓷的传统概念是指以黏土为主要原料,与其他天然矿物经过粉碎混炼、成型、煅烧等过程制成的各种制品。陶瓷制品是人类制造和使用的最早物品之一,距今已有几千年的历史。按陶瓷制品坯体结构质地的不同,可将陶瓷制品分为两大类,即陶瓷和瓷器。

1. 陶瓷的性能

陶瓷的化学稳定性与热稳定性均好,能耐各种化学药品的侵蚀,热稳定性比玻璃好,在 250 ~ 300 ℃时也不开裂,并耐温度骤变。不同商品包装对陶瓷的性能要求也不同,如高级饮用酒瓶(如茅台酒),要求陶瓷不仅机械强度高,密封性好,而且要求白度好,具有光泽。包装用陶瓷材料,主要从化学稳定性和机械强度方面考虑。

2. 包装陶瓷的种类

包装陶瓷主要有粗陶瓷、精陶瓷、瓷器和炻器四大类。

(1) 粗陶瓷

粗陶瓷多孔,表面较为粗糙,带有颜色,不透明,并有较大的吸水率和透气性,主要用作缸器。

(2) 精陶瓷

精陶瓷又分为硬度精陶(长石精陶)和普通精陶(石灰质、镁、熟料质等)。精陶器比粗陶器精细,坯为白色,气孔率和吸水率均小于粗陶器。精陶瓷用作缸、罐和陶瓶。

(3) 瓷器

瓷器比陶瓷结构紧密均匀,坯均为白色,表面光滑,吸水率低,极薄瓷器还具有半透明的特性。主要用作瓷瓶,也有极少数用作瓷罐。

(4) 炻器

炻器是介于瓷器与陶器之间的一种陶瓷制品,也有粗炻器和细炻器两种,主要用作缸、坛、砂锅等容器。

模块七 复合包装材料

一、复合包装材料的概念

所谓复合材料,是指由两种或两种以上具有不同性能的物质结合在一起组成的材料。而复合包装材料,是指在微观结构上遵循扬长避短的结合,发挥所组成物质的优点,扩大使用范围,提高经济效益,使之成为一种更实用、更完备的包装材料。因此,复合包装材料比任何单一传统包装材料的性能要优越得多。

常见的复合包装材料有玻璃纸/塑料、纸/塑料、塑料/塑料、纸/金属箔、塑料/金属箔、玻璃纸/塑料/金属箔等。

(1) 纸塑复合

纸印刷性能好,可透水透气,不耐水,水浸润后强度下降和变形,塑料薄膜有较好的阻水和阻气性、好的表明光泽,但印刷性能较差,因此二者结合可取长补短,构成纸塑复合包装材料。纸塑复合薄膜又可分为三种,即塑面纸底、纸面塑底和塑/纸/塑复合。

(2) 塑塑复合

塑塑复合包括二层复合薄膜,如 PS/PE、BOPP/CPP 等;三层复合薄膜,如 PE/BOPP/PE、PA/EVOH/PE 等;四层以上的复合薄膜,如 PP/PE/EVOH/PE、PE/PP/PVDC/PP 等。

(3) 铝塑、纸铝塑复合

在纸塑复合中,应用塑料的隔湿阻水(或油)性,使复合后的纸能包装含水的、油渍性的食品等,加一层铝箔不仅可以提高气密性和阻隔性,而且还可减少紫外线的透过。典型的复合薄膜如 PE/纸/PE、离聚体/玻璃纸/离聚体/PE 等。

二、复合包装材料的一般性质与特性

复合包装材料的性质既有共通性,又有特殊性。当然,这与复合结构的组成有很密切的关系。

1. 复合包装材料应具有的基本性能

① 保护性。应有足够的力学强度,包括拉伸强度、破裂强度、耐折强度等。另外,还有防水性、防寒性、密封性以及避光性、耐湿性、耐油性、绝缘性等。

② 操作性。即方便包装作业、能适应机械化操作,不打滑、不带静电、抗卷翘,耐隔离性好,有折痕保持性。

③ 商品性。适宜印刷、利于流通、价格合理。有句广告词说:"你有产品,我有包装",总之复合包装材料也是一种商品,要在市场上站得住、立得稳,必须有强势,归根到底是把好经济关,"价格"门槛要恰到好处。

④ 卫生性。无臭、无毒、污染少。复合包装材料本身要清洁,不能含有危害人体健康的化学成分。它的回收还是一个问题,值得进一步研究,加以妥善解决。

2. 复合包装材料应具有的其他特性

① 耐油性。用于包装食品的材料常以不透油为基本的要求之一。为了防止油和油脂对纸的多孔结构的渗透,有时需要用成膜物质去堵塞微孔,而最好是用与油脂没有化学亲和力的材料。

② 热封性。有的包装作业要求快速热封,因此对这种复合包装材料所选用热封涂料应有更高的要求。在普通环境条件下,它必须具有热塑性和不粘连性。在加温加压的条件下,它又必须变成有强烈的胶黏性。即使在热封区、冷却区前仍然保持牢固。热封涂料的聚合物有多种,溶剂性的如乙基纤维素、丙烯酸类、乙烯共聚物、聚偏二氯乙烯和聚醋酸乙烯酯等,可由它们的混合物或者用蜡配制,热封温度的范围为 100 ~ 180 ℃;水基性的如聚氯乙烯、聚乙烯醋酸乙烯等,热封温度的范围为 82 ~ 163 ℃。

③ 阻隔性。许多食品要求包装材料具有一定的防氧性能,借以阻止腐败变质情况发生。同时,要使包装袋保持香味也与它的气体屏蔽能力有关。

④ 压敏性。即时贴也就是压敏性复合包装材料,除制作不干胶、标签外,还可制胶带、转移印花、墙壁覆盖材料等。它具有与一般胶不同的性能。第一,在很宽的温度范围内,以很小的压力和很短的加压时间表现良好的黏合能力;第二,可以与各种不同的表面发生黏合作用;第三,能够长时间保持与表面接触的能力,且不易老化。

模块八　其他包装材料

一、天然包装材料

天然包装材料是指天然的植物和动物的叶、皮、纤维等,可直接使用或经简单加工成板、片,再作包装材料。主要有竹类、野生藤类和草类等。

1. 竹类

竹材属于内长树类,种类很多,为亚洲的特产。我国约有 200 种左右,产量极大。主要生长在我国南方各省区,年产量在 20 亿根以上。

竹材除了制成竹胶板代替木材制作包装箱外,还可编织成竹筐,包装蔬菜、水果以及一般的小型机电产品,还可以作为菱镁砼包装材料中的筋材,用于制作各种机电产品的包装箱等。

2. 藤类

藤类主要包括柳条、桑条、槐条、荆条及其他野生植物藤类,用于编织各种筐、篓、箱、篮等。

3. 草类

草类主要有水草、蒲草、稻草等,用于编织席、包、草袋等,是价格便宜的一次性使用的包装用材料。

其他天然包装材料还有棕榈、贝壳、椰壳、麦秆、高粱秆、玉米秆等,用于制作各种特殊形式的销售包装。

二、纤维织品包装材料

纤维织品包装材料主要有天然纤维与化学纤维两大类,见表2-4。

表2-4　纤维织品包装材料

天　然　纤　维	化　学　纤　维
植物纤维:棉、麻 动物纤维:羊毛、蚕丝、柞蚕丝等 矿物纤维:石棉、玻璃纤维等	人造纤维:黏纤、富纤、酪酸纤维等 合成纤维:涤纶、锦纶、腈纶、维纶等

棉、麻纤维织品用于包装的产品主要是布袋和麻袋。

(1) 布袋

布袋是用棉布(主要是白市布和白粗布)制成的袋。布面较粗糙,手感较硬,但耐摩擦,撕裂强度高。制作的袋一般为长方形,有两个纵边,一边无缝,接缝后为两头敞口的桶状袋料,再将一端缝纫封口,另一头在边敞口。白市布袋主要用于装面粉等粮食制品和粉状物品。为了防止布袋受潮、渗漏和污染,可在袋内衬纸袋或塑料袋。白粗布袋用于化工产品、矿产品、纺织品、畜产品、轻工产品等的包装。

(2) 麻袋

用于包装袋的麻有黄麻、洋麻、大麻、青麻、罗布麻等,野生麻用于包装材料的种类也很多。麻纤维经纺织而成的麻布是制麻袋的唯一原料。麻袋按照所装物品的颗粒大小,分为大粒袋、中粒袋和小粒袋等;按麻袋载荷质量分为100 kg、75 kg、50 kg等;按所装物品可分为粮食袋、糖盐袋、畜产品袋、农副产品袋、化肥袋、化工原料袋和中药材袋等。以各种野生麻、棉秆皮为原料织成的包皮布,可代替麻布。

合成纤维与塑料一样,均属于高分子聚合材料,具有强度高、耐磨、弹性好、耐化学腐蚀性强和抗虫蛀霉变等优点,作为包装材料还有结构紧密、不透气、不吸水的特点。主要用作包装布、袋、帆布、绳索以及复合包装材料等。缺点是耐光性及耐热性差,易发生静电等。

模块九　包装机械设备

一、包装机械的分类及构成

1. 包装机械的概念

　　包装机械是指完成全部或部分包装过程的机械。包装过程包括充填、裹包、封口、捆扎等主要包装工序，以及与其相关的前后工序，例如清洗、干燥、杀菌、堆码、拆卸等，另外也包括打印、贴标、计量等辅助工序。

　　现代包装机械的含义很广，既包括各种自动化包装机械，又包括各种半自动化包装机械，同时还包括各种运输包装机械、包装容器的加工机械及装潢印刷机械等。

　　2. 包装机械分类

　　在我国国家标准中，按照包装机械的功能来分，包装机械主要可分为如下几类：充填机械，代号为 C；裹包机械，代号为 B；灌装机械，代号为 G；封口机，代号为 F；多功能包装机，代号为 D；贴标机械，代号为 T；清洗机械，代号为 Q；干燥机械，代号为 Z；杀菌机械，代号为 S；捆扎机械，代号为 K；集装机械，代号为 J；辅助包装设备，代号为 U。

　　3. 包装机械的构成

　　包装机械属于自动机械范畴，种类繁多，结构复杂，而且新型包装机械又不断涌现，所以很难对它们的构成进行分类。但从大量包装机械的工作原理和结构性能来分析，它们的构成都具有共同点，一般认为包装机械都是由以下几部分组成，如图 2-1 所示。

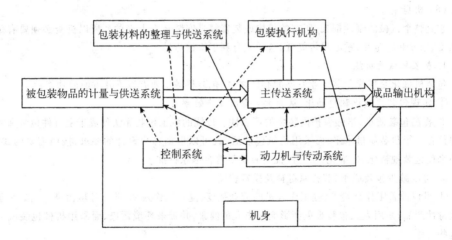

图 2-1　包装机械的组成框图

　　（1）被包装物品的计量和供送系统

　　其主要作用是将包装件进行计量、整理、排列，并输送到预定位置。同时有些还能完成包装件的定型、分割等工作。

　　（2）包装材料的整理和供送系统

　　该部分的主要作用是将包装材料进行切断或整理排列，再依次输送到预定位置，例如糖果包装机中包装纸的供送机构。有一些还能在供送过程中完成制袋等工作。

　　（3）主传送系统

　　该部分主要是将包装材料和被包装物品由一个包装工位顺序传送到下一个包装工位。任何包装工序在包装机上都是分几个工位来共同完成的，因此必须要有传送机构来传送包装材料和被包装物品，直到把产品输出。

　　（4）包装执行机构

　　其主要作用是直接完成包装操作，即裹包、封口、贴标、捆扎等。例如糖果裹包机的前后推糖板、抄纸板、糖钳手和扭结手等就组成了该设备的包装执行机构。

（5）成品输出机构

该机构主要作用是把包装好的产品从包装机上卸下,并有序排列再输出。有些包装机械的成品输出是靠包装产品的自身重力卸下的,还有些是靠主传送机构完成的。

（6）动力机与传动系统

动力机是机械工作的原动力,通常是由电动机或附加有液压泵和压缩机的电动机驱动的。

传动部分是指将动力机的动力和运动传给执行机构和控制系统,并使其完成预定工作的装置。传动机构因机器不同而不同,但传动零件主要有齿轮、凸轮、齿条、皮带、链条、螺杆等。在包装机械中还要有主传送系统,它的主要作用是将包装材料和包装件由一个包装工序传送到下一个包装工序。

（7）控制系统

在包装机中从动力的输出、传动机的运转,再到包装执行机构的动作执行以及产品的输出,都是通过操作系统的指令操作的。此外还包括包装质量故障及安全等的控制等。其控制方法主要有电控制、气动控制、光电控制和射流控制等,其中最普遍的是机电控制。

（8）机身

它是整个机械的刚性框架,所有的机构或装置都是安装在它上面的。所以机身必须要有足够的强度、刚度和稳定性,重心尽可能低,这样才有利于机械运转。

4. 包装机械的功能

包装机械化是现代包装工业发展的必由之路,包装机械主要有以下几方面的功能:

① 实现包装机械化和自动化,从而大大提高生产效率。

② 提高包装质量,增强保护内装物的可靠性。传统的手工包装无法使成千上万件包装和内装物保持在一个包装质量水平,而采用机械包装后,就可以根据客户设计的要求,按照需要的式样、大小来使包装规格化、标准化,从而保证包装质量符合国家标准。

③ 可以减少包装成本,节省原材料及投资费用。

④ 可以改善工作环境,减轻工作人员的劳动强度,提高工作效率,防止环境污染。例如对于粉尘或毒性产品,采用人工包装难免会影响工作人员健康,并带来环境污染,而采用机械包装就会解决这些问题。

⑤ 带动整个包装产业的发展。由于包装作业的机械化,这就要求包装材料、包装容器等有进一步的发展,从而带动相关包装产业的发展。

二、主要包装机械

包装机械按其功能可分为充填机、灌装机、封口机械、裹包机械、多功能包装机等。

（一）充填机

将产品按预订量充填到包装容器内的机器称为充填机。充填机种类很多,按照计量方式的不同可以分为容积式充填机、称重式充填机和计数充填机;按照填充物的物理状态可以分为粉料充填机、颗粒物料充填机、块状物料充填机、液体罐装机等;按照功能可以分为制袋充填机、成形充填机等。

1. 容积式充填机

将产品按预定容量充填到包装容器内的充填机叫做容积式充填机。

根据物料容积计量方式的不同,可以分为量杯式充填机、可调容量式充填机、柱塞式充填机、计量泵式充填机、螺杆式充填机、插管式充填机、气流式充填机、定时充填机等,如图2－2所示。

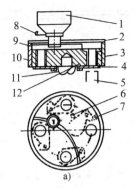

a)

1—料斗　2—粉罩　3—量杯
4—活门　5—粉袋　6—闭合圆销
7—开启圆销　8—下粉闸门
9—粉料刮板　10—护圈
11—转盘主轴　12—圆盘

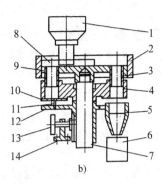

b)

1—料斗　2—护圈　3—固定量杯
4—活动量杯托盘　5—下料斗
6—包装容器　7—转轴　8—刮板
9—转轴　10—活门　11—活门导柱
12—调节支架　13—手轮　14—手轮支座

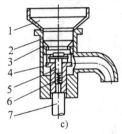

c)

1—料斗　2—缸体　3—柱塞顶盘　4—柱塞
5—活门　6—弹簧　7—柱塞推杆

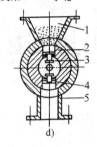

d)

1—料斗　2—转阀　3—调节螺钉
4—活门　5—出料口

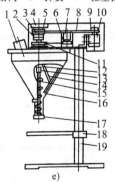

e)

1—进料器　2—电磁离合器　3—电磁制动器
4—大带轮　5—光码盘　6—小链轮　7—搅拌
电机　8—齿形带　9—小带轮　10—计量电机
11—大链轮　12—主轴　13—联轴器
14—搅拌杆　15—计量螺杆　16—料仓
17—筛粉格　18—工作台　19—机架

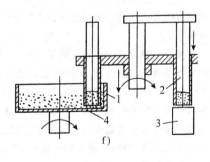

f)

1—插管　2—顶杆　3—容器　4—储料槽

图 2-2　容积式充填机示意图

a) 量杯式充填机　b) 可调容量式充填机　c) 柱塞式充填机计量装置

d) 计量泵式充填机计量装置　e) 螺杆式充填机　f) 插管式充填装置

专家提醒 该类充填机适合于干料或稠状流体物料的充填。其特点是结构简单、计量速度快、造价低,但计量精度较低,因此它适用于便宜物品的包装作业。

2. 称重式充填机

上面已经提到容积式充填机计量精度不高,因此对一些流动性差、相对密度变化较大或易结块物料的包装,效果不太好。因此对计量精度要求较高的各类物料的包装应该采用称重式充填机。

将产品按照预定质量充填到包装容器内的机器称为称重式充填机。它又分为毛重式充填机和净重式充填机,如图2-3所示。

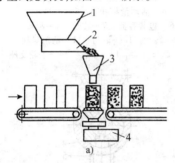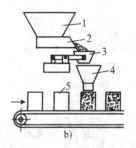

1—料斗 2—加料器 3—漏斗 4—秤　　1—料斗 2—加料器 3—秤 4—漏斗 5—容器

图2-3　称重式充填机示意图

a) 毛重式称量充填装置　b) 净重式充填机称量充填装置

毛重式充填机是在充填过程中产品连同包装容器一起称重的机器。该类机器结构简单,价格较低。由于包装容器本身的重量直接影响充填物料的规定重量,因此,此类机器不适用于包装容器重量变化较大而物料重量比例很小的场合,而适用于价格一般的自由流动的物料及黏性物料的充填包装。

净重充填机是指称出预定质量的产品,并将其充填到包装容器内的机器。该类机器称量物料的结果不受容器皮重变化的影响,它是最精确的称量充填机。为了达到较高的充填精度,可采用分级进料的方法。称量时大部分物料高速进入计量斗,剩余的小部分物料通过微量进料装置缓慢地进入计量斗。可采用电脑来精确控制进料的多少。由于净重充填机的称量精度很高,所以被用于包装重量要求精度高或较贵重的并且能自由流动的固体物料的包装,也可以用于那些不适合用容积充填机包装的物料,例如油炸薯片、虾条等。但由于它的充填速度慢,所以最好采用多个充填头。该类机器的价格比较高。

3. 计数充填机

计数充填机是将产品按预定数目充填到包装容器内的机器。按计数方式的不同,可分为单件计数和多件计数两类。

单件计数充填机是采用机械、光学、电感应、电子扫描等方法逐件统计产品件数,并将其充填到包装容器内的机器。根据计数装置的不同,又可分为转盘计数充填机(见图2-4)和履带式计数充填机等。

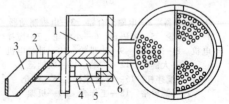

图2-4　转盘计数充填机示意图

1—料斗 2—定量盘 3—卸料槽
4—底盘 5—卸料盘 6—支架

多件计数充填机是利用辅助量(例如面积、长度等)进行比较来确定产品件数,并将其充填到包装容器内的机器。通常又有长度计数机构(见图 2－5a)、容积计数机构(见图 2－5b)和堆积计数机构(见图 2－5c)等。

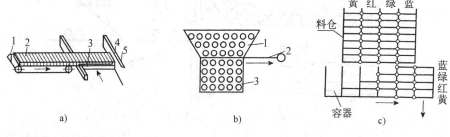

1—输送带　2—被包装产品　　1—料斗　2—闸门　3—计量箱
3—横向推板　4—触点开关　5—挡板

图 2－5　计数充填机
a)长度计数机构　b)容积计数机构　c)堆积计数机构

(二)灌装机

灌装机是将液体产品按预定量灌注到包装容器内的机器。该机械主要用于三大类包装容器,即玻璃瓶、金属易拉罐(包括铝质两片罐和马口铁三片罐)及塑料瓶的液料灌装。灌装液料主要包括食品行业的啤酒、饮料、乳品、植物油及调味品,化工行业的洗涤日化用品、矿物油及农药等,但大部分都用于食品行业,尤其是饮料制造业。

1. 旋转型灌装机

待灌瓶由输送带输入或人工送入灌装机进瓶机构,瓶子在灌装机转盘带动下绕主立轴旋转,进行连续灌装。转动近一周时,瓶子灌满,由转盘送入压盖机进行压盖,如图 2－6 所示。这种灌装机在食品和饮料行业应用最为广泛,如汽水、果汁、啤酒、牛奶的灌装。

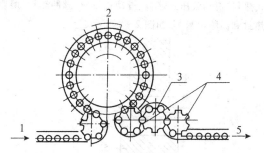

图 2－6　旋转型灌装机原理图
1—进瓶　2—顶杆活塞组件　3—封盖
4—传送转子　5—出瓶

2. 直线型灌装机

直线型灌装机是指灌装瓶沿着平直的直线运动,进行成排灌装。凡送来一排空瓶由推瓶板向前推送一次,到送灌液管的下方时阀门打开,进行间歇灌装操作。直线型灌装机原理如图 2－7 所示。

这种灌装机结构比较简单,制造方便,但占地面积比较大,而且是间歇运动,生产能力受到一定限制,因此一般只用于无气液料类的灌装。

(三)封口机械

在包装容器内盛装产品后,对容器进行封口的机械称为封口机械。按照封口方法的不同主要分为无封口材料的封口机、有封口材料的封口机和有辅助封口材料的封口机三大类。无封口材料的封口机包括热压封口机、脉冲封口机、熔焊封口机等几种,最主要的是热压封口机。

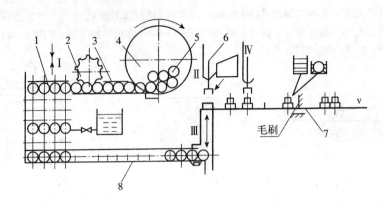

图 2-7　直线型灌装机原理图

Ⅰ—定量罐装　Ⅱ—上盖　Ⅲ—将盖拧紧　Ⅳ—贴商标　Ⅴ—待装盒装箱

1—推瓶板　2—限位拨盘　3、7、8—传送带　4—传送盘　5—瓶子　6—上盖机构

封口机适用于用任意材料制成的包装容器的封口。容器内可以盛装任意物品,例如塑料薄膜及其复合材料制成的包装袋可盛装奶粉、糖果等;金属罐和玻璃瓶可以盛装各类固体或液体食品等。

1. 热压封口机

热压封口机是用热合的方法封闭包装容器的机器。它广泛应用于各种塑料袋、塑料杯和复合膜的热合封口。根据其热合方式的不同,热压封口机的热封方法可分为板式热封、滚轮式热封、带式热封、滑动滚压式热封、滑动式热封、脉冲热封、熔切式热封、脉冲熔切式热封、熔融热封、超声波热封和高频热封等,如图 2-8 所示。

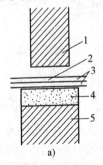

a)

1—加热板　2—密封部　3—薄膜

4—耐热橡胶　5—底座

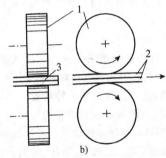

b)

1—加热滚轮　2—薄膜

3—密封部

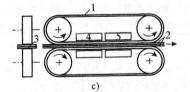

c)

1—聚四氟乙烯带(或钢带)　2—薄膜

3—密封部　4—加热部　5—冷却部

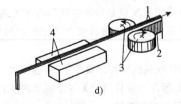

d)

1—薄膜　2—密封部

3—压轮　4—加热板

图 2-8　热压封口机

a) 板式热封　b) 滚轮式热封　c) 带式热封　d) 滑动滚压式热封

e)

1—密封部　2—被包装物
3—薄膜　4—加热板

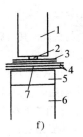

f)

1—压板　2—镍铬合金条　3—防粘材料
4—薄膜　5—耐热橡胶　6—底座　7—密封部

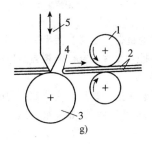

g)

1—送膜辊　2—薄膜　3—橡胶辊
4—密封部　5—加热刀

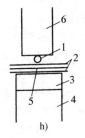

h)

1—镍铬合金线材　2—薄膜　3—耐热橡胶
4—底座　5—密封部　6—压板

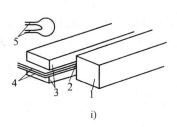

i)

1—加热板　2—密封部　3—冷却板
4—薄膜　5—薄膜密封部剖面

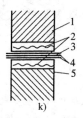

j)

1—磁致伸缩振子　2—指数曲线型振幅放大器
3—底座　4—薄膜　5—密封部

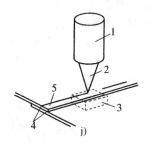

k)

1—压头　2—高频电极　3—封缝　4—薄膜　5—工作台
图 2-8　热压封口机(续)
e) 滑动式热封　f) 脉冲热封　g) 熔切式热封　h) 脉冲熔切式热封
i) 熔融热封　j) 超声波热封　k) 高频热封

2. 带封口材料的封口机

带封口材料的封口机其封口不是通过加热,而是通过加载使封口材料变形或变位来实现封闭的。常见的有压纹封口机(如压塑性小塑料袋的封口机)、牙膏管封口的折叠式封口机、广口瓶金属盖及扭断盖的滚压式封口机(通过滚压封口材料,使其与容器口部的形状轧压贴合从而封闭包装容器的机器称为滚压式封口机)、压力封口的酒瓶压盖机、旋盖封口机(螺纹旋盖机)、金属罐头的卷边式封口机(采用二重卷边方法使罐盖、罐体的翻边相互卷曲勾合来封闭容器的机器,称为卷边式封口机,又称为封罐机)。

3. 带封口辅助材料的封口机

这种封口机是采用各种封口辅助材料来完成包装容器的封口。常见的有缝合机、订书机、胶带封口机和粘结封口机等。

(四)裹包机械

裹包机械是用柔性包装材料完成全部或局部裹包产品的机器。主要包括半裹式、全裹式、缠绕式、拉伸式裹包机等,其中全裹式裹包机主要又分为折叠式、扭结式、接缝式、覆盖式四种。下面重点介绍扭结式、折叠式裹包机,收缩包装机和拉伸式裹包机。

裹包机械适合于对块状并具有一定刚度的物品进行包装。把一些粉状或散粒状物品经过浅盘、盒的预包装后。可按块状物品进行包装。块状物品可以是单件物品,如糖果、香皂等;也可以是若干件物品的集合,如饼干、火柴等。

用于裹包的挠性材料主要有纸、玻璃纸、单层塑料薄膜及复合材料等。

1. 扭结式裹包机

用挠性材料裹包产品,将末端伸出的裹包材料扭结封闭的机器称为扭结式裹包机。其裹包方式有单端扭结和双端扭结。

扭结式裹包机按其传动方式可分为间歇式和连续式两种,国内目前常用的是间歇双端扭结式裹包机。图2-9所示为间歇双端扭结式糖果包装机工艺原理图,可完成单层或双层包装材料的双端扭结裹包。

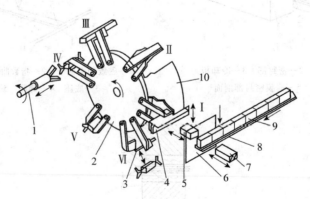

图2-9 间歇双端扭结式糖果包装机工艺原理图

1—扭手 2—工序盘 3—打糖杆 4—活动折纸板 5—接糖杆 6—包装纸
7—送糖杆 8—输送带 9—糖果 10—固定折纸板 Ⅰ～Ⅵ—工位

在图2-9中,主传送机构带动工序盘2间歇转动。随着工序盘2的转动,分别完成对糖果的四边裹包及双端扭结。在Ⅰ工位,工序盘2停歇时,送糖杆7、接糖杆5将糖果9和包装纸6一起送入工序盘上的一对糖钳手内,并被夹成U形。接着活动折纸板4将下部伸出的包装纸(U形的一边)向上折叠。当工序盘转到Ⅱ工位时,固定折纸板10已将上部伸出的包装纸(U形的另一边)向下折叠成筒状。固定折纸板10沿圆周方向一直延续到Ⅳ工位。在Ⅳ工位,连续回转的两只扭结手夹紧糖果两端的包装纸,并且完成扭结。在Ⅵ工位,钳手张开,打糖杆3将已裹包完成的糖果成品打出,完成裹包过程。

2. 折叠式裹包机

用挠性材料裹包产品,将末端伸出的裹包材料折叠封闭的机器称为折叠式裹包机。

折叠式裹包机一般是先将物品置于包装材料上,然后按顺序折叠各边。在折边过程中根据工艺要求,有的在最后一道折边之前上胶使之粘合,有的用电热烫合,有的则只靠包装材料受力变形而成型。

折叠式裹包机使用极其广泛,包装外形美观,常用来裹包糖果、方糖、巧克力、香皂等。图2-10所示为条盒折叠式裹包机工作原理。

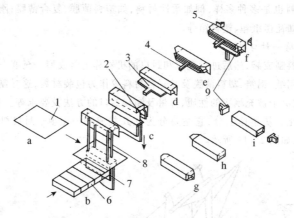

图 2-10　条盒折叠式裹包机工作原理

1—透明纸　2—条盒摆动板　3—长边折叠板　4—推板和两端折叠板　5—固定折叠板
6—条盒　7—条盒托板　8—垂直通道　9—热封器　a~i—工位

在图2-10中的b位,条盒6由条盒输送带送入条盒托板7上。此时被定长切断的透明纸1由a位送到条盒托板7的上部,覆盖在条盒上面。接着条盒压下两个微动开关主电动机即起动,条盒托板7带着条盒6与透明纸1沿垂直通道8上升,在垂直通道的导向下,使透明纸1倒"U"形包裹条盒。在条盒托板7上升到最高位之后,条盒摆动板2与长边折叠板3一起将条盒托住,此时条盒托板7开始下降到起始位置。当条盒摆动板2托住条盒并保持一段时间后,长边折叠板3将透明纸包裹后的底面一长边折叠完毕,如图2-10中的d位所示。同时,推板与两顶端折叠板4开始运动,完成e位所示顶端面前部的折叠任务。在4继续向前输送的过程中,底板和固定折叠板5完成如图2-10f位所示的另一底面长边和两顶端后部短边的折叠任务。随后,底面热封器9即向上运动,将底面长边热封。条盒在推板的推动下进入输出机构,在输出机构两侧固定折叠板的导向下,先后完成两顶端面的下部长边折叠和上部长边的折叠任务(h、i位)。最后由两端热封器9将条盒两端透明纸热封,完成整个透明纸条盒的包装任务。

3. 收缩包装机

将产品用热收缩薄膜裹包后再进行加热,使薄膜收缩后裹紧产品的机器称为收缩包装机。收缩包装机按机器类型分为隧道式收缩机、烘箱式收缩机、框式收缩机和枪式收缩机。

收缩包装机主要由裹包机、热收缩通道和输送装置等组成。输送装置将被包装物品按包装规格的要求送入包装机,再用收缩薄膜将其裹包封合,然后再送入热收缩通道,这样使薄膜收缩将物品紧紧裹住。

收缩包装机用途广泛,主要用于运输包装和销售包装。可用来裹包食品、日用品和工业品等。这种机器不仅能裹包单件物品,也能裹包多件物品,尤其对形态不规则的物品包装也很适合。

4. 拉伸裹包机

拉伸裹包机使用拉伸薄膜在一定张力下裹包产品。用于将堆集在托盘或浅盘上的产品连同托盘或浅盘一起裹包。它具有热收缩裹包机的优点,而且不需要加热,节省能源。

(五)多功能包装机

在一台包装机上可以完成两个或两个以上包装工序的机器称为多功能包装机。

多功能包装机类型很多,它能够包装的物品也是多种多样的,不仅可以包装液体、黏稠膏体,还可以包装粉、粒、块等。这种包装机械在食品、医药和日用化工等行业得到广泛应用。此外这种机器所用的包装材料也是多种多样,例如柔性材料,如塑料薄膜、复合薄膜;刚性材料,如玻璃瓶、罐等;半柔性材料,如瓦楞纸箱、塑料箱等。

1. 袋成型—充填—封口机

将柔性包装材料制成袋,然后进行充填和封口的机器称为袋成型—充填—封口机。

这种机器主要用纸、铝箔、塑料薄膜及其复合材料等作为包装材料,这样制成的包装袋形式多样,袋型大小主要取决于被充填物的性质、容量及制袋封口的方法及要求等。袋型的多样化,决定了这类机器的多样化。从整体上分,它主要分为立式袋成型—充填—封口机和卧式袋成型—充填—封口机两大类,如图2-11所示。

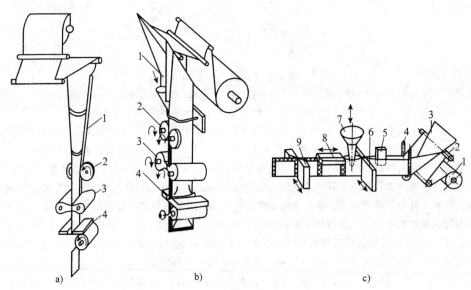

a)   b)   c)

1—U形成型器 2—纵封辊 1—象鼻成型器 2—纵封辊 1—卷筒薄膜 2—导辊 3—三角成型器
3—横封辊 4—切刀   3—横封辊 4—切刀   4—导向杆 5—隔离板 6—纵封器
                      7—进料斗 8—横封牵引装置 9—切刀

图2-11 袋成形—充填—封口机

a)U型成型器制袋式 b)象鼻成型器制袋式 c)间歇卧式(直移型)袋成型—充填—封口机工作原理

立式袋成型—充填—封口机的特点是被包装物料的供应装置设置在制袋装置内侧,比较适用于液体、半流体、粉体、颗粒状及块状物料的包装。被包装物料的流动性、密度、颗粒度、形态等对包装速度和质量都有较大影响。供料装置的尺寸、形状、位置、材料等应适合于不同物料的特性。而且包装材料的尺寸精度、强度、延伸度等都能达到现代高速包装机的要求。

卧式袋成型—充填—封口机的袋成型与充填都沿水平方向进行。它的应用范围较广，主要适用于块状物料的包装，例如饼干、面包、方便面等，其袋形为枕形。而且包装尺寸在很宽的范围内可以调节，包装速度较快。

2. 真空包装机和充气包装机

包装容器内盛装产品后，抽去容器内空气，达到预定真空度并完成封口工序的机器称为真空包装机，如图 2-12 所示。

真空包装机主要用于包装易氧化、霉变或受潮变质的产品，如榨菜、腊肠等，这样来延长产品的有效期，同时也可以防止精密零件或仪器生锈。

真空包装使用的塑料薄膜或复合材料应具备一定的气密性、耐压性以及机器适应性等。

真空包装机种类很多，通常分为机械挤压式、插管式、腔室式、热成型式等几种。

充气包装机与上面所介绍的真空包装机基本相同，唯一不同的是在抽真空后，加压封口前增加一充气工序。

3. 热成型—充填—封口机

热成型—充填—封口机是在加热条件下对热塑性片状包装材料进行深冲，形成包装容器，然后进行充填和封口的机器。在热成型包装机上能分别完成包装容器的热成型、包装物料的充填、包装封口、裁切、修整等工序。这种机器又称为吸塑包装机，如图 2-13 所示。

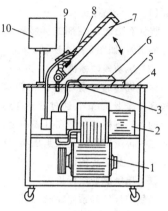

图 2-12　真空包装机结构示意图
1—真空泵　2—变压器　3—加热器
4—台板　5—盛物盘　6—包装制品
7—真空室盖　8—压紧器　9—小气室
10—控制箱

这种包装机对于药片胶囊的包装应用很广泛，此外在食品、日用品等行业应用的也比较多。这种包装具有质量轻、运输方便、密封性好等优点，而且能包装任何异形品，装箱时不另外需要其他缓冲材料。

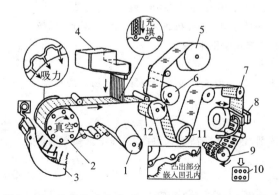

图 2-13　连续卧式热成型—充填—封口机组成示意图
1—薄膜卷　2—真空成型卷　3—加热器　4—充填料斗　5—盖材卷　6—热封辊
7—导辊　8—冲裁机构　9—废料卷辊　10—成品　11—张紧辊　12—热封主动辊

三、其他包装机械

1. 贴标机

采用黏结剂将标签粘到包装件或产品上的机器称为贴标机。多数液态和部分粒状瓶装产品都是采用这种机器粘贴标签。贴标机应用广泛,品种繁多,主要与所用的标签和黏结剂有关。贴标的基本工艺流程是取标、标签传送、印码、涂胶、贴标、抚平。下面简单介绍几种常见的贴标机。

（1）黏合贴标机

将涂有湿敏胶黏剂的标签贴到包装件或产品上的机器,如图2-14所示。

（2）滚动式贴标机

这种机器通常是利用涂胶装置在容器表面某些部位涂上黏结剂,通过容器在运输或转位过程中的自转将标签紧裹在其表面上,然后通过毛刷或搓滚传送带将标签压紧实,这类贴标机适用于圆形食品罐头的贴标。

（3）压敏黏合贴标机

压敏胶标签是预先涂胶的,贴标时不需要在标签背面涂胶,将标签直接粘贴到包装件表面即可。

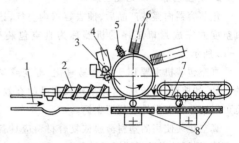

图 2-14　真空转鼓贴标机示意图

1—板式输送带　2—供送螺杆　3—真空转鼓
4—涂胶装置　5—印码装置　6—标盒
7—搓滚传送带　8—海绵橡胶衬垫

（4）热压和热敏黏合贴标机

这种贴标机所用的标签背面涂有一种黏结剂,它只有在加热的条件下才起粘合作用。

专家提醒　由于这种贴标机只需要加热装置,不需要其他黏结剂等,因此标签整洁,适用于卫生标准要求比较高的场合。

2. 清洗机

清洗机是采用不同的方法清洗包装容器,包装材料,包装辅助物,包装件,以达到预期清洗目的的机器,它主要用于前期工作过程。

根据所用的清洗方法的不同,清洗机械可分为干式,湿式,机械式,电解式,电离式和超声波式等几种形式。

（1）干式清洗机

它是使用气体清洗剂,以压力或抽吸方法清除不良物质的机器,如图2-15所示。

（2）湿式清洗机

它是使用液体清洗剂,包括化学溶液及蒸汽,消除不良物质的机器,也包括鼓风清洗机。

（3）机械式清洗机

这类机器借助工具擦刷,以清除不良物质。

（4）电解式清洗机

这类机器通过电解分离来清除不良物质。

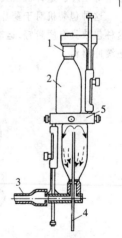

图 2-15　干式清洗机
工作原理示意图

1—管嘴　2—空容器
3—吹气管　4—抽气管
5—转台

（5）电离式清洗机

这类机器通过电离来清除不良物质。

（6）超声波式清洗机

这类机器通过机械振荡产生的超声波与适当的化学洗剂相结合的方式来清除不良物质,如图 2－16 所示。

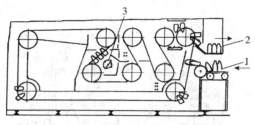

图 2－16 输送带式超声波清洗机示意图
1—瓶子进口 2—净瓶出口 3—超声波照射部位

3. 干燥机

干燥机是指通过不同的干燥方法,减少包装容器、包装材料、包装辅助物及包装件上的水分,达到预期干燥程度的机器。常见的干燥机械有以下三种:

（1）热式干燥机

通过加热或冷却,以除去水分的机器称为热式干燥机,如图 2－17 所示。

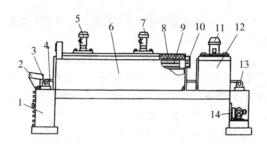

图 2－17 罐盖烘干机
1—机架 2—工作台 3—进口端输送机链轮 4—钢丝网输送带 5—预热风机
6—预热烘干室 7—烘干风机 8—绝热层 9—电热管 10—电热头 11—冷却室
12—冷却风机 13—传动装置 14—电动机

（2）机械干燥机

通过离心分离、震动、压榨、擦净等机械办法来干燥物品的机器称为机械干燥机。

（3）化学干燥机

通过化学作用来干燥物品的机器称为化学干燥机。

4. 杀菌机

杀菌机是指消除产品、包装容器、包装材料、包装辅助物及包装件等上的微生物,使其数量降到允许范围内的机器,如图 2－18 所示。

杀菌工艺及设备目前在许多行业,尤其是食品和药品等行业中应用越来越多,对保证产品质量起着越来越重要的作用。

杀菌机械的种类很多,按照杀菌方法可分为热杀菌、冷杀菌和冷热结合杀菌,按照处理性质可分为物理杀菌和化学杀菌。此外,在当今的无菌包装系统中,采用超高温杀菌装置、微波杀菌装置和紫外线杀菌装置的也很多。

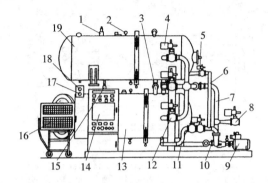

图 2-18 回转式杀菌机外形示意图

1—上锅安全阀 2—空气阀 3—上、下锅连接管路 4—上锅加热阀 5—进水阀

6—水管 7—蒸汽管 8—蒸汽阀 9—电动机 10—循环水泵 11—循环水管

12—下锅加热阀 13—下锅(杀菌锅) 14—控制柜 15—下锅安全阀

16—杀菌篮 17—温度计 18—压力计 19—上锅(贮水锅)

5. 集装机械

集装就是将若干产品或包装件包装在一起,使其形成一个合适的搬运单元,具有这种集装功能的机械称为集装机械。

集装机械主要又分为结扎机、捆扎机、堆码机和集装件拆卸机等几种。

结扎机是指用线、绳等结扎材料,在一定张力下缠绕产品几圈,并将两端打结连接的机器。

捆扎机是指使用带状材料缠绕产品一圈,然后收紧,并将两端用热效应熔融或用包扣等材料连接的机器。适用于瓦楞纸箱等重型产品的集扎。

堆码机是指将预定数量的包装件或产品按照一定规则进行堆积的机器。

集装件拆卸机是指将集合包装件拆开、卸下并分离的机器。

6. 辅助包装机械

辅助包装机械是指并非完成基本包装工序,而只是起一定辅助作用的机械。它既可以是独立的机器,又可以作为某机器或某生产线的一个组成部分。

辅助包装机械包括涂胶器、计数器、打印机、整理机、输送机、隔板自动插入机及质量检验设备等。

第3单元

纸制品包装工艺

知识要点

- · 了解纸袋的类型及纸袋材料的选用方法。
- · 熟悉常见的裹包形式。
- · 熟悉纸盒与纸箱的类型及选用方法。

任务目标

- · 掌握袋装工艺的基本操作过程。
- · 掌握袋装工艺设备的选用原则。
- · 掌握主要的裹包工艺过程。
- · 掌握常用的装盒及装箱工艺。

以纸与纸板为原料制成的包装制品,统称为纸制品包装,主要包括纸袋、纸盒、纸箱、纸罐、纸桶和其他复合材料包装容器等。纸制品包装应用十分广泛,纸袋、纸盒、纸罐和其他复合材料包装容器是产品一次性包装、销售包装的主要容器,多年来随着纸(纸板)/塑料/铝箔复合材料与容器的推广,纸制品的应用领域进一步扩大,目前已大量地应用于食品、饮料、医药产品的包装。

模块一 纸袋包装

袋装是包装中应用最为广泛的工艺方法之一,所使用的材料为较薄的柔性材料,如纸、塑料薄膜、金属箔以及它们的复合材料等。袋装具有许多优越性,例如工艺操作简单、包装成本低、销售和使用较为方便;它既可用于销售包装,又可用于运输包装;它的尺寸变化范围大,有多种材料可供选用,适应面很广,既可包装固体物料,又可包装液体物料;装袋产品毛重与净重比值最小,无论空袋或包件所占空间均少。但与刚性和半刚性容器包装相比,强度差,大部分袋装件不能直立在货架上,展示性较差;包装件性能易受环境条件的影响,包装储存期较短;包装件的封口边和褶皱在一定程度上影响美观。

一、纸袋类型与纸袋材料的选用

1. 纸袋的类型

纸袋是指至少一端封合的单层或多层扁平管状纸包装制品。纸袋种类繁多,若按纸袋层数进行分类,可分为:

① 单层纸袋。用单张纸制成的袋,一般多为小型袋。

② 双层袋,又称套袋。由两层纸构成,两层材料不一定相同。

③ 多层袋。一般有三至五层,由多个纸袋或纸袋与树脂织物袋套装而成,多为重型袋。

若按纸袋的制作、材料进行分类,可分为纯纸袋、纸塑复合袋、纸/塑/铝箔复合袋等。

若按纸袋的大小又可分为销售包装纸袋和运输包装纸袋(即大袋与小袋)两类。小袋一般用于装载 10 kg 以下的物料。大袋也称为重型包装袋,一般用于装载 10 ~ 50 kg 的物料,用于粉状、颗粒状、块状产品的运输包装,如农产品、饲料、工业原料、化肥等。

(1) 纸制大袋的类型

纸制大袋一般可分为两类:一类为轻载袋,由 1 ~ 2 层纸制成,既可作为外包装,又可作为内衬与塑料编织袋组合使用;另一类是重载储运袋,由三层以上的纸构成,主要用于装填大容量散装物品。

小贴士

为了防潮,有时在纸袋中层加入塑料薄膜或沥青防潮纸。

纸制大袋按结构形式可分为:

① 阀式缝合袋。阀式缝合袋包括平袋和带 M 形褶边袋。这种袋在装货前已将袋口缝合,只在袋侧面留有一阀口,装货时通过该阀口装入颗粒状、粉末状物料后,将袋稍朝阀口侧倾斜,即可使阀关闭,保证充填装物料不从阀口流出。

专家提醒 为了排出充填时袋内的空气,纸袋纸必须有一定的透气度,否则会使粉末物料反喷,恶化生产环境和降低充填速度。

其基本形式有:阀门在内侧,加筋片,两头缝的活门袋(见图 3 - 1 中①);阀门在外侧,加筋片,两头缝的活门袋(见图 3 - 1 中②)。

② 开口缝底袋。包括平袋和带 M 形褶边袋。这种袋包装货物前将底缝合,装填物料方便迅速,外形规格尺寸相同时平袋容积小。主要缺点是装货后必须封口,并且由于底尖很难自立堆放。其基本形式有:加筋片,一头缝合、另一头开口的重包装袋(见图 3 - 1 中③);不加筋片,一头缝合、另一头开口的重包装袋(见图 3 - 1 中④)。

③ 阀式粘底袋。与缝底袋相比,阀式粘底袋无针脚孔引起的强度降低,密封性较好,再加上防潮底可制成良好的防潮纸袋。其基本形式有:内阀式粘底袋(见图 3 - 1 中⑥),也称为内封式双粘底袋;外阀式粘底袋(见图 3 - 1 中⑦),也称为外封式双粘底袋,阀门在外。

④ 开口粘底袋。这种袋底是粘接而成的,呈六角形,装货后可直立堆放。其基本形式有一头粘接的开口袋(见图 3 - 1 中⑧)和自动粘底开口袋(见图 3 - 1 中⑨)。

⑤ 角部开口的两端缝底袋(见图 3-1 中⑤)。

⑥ 两头全开的捆包袋(见图 3-1 中⑩),常用于集合包装。

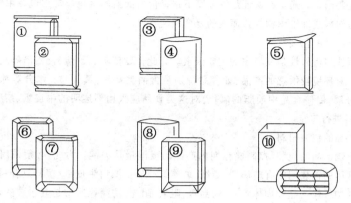

图 3-1　运输包装袋的基本形式

(2) 纸制小袋类型

纸制小袋一般用黏合剂粘接成袋。常用形式如图 3-2 所示。

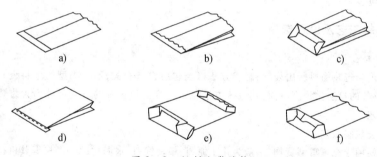

图 3-2　纸制小袋结构

用于机械作业包装的纸制小袋结构形式总体上可分为以下两类:

① 尖底袋。尖底袋可分为尖底平袋和尖底带 M 形褶边袋。尖底平袋(见图 3-2a)类似于信封,以纵向搭接和底部翻折粘接成形,适合装扁平的物体。M 形褶边袋容积大,打开袋口容易,装物方便。根据袋底的封合方式可分为黏合式(见图 3-2b)和缝合式(见图 3-2d)。

② 角底袋。角底袋装满物料后可以立放,且打开底口方便,有的还在袋口处单侧切出缺口。袋底有四边形和六边形两种,底面为四边形的角底袋通常有平袋式带 M 形褶边(见图 3-2c),也称为自动开口袋,只要拿住开口处一抖,袋口就张开,袋底呈长方形,充填很方便。底面为六边形的角底袋还可分为两种,一种为书包形袋(见图 3-2f),两侧无褶,但撑开后与自动开口袋无异;另一种为粘接阀门袋(见图 3-2e),两端均封住,在袋的一端角部装充填用的阀管,充填后将阀管折叠后封住。

2. 纸袋材料的选择

生产纸袋的纸张品种很多,通常有牛皮纸、纸袋纸、涂布胶印纸、普通包装纸等。

纸袋材料的选择应根据物料的特性及保护要求、封合性能、印刷适应性、机械操作要求以及成本等方面综合考虑。

（1）重型产品的包装材料

对于水泥、农资产品、粮食等产品采用的大容量运输包装,包装保护性、价格以及使用方便等要求是考虑的主要因素。通常在保证足够强度下选择价格低廉的材料。常用包装用纸有纸袋纸、牛皮纸以及纸与塑料或纤维织物复合而成的复合包装材料。

（2）液体类产品的包装材料

材料的阻隔性与密封性是其考虑的主要因素。为此,纸/塑料、纸/塑料/铝箔等复合材料以及涂布纸是首选。对环境较敏感的产品,如食品特别是含油类食品,氧气、光、水分等都将加速食品中营养成分的分解,促使食品中油脂的氧化,对这类食品应采用不透明的牛皮纸、蜡纸或纸/塑料（铝箔）复合材料进行包装。

（3）干燥产品的包装材料

对于普通干燥产品的包装,控制储存期内产品的吸湿量是关键。为此,必须采用防潮性能好的材料包装。常用的包装用纸有玻璃纸、蜡纸、玻璃纸/塑料、漂白牛皮纸/塑料复合材料等。对于有其他特殊要求的干燥产品如固体食品、药品等,阻氧、阻光、防潮等通常是其包装的基本要求,同样需要采用不透明的牛皮纸、蜡纸或纸/塑料（铝箔）复合材料进行包装。

（4）易锈产品的包装材料

金属产品特别是一些精密仪器、仪表等对湿度、氧较敏感,一般采用蜡纸、防油纸、纸/塑料复合材料进行包装。

二、装袋工艺及设备选用

1. 装袋工艺

装袋工艺与包装物料所用袋型、制袋方法以及包装设备有关,不同类型的塑料袋其包装工艺不同,包装设备的自动化程度不同,其包装方法也不一样。根据袋的不同可分为大袋装袋工艺与小袋装袋工艺。

（1）大袋装袋工艺

大袋主要用于充填重型货物,一般为化工原料、粮食饲料、水泥化肥等。根据其机械化程度的不同可分为手工操作、半自动化操作和全自动操作。其主要的装袋工艺过程为:取袋→开袋口→充填→封口。

手工操作是由人工取袋、开袋,把袋套在放料斗下,或充填管上,充填完毕即可将袋移至缝合机或黏合机处封口。半自动操作是在手工操作的基础上,附加一些辅助装置就成为半自动操作。如人工取袋、开袋,把袋套在充填管上以后,可以在充填口上安装由气动或机械操作的自动袋自夹持器,装满后松开,由输送带把袋送到封口工位,用机器封口。全自动操作是袋子从储袋斗中取出,打开并夹住,送往充填工位,定位充填,充填后送至封口工位封口,整个过程完全由机械操作自动进行。

随着我国经济的持续发展,规模化生产的企业日益增多,各行业对 25～50 kg 大袋的包装设备自动化程度的要求越来越高,随之对袋的要求也越来越多。该设备的基本功能指标有:

① 高速高效。能满足每小时包装 20 t 以上物料并连续生产的要求。

② 牢度。包装袋的抗拉强度、抗冲击强度能承受重力、堆垛中的压力及运输中的冲击力。

③ 密封性。由于包装物料的不同,密封要求也不同,特别是粉料或有毒物品、怕受污染物品的密封性能要求。

④ 防潮、防霉性能。容易受潮或霉变的物料对包装材料的气密性有特殊的要求。

⑤ 环保要求。对人类赖以生存的环境进行保护已是世人的共识,对环境保护的水平已是衡量一个国家文明程度的标志,因此要求包装袋必须是可降解可回收的材料,以缓解对环境的污染。

⑥ 易拆性能。现代化的大工业生产必然要求高效率,大袋包装多数是原材料或初加工产品,所以包装袋还需满足易拆、易倾倒的要求。

包装工艺及设备对袋的要求如下:

① 多层牛皮纸袋可内衬塑料袋,层与层之间必须紧密套合,内层尺寸较外层可略有过盈,不得有间隙,才能起到多层承受力的作用。

② 内衬塑料袋不可过大,以免热封时产生皱叠而造成泄漏。

③ 内衬塑料袋的厚度不得小于 0.06 mm,否则修剪袋口时不易切断,甚至会损坏切刀。

④ 如果袋口需要除尘,袋口部分层与层之间必须粘连。

⑤ 无内衬的 M 折纸袋如需缝纫,两侧 M 折处应予以粘连。

⑥ 内衬塑料袋的包装应采用套衬的方式,不可采用复合袋,因为纸塑复合袋不易降解。

大袋装袋工艺的主要环节是充填和封口,而充填方法与要充填的物料类型及流动性有关。阀门袋多用毛重称量法,而开口袋用毛重称量法和净重称量法均可。对于固体物料其充填方法可分为两种:一种是称量充填法,即以质量来计量充填物料的数量;另一种是容积充填法,即以容积来计量充填物料的数量。

专家提醒 大袋的封合方法很多,其选用与袋子的形式和材料有关。阀门袋具有自折叠封合阀管,可用手工折叠后再封合,也可采用阀管闭合后再折叠封合。开口袋多用封袋机封口,一般是用手捏住袋口两角,直接通过缝袋机进行缝合。为了增加封口的强度,可在袋口加袋纸板或耐撕裂材料后再缝合。此外,也可以在制袋时在袋口涂敷热熔性黏合剂,封口时在热封装置中加热,然后折叠加压封合。也可在生产线上施胶加压封口。缝合式封口方法既坚固又经济,适应性强。缝合式封口的线呈链形,抽线开口极为方便,封口速度也比黏结式封口高。但因有缝合针眼,防潮、防漏方面不如黏结式封口好。

目前,手工操作和半自动操作因生产效率低,一般只适合于手工作坊、小型工厂包装生产用。全自动操作从取袋到包装件检验等工序均由机械完成,工作效率高,被大型生产企业所采用。

（2）小袋装袋工艺

装预制袋和制袋充填式制袋工艺不同,所以设备也有区别。

① 预制袋装袋工艺

从储袋架上取出一个袋,打开袋口,充填物料,然后封口。一般在间歇回转式多工位的给袋充填包装机上完成。由于要开袋口,充填和封口所需时间较多,所以生产率低。充填固体物料约包装 60 袋/min,充填方法一般采用称量充填法和容积充填法。充填液体物料只能包装 30～45 袋/min,充填方法一般采用定液位灌装法或容积灌装法。由于预制袋装袋是间歇式运动,速度受到一定限制,且要求取袋准确,易于张开。因此,该技术没有得到广泛应用。

② 制袋—充填—封口式装袋工艺

近年来随着市场经济的发展、人们生活方式的改善以及软性包装材料和技术的进步,软性小袋包装需求量越来越大。由于这种装袋方法工序安排合理,节省材料、能源和劳力,生产率高,生产成本低,所以得到十分广泛的应用。但对包装材料有一定要求,多为塑料薄膜和具有一定强度的复合材料。

该包装工艺过程由袋成型—充填—封口机来完成。由于袋形的变化多样,工艺过程也不尽相同。根据包装工艺路线、运动形式及总体布局的不同,主要分类如下:

$$
装袋工艺
\begin{cases}
立式
\begin{cases}
连续运动 \\
间歇运动
\end{cases} \\
卧式
\begin{cases}
直移型
\begin{cases}
连续运动 \\
间歇运动
\end{cases} \\
回转型
\begin{cases}
连续运动 \\
间歇运动
\end{cases}
\end{cases}
\end{cases}
$$

虽然该装袋工艺的种类较多,但是工艺原理是大同小异的,因此下面仅仅介绍几种常见的工艺过程。

a. 立式装袋工艺。这种工艺方法可包装成枕型袋、三面封口袋和四面封口袋。由立式制袋充填机完成,有单列和多列两种。单列机的生产率为 20～200 袋/min,取决于充填方式、制袋材料和袋子尺寸;多列机主要用于小型袋,从 2 列直到 10 列,生产率可达 300～1 500 袋/min。

图 3-3 所示为立式(四面)封袋包装工艺过程。料斗由供料栓控制,进行周期下料,前后卷筒包装材料经一对成型封合滚筒成为四面封合包装件,并由导向辊送至裁切工位切断,包装件由传送带输出。这种方法适用于包装砂糖、食盐等小颗粒状物品,生产速度可达 80～120 袋/min。

图 3-4 所示为立式(枕型)封袋包装工艺过程。卷筒包装材料经成型器和纵封器裹成圆筒状,由充填器装料并用皮带向下送进,用横封器两端封口,裁切刀分切,送出包装件。这种方法适用于包装定量要求精确的调味品、茶叶、咖啡、药品等流动性物品,其生产率随物品性质、包装材料的不同,在 20～120 袋/min 之间变化。若使用旋转或同步横封器,生产率可提高到 150～200 袋/min。

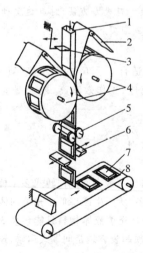

图 3-3　立式(四面)封袋包装工艺过程
1—料斗　2—卷筒包装材料(前后两卷)
3—供料栓　4—成型封合滚筒　5—送进辊
6—裁切刀　7—包装件　8—传送带

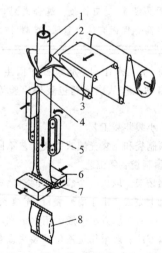

图 3-4　立式(枕型)封袋包装工艺过程
1—充填器　2—成型器　3—卷筒包装材料
4—纵封器　5—送进皮带　6—横封器
7—裁切刀　8—包装件

立式多列制袋充填包装机的工作原理如图 3-5 所示。

b. 卧式装袋工艺。这种工艺方法可以包装成枕型袋、三面封口袋和四面封口袋。由卧式制袋充填包装机完成,适合于包装形状规则或不规则的单件或多件产品,如饼干、肉类、鱼类、蔬菜和小五金零件等。

图 3-6 所示为卧式直移型间歇(三面)封袋包装工艺过程示意图。其工艺过程为:卷筒包装材料,经过张力辊和成型三角板向水平方向移动,同时由折叠辊折成 V 形;由纵封器封侧边,经过料斗充填,再由横封器封顶边,最后经过切断刀切断,送出包装件。这种方法简单,封合质量可靠,但间歇运动生产效率不高。这种工艺可以包成小型扁平袋,适于包装颗粒、粉末和浆状等物料。生产率一般为 100～120 袋/min。有的机种可以同时包装两个袋,生产能力加倍。

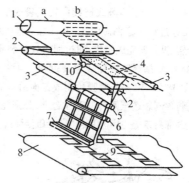

图 3-5　立式多列制袋充填包装机示意图
1—薄膜卷筒(a 为制袋反面,b 为制袋正面)
2—导辊　3—换向导辊　4—充填料斗
5—纵封器　6—横封纵切器　7—切断刀
8—传送带　9—包装件　10—分割刀

卧式枕型袋成型充填封口工艺适用于形状规则的物品,如图 3-7 所示。采用间歇运动及人工供料,生产速度为 2540 袋/min,自动供料时生产速度为 50～80 袋/min,在连续运动、同步横封及自动供料时生产速度可达 200 袋/min。

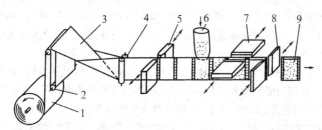

图 3-6　卧式直移型间歇(三面)封袋包装工艺过程示意图
1—卷筒包装材料　2—张力辊　3—成型三角板　4—折叠辊　5—纵封器
6—料斗　7—横封器　8—裁切刀　9—包装件

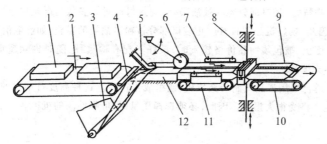

图 3-7　卧式枕型袋成型充填封口工艺流程示意图
1—被包装物品　2—传送带　3—卷筒包装材料　4—过桥　5—纵封推板
6—纵封辊　7—送料皮带　8—横封切断装置　9—包装件
10—输出传送带　11—进给传送带　12—成型器

卧式间歇回转袋成型充填封口工艺过程如图3-8所示。该工艺采用筒状薄膜,先定长横封、切断,然后将袋移至间歇回转的工作盘上被袋夹夹住。在工作盘停歇时依次完成开袋、充填和封口工序。

图3-9所示为卧式连续回转式袋成型—充填—封口装袋工艺过程示意图。图3-9a中,平张薄膜经三角成型器、导辊、纵封器完成制袋,通过回转计量装置完成加填,后经切断装置、横封装置完成包装过程。其袋形为三面封口袋。图3-9b中,平张薄膜预制成三面封口的袋,经切刀切断后,将预制袋送至回转的工作台上,分别完成开袋、充填、排气、顶部封口等工序。其袋形为四面封口袋。

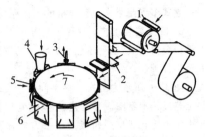

图3-8 卧式间歇回转袋成型充填封口工艺过程

1—横封器(封底) 2—切刀 3—开袋器 4—加料斗 5—横封器(封口) 6—袋夹 7—工作盘

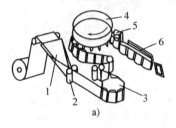

a)

1—三角成型器;2—导辊;3—纵封器
4—回转计量装置;5—切断装置
6—横封装置

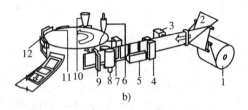

b)

1—成卷薄膜 2—三角成型器 3—光电管 4—垂直封合
5—袋底封合 6—机械孔盘 7—气动孔道 8—牵引辊
9—切刀 10—进料斗 11—排气 12—顶部封合

图3-9 卧式连续回转式袋成型—充填—封口装袋工艺过程示意图

2. 装袋设备的选用要点

装袋机及其配套装置种类很多。功能、生产能力、袋的形状和尺寸、所用材料及价格各不相同,而且差别很大。选用时必须根据工厂和市场的具体情况综合考虑;引进国外设备,必须符合国内的条件。除一般性问题外,提出以下要点,供选择设备时参考。

① 充填的计量装置要选择得当。当包装某些颗粒和粉末状物料时,其密度能控制在规定范围内,才能选用容积式计量,否则宁可选用称量式计量。对于那些对空气湿度和温度敏感的物料尤其应当注意。

② 封合时的加热方式与所用包装材料的热封性能要适应。否则封合质量不能保证。

③ 充填粉末物料时,袋口部分容易被沾染,影响封口质量。多数情况是由于包装材料表面带有静电引起的。因此,装袋机必须具有防止袋口部分被粉尘沾染的措施,如静电消除器等。

④ 当装袋速度快、被包装物品价格较贵时,最好能配有检重秤,随时剔除超重或欠重的包装件,并能自动调整充填量。

⑤ 小袋包装适合采用连贯式制袋充填机,或组成生产线。这种高度自动化的单机或生产线,一旦发生故障,生产将受很大损失。因此,必须选择质量好、可靠性高的机种。

模块二　　裹　　包

裹包使用较薄的软包装材料,如纸、塑料薄膜、金属箔以及其他的复合软包装材料,对被包装物品进行全部或局部的包封。裹包包装形式多样,灵活多变,所用包装材料较少,操作简单,包装成本低,流通、销售和消费都方便,应用十分广泛。

一、裹包的类型与要求

1. 裹包类型

裹包的类型很多,一般与所用材料、封口方法和设备有关。按裹包工艺的机械化、自动化程度可分为手工操作、半自动操作和全自动操作三种;按裹包的形状可分为折叠式裹包和扭结式裹包等。

折叠式裹包是裹包中用得最多的一种方法。包装件美观整齐,其包装的基本方式是:从卷筒材料上切下所需尺寸的包装材料,或者预先裁好堆集在储料架内,物品在裹包机上作上下或左右移动,然后将材料裹在被包装物品上,用搭接方式包成筒状,再折叠两端并封紧,如图 3 - 10 所示。根据产品的性质和形状及所用裹包设备和表面装潢图案的需要,接缝位置和开口折叠的形式与方向、折叠式裹包的工艺又有多种变化。

扭结式裹包主要用于糖块(粒)等固体产品,就是用一定长度的包装材料将产品裹成筒状或方形,搭接接缝不需要黏结或热封,只需将开口端的部分规定方向扭转形成扭结,如图 3 - 11 所示。

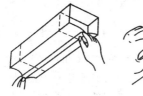　　　　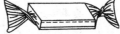

图 3 - 10　折叠式裹包　　　　图 3 - 11　扭结式裹包

2. 裹包要求

近年来为了更好地满足产品的包装、储运以及销售要求,对产品裹包提出了新的要求。

① 尽可能采用新型包装材料和先进技术,以延长商品的储存期。

② 在具有同样功能的条件下,以更简单、更低廉的包装元件及方法替代原来的包装方式,并实现自动作业。

③ 按市场销售划分单元份量时,应实现数量、质量和尺寸的系列化与标准化。

④ 使商品包装满足超市化销售要求,使消费者能清晰识别商品的特性、价格以及其他信息,有利于商品在货架上堆叠,且对商品提供有效保护。

⑤ 改进产品的包装设计,采取有效的防伪、防窃等安全措施。

二、裹包工艺

1. 折叠式裹包工艺

折叠式裹包是裹包中使用最为普遍的一种方法。其基本工艺过程是:从卷筒材料上切取一定长度的包装材料,或从储料架内取出预切好的包装材料,然后将材料包裹在被包装物上,用搭接方式包装成筒状,再折叠两端并封紧。根据产品的性质和形状、表面装饰和机械化的需要,可改变接缝的位置和开口端折叠的形式与方向。

折叠式裹包工艺有多种,按接缝的位置和开口端折叠的形式与方向进行分类,可分为两端折角式、侧角接缝折角式、两端搭折式、两端多褶式、斜角式等。

（1）两端折角式

这种方式适合于裹包形状规则方正的产品。基本操作方法是:先裹包成筒状,接缝一般放在底面,然后将两端短侧边折叠,使其两边形成三角形或梯形的角,最后依次将这些角折叠并封紧。

专家提醒 两端折角式裹包工艺较简单,机械作业较易实现,但接缝通常在背面,包裹的紧密性、包装的密封性较差。此外,接缝在背面一定程度上影响了装潢图案的完整性。

手工操作时,接缝可采用卷包接缝,包裹较紧密,包装件表面平整,如图3-12所示。机器操作时,因工作原理不同,折叠顺序和产品移动方向各有不同。图3-13所示为上下和水平移动式折叠,折叠顺序见图中箭头所指。

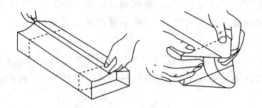 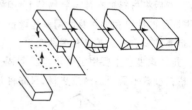

图3-12　手工操作卷包接缝　　　　图3-13　上下和水平移动式折叠

图3-14所示为两端折角式裹包工艺过程示意图。卷筒包装材料6由送料辊5送至裁切辊4处分切为单张片材,再由传送辊3送至裹包工位;黄油(凡士林)由加压料斗1经定量泵2、成型筒17成型,用钢丝刀18切成块状黄油16,落在裹包材料上;在带折边的转盘14中,由内侧折叠器15和固定的外侧折叠器13共同作用,将黄油裹成筒状,在工位7和8处折叠两侧,再经弧状压板,将两侧压平合合,包裹好的物料12通过滑道11落在传送带10上输出。

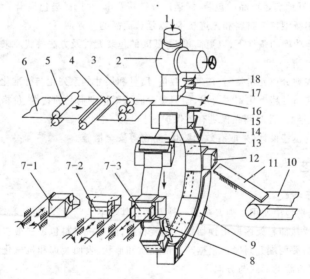

图3-14　两端折角式裹包工艺过程示意图

1—加压料斗　2—定量泵　3—传送辊　4—裁切辊　5—送料辊　6—包装材料　7、8—工位
9—弧状压板　10—传送带　11—滑道　12—物料　13—外侧折叠器　14—转盘
15—内侧折叠器　16—块状黄油　17—成型筒　18—钢丝刀

图 3-15 所示为接缝和最后折角均在背面的两端折角式包装工艺过程。对于一些较薄的长方形产品,如口香糖、巧克力板糖等包装内层的铝箔,采用将长边折角全部折向底面与接缝贴合的方式,然后外套印有商标图案的封套。

（2）侧面接缝折角式

侧面接缝折角式又称为香烟裹包式。侧面接缝折角式裹包工艺过程如图 3-16 所示,其特点是折叠重合接缝及包封封口在包装体的三个侧面。这种裹包方式裹包较紧密,包装体正面、背面完整,可保证装潢图案的完整性,可弥补两端折角式裹包存在的缺陷,同时特别适应高速全自动裹包作业。

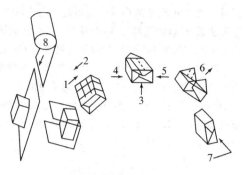

图 3-15　接缝和最后折角均在背面的两端折角式包装工艺过程示意图

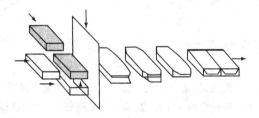

图 3-16　侧面接缝折角式裹包工艺过程示意图

图 3-17 所示为侧面裹包工艺过程示意图。卷筒料经导向辊 1、主送料辊 2 和涂胶辊 3 送到裹包工位。被包装物 6 在工作台上整理排列后,由推杆 7 推向前方,再由推杆 5 推向右方,在固定

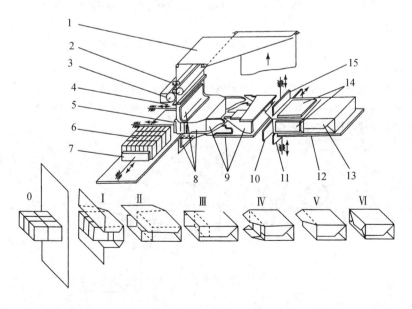

图 3-17　侧面裹包工艺过程示意图

折板 8 的作用下,折成形状Ⅰ。裹包纸定长裁切后,推送到工位 9 处,由三个固定折板折成形状Ⅱ与形状Ⅲ,继续向前推行,由折板 10 折侧面(见图中的形状Ⅳ),前折板 15 和 11 折前面(见图中的形状Ⅴ),用压板 14 压平,最后形成包装件 13(见图中的形状Ⅵ),从工作台 12 输出。

香烟包装是侧面接缝折角式裹包代表性的例子。普通香烟的原包装,在国内分为简装、精装和外表裹玻璃纸包装三种,最内层的是浸沥青纸或裱纸铝箔,采用的是侧面接缝折角式包装,如图 3-18 所示,印有商标图案的一般为外层,采用侧面接缝折角式裹包,最后在开口处贴封签。有些商品如录音磁带、盒装药片等,为了零售方便,在裹包时也采用侧面接缝折角式五面裹包(见图 3-19)。

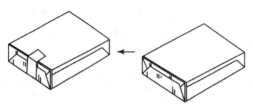

图 3-18　香烟外层侧面接缝折角式裹包　　图 3-19　侧面接缝折角式五面裹包

（3）两端搭折式

两端搭折式又称为面包裹包式,适合于裹包形状不方正,变化多或质地较软的产品,如面包、糕点等。折叠特点为一个折边压住前一个折边,以此完成裹包。折叠顺序如图 3-20 所示。

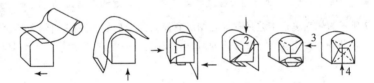

图 3-20　两端搭折式裹包工艺过程示意图

（4）两端多褶式

两端多褶式适合用于裹包圆柱状或类似的产品,其工艺过程如图 3-21 所示,产品被推过一个包装片材而卷成一卷筒,长搭边搭接,然后沿圆周依次作两端头累进折叠以折成许多褶。也可在完成折叠后用圆形标签封住两端。

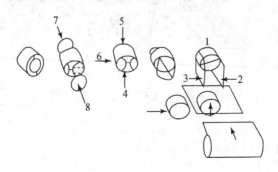

图 3-21　两端多褶式裹包工艺过程示意图

卷筒式裹包还有另一种形式,即卷筒封合式裹包,如图3-22所示。其工艺过程为:产品被推过一个包装片材而卷成一卷筒,长搭边搭接封合,然后作端头封合。近年来圆状饼干、曲奇等产品多用此种形式的包装。

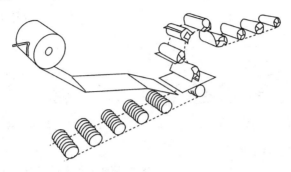

图3-22　卷筒封合式裹包工艺过程示意图

（5）斜角式

斜角式裹包如图3-23所示。用一对角放置的片材裹包,四角进行折合,并在底部封合。其特点是所有折角都集中在底面上,产品对角线与包装片材对角线重合,适合于裹包较薄的方形、长方形以及浅盘产品。

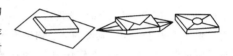

图3-23　斜角式裹包

除上述五种基本的折叠裹包方法外,近年来在节省材料、降低成本、方便销售等方面进行研究而产生了一些新的方法。

专家提醒　对于一些形状不规则或不定型的易碎食品,可先将其装入浅盘盒,或采用由纸板或塑料片材制成的各种形式的保护性支撑物,而后进行裹包。例如,烘烤食品常用平垫板、U形板和浅盘;肉类、家禽和蔬菜等用浅盘。

2. 扭结式裹包工艺

扭结式裹包是把一定长度的包装材料裹包成圆筒形,然后将开口端部分按规定方向扭转成扭结,其搭接接缝不需粘接或热封。为防止回弹松开和扭断,要求包装材料有一定的撕裂强度和可塑性。扭结式裹包动作简单,易于拆开;另一方面,对于包装物件的外形无特殊要求,球形、圆柱形、方形、椭球形等形状都可以实施裹包。可采用手工操作或是机械操作,但因生产量大,要求速度快,用手工操作时劳动强度大,且不易满足食品卫生要求。目前大部分扭结式裹包食品如糖果、雪糕等都已实现机械作业。

扭结包装材料可采用单层、双层和三层,且内层和外层所用包装材料也可不一样。扭结式裹包形式有单扭结、双扭结和折方等多种,一般多采用两端扭结方式。手工操作时,两端扭结的方向相反,机器操作时其方向一般是相同的。单端扭结式(见图3-24)用得较少,主要用于高级糖果、棒糖、水果和酒类等的裹包。双端扭结式裹包如图3-25所示。

目前两端扭结裹包应用最广,且工艺过程很典型。下面主要叙述此类工艺过程。

两端扭结裹包工艺分为间歇式和连续式两种。

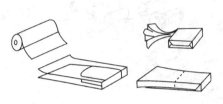

图 3-24 单端扭结式裹包

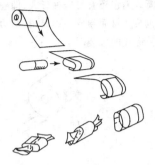

图 3-25 双端扭结式裹包

(1) 间歇式扭结裹包工艺

间歇式扭结裹包工艺如图 3-26 所示。工作中,当物品供送系统(11、10、1)、包装材料供送系统(4、3、2)分别将料块和包装材料送至进料工位 I 时,主轴头正处于停歇状态,主轴上位于 I 处的钳手处于全开位置。此时上模板 6 和下模板 5 相对运动,将料块和包材夹住,然后一同向上运动送入钳手 8。料块和包材进入钳手时,受钳手约束,包材对料块实现三面裹包,接着钳手由开到闭,下模板 5 退回起始位置。内侧折叠器 9 向左水平运动,将底部右侧伸出料块外面的包材折向左边。此后由钳手 8 钳住物品,随着主轴头 12 间歇转动,由加压板 7 将左侧包材折向右边。裹成筒状的糖块在加压板 7 内侧滑动,至第 IV 工位,由一对夹爪 13 靠拢,夹住薄膜两端同向扭结,然后松爪退回。在第 V 工位,钳手张开,拨料器 14 将完成裹包的糖块拨入滑道 15,经传送带 16 输出。

间歇式扭结式裹包的操作方法简单,生产控制较易实现,但生产速度较低。

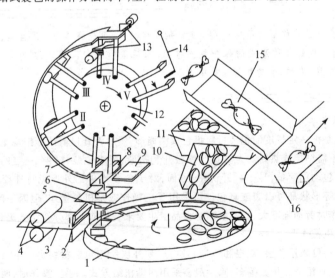

图 3-26 间歇式两端扭结裹包工艺过程示意图

1、10、11—物品供送系统 2、3、4—材料供送系统 5—下模板 6—上模板
7—加压板 8—钳手 9—内侧折叠器 12—主轴头 13—夹爪
14—拨料器 15—滑道 16—传送带

（2）连续式扭结裹包工艺

连续式扭结裹包比间歇式扭结裹包更高速,各种包装动作都在连续运动中完成,从而显著提高包装生产率。目前其包装速度为 600～1 500 pcs/min(pcs 为 pieces 的缩写,即件、包或袋等)。

连续式扭结裹包工艺过程如图 3-27 所示。该机采用了链传动钳料手配合同步扭结机构,使整个包装过程从送纸、落料、裹纸、钳料、切纸以及扭结实现连续化作业。

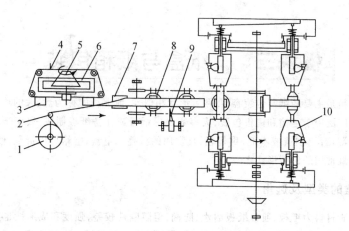

图 3-27　连续式扭结裹包工艺过程示意图
1—包装卷纸　2—导辊　3—推料板　4—刮刀　5—转盘　6—料盘
7—成型器　8—钳料手　9—切刀　10—扭结手

料块由料斗落入转盘 5 并随转盘旋转,在离心力作用下甩到转盘周边,利用转盘 5 与料盘 6 的转速差,使料块依次进入转盘周边等分槽坑内。当转盘转到出料口时,料块依次落入链式输送带中,被刮刀 4、推料板 3 推送,与包装纸同步进入成型器 7。经过成型器,包装纸由平展自然形成卷包状,完成料果的裹包动作。

裹包后的料块与包装纸形成一条圆筒状,被随后到达的钳料手 8 夹住。钳料手通过销轴安装在链条上,并由链条带动钳料手向前运行,而钳料手夹持裹包的料块从成型器连续地拉出,经过切纸工位时,被切刀 9 切断包装纸,形成单粒裹包。接着,在运行过程中,钳料手在导向板的作用下旋转 90°,使钳夹的料块转换成图 3-27 所示的竖直状态,以便进行下一步的扭结工序。

三、裹包机械的选用

裹包机的种类很多,从用途上分有通用和专用裹包机,从自动化程度上分有半自动和全自动裹包机等。它们可以单独使用,也可以配置在生产线中使用。选用裹包机时应考虑以下因素:

① 半自动裹包机械多属于通用型,更换产品尺寸和裹包形式较易,但机械调整与调试对操作人员的要求高。这种裹包机械多属于间歇式作业,生产率一般为 100～500 pcs/min。

② 全自动裹包机械多属于专用裹包机械,一般只能包装单一品种的产品,包装的可调性较小。机械作业有间歇式和连续式。生产速度分为中速、高速和超高速,中速为 100～300 pcs/min,高速为 600～1 000 pcs/min,超高速可达 1 200～1 500 pcs/min。包装速度可根据产品的大小、形状和裹包形式以及单件或多件包装而选用。

③ 裹包用的材料都是较薄的柔性材料,机械对材料的机械物理性能要求较严格,尤其是高速和超高速机械,对材料性能的要求较为苛刻,往往由于材料不符合要求而不能保证裹包质量,或导

致机器不能正常工作。所以,在选购裹包机械时必须考虑设备对材料的选择性及其适用材料的价格和其供应情况。

④ 机械的自动化程度越高,功能越完善。一般都具有质量监测、废品剔除、产品显示记录和故障报警等辅助功能。其中,检测和控制系统一般都采用微电脑控制,因此对现场操作人员和维修人员的技术水平、管理水平要求较高。

模块三　　纸盒与纸箱包装

纸盒与纸箱是主要的纸制包装容器,两者形状相似,习惯上小的称为盒,大的称为箱。纸盒与纸箱很早就被广泛用于运输和销售包装,大多数是由纸板或瓦楞纸板制成,属于半刚性容器。由于其原材料来源广泛,制造成本低,重量轻,且常用的折叠式空盒、空箱可以折叠,便于储运,因此它们至今仍为最常用的包装形式之一。

一、纸盒的类型及选用

纸盒的基质材料为纸板,通常纸板耐水、防潮,但阻隔性较差,强度和成形性也有限。故纯纸板纸盒主要用于对密封性要求较低的固体物料进行包装,也用于经一次包装后的二次包装。目前制盒材料已由单一材料向纸基复合材料发展,纸板与塑料、铝箔复合后制盒,极大地提高了纸盒的阻隔性与封合工艺,其包装应用范围扩大。

1. 纸盒的类型

纸盒的分类方法很多,归结起来可分为以下几种:按纸盒的加工方式,有手工纸盒和机制纸盒;按用纸定量的不同,有薄板纸盒、厚板纸盒和瓦楞纸盒三类;按制盒材料,有平板纸盒、瓦楞纸盒、纸板/塑料或纸板/塑料/铝箔复合纸盒等;按纸盒的结构,有折叠纸盒和固定纸盒两大类。

下面主要介绍折叠纸盒和固定纸盒。

(1) 折叠纸盒

折叠纸盒通常是把较薄的纸板经过裁切和压痕后,通过折叠组合成型的纸盒。它是目前机械式包装最常用的纸盒。所用纸板厚度通常在 0.3~1.1 mm 之间。生产折叠纸盒的纸板有白纸板、挂面纸板、双面异色纸板及其他涂布纸板等耐折纸箱板。近年来,楞数较密、楞高较低(D 或 E 型)的瓦楞纸板也开始应用。折叠纸盒的特点是:

① 结构形式多样。折叠纸盒可进行盒内间壁、摇盖的延伸,曲线压痕、开窗、展销等多种新颖处理,使其具有良好的展示效果。

② 储运费用较低。由于折叠纸盒可折成平板状,在流通过程中占用空间小,运输仓储等费用较低。

③ 适用于大中批量生产。折叠纸盒在包装机械上易实现自动张盒、充填、折盖、封口、集装和堆码等包装工序,可实现批量生产,因此生产效率高。

常用的折叠纸盒形式有扣盖式、粘接式、手提式、开窗式等。折叠纸盒按盒形的主体成形方法又可分为管式折叠纸盒、盘式折叠纸盒、管盘式折叠纸盒和非管非盘式折叠纸盒四大类。

(2) 固定纸盒

固定纸盒又称为粘贴纸盒,是用贴面材料将基材纸板裱合而成的纸盒。要求在储运过程中不改变其原有形状和尺寸,因此其强度和刚性较折叠纸盒要高。

固定纸盒结构挺度好,易于开启,货架陈列方便,但制作较麻烦,占据空间大,自身成本、储运费用都较高。制造固定纸盒的基材主要选用挺度较高的非耐折纸板,如各种草纸板、刚性纸板以及食品包装用双面异色纸板等。内衬选用白纸或细瓦楞纸等。盒角可以采用涂胶纸带加固、钉合等方式进行固定。

常用固定纸盒有套盖式、筒盖式、摇盖式、抽屉式、开窗式等。

2. 纸盒的选用

产品包装对纸盒的要求很多,很多因素都将影响对纸盒的选择,如被包装物的特性、形状、保护性要求、储运要求、生产技术状况、销售对象、陈列展示效果等。一般来说,在选择纸盒时应遵循以下原则:

① 普通块状物料、经过一次包装后的块状产品,若易于从盒的端面放入或取出,一般可选用插装式,即采用盖片插入式封口和开启的纸盒。若不易从盒的端面放入或取出,应选用盘式折叠纸盒。

② 颗粒状、粉状物料,由于需要一定的密封性,通常可选用粘接式封口的折叠纸盒或采用纸板/塑料复合纸盒以进行热封合。

③ 液体物料阻隔性、密封性要求高,通常选用纸板/塑料或纸板/塑料/铝箔复合折叠纸盒,或采用带有衬袋的纸盒,并实施热封合。

④ 大批量生产的普通产品包装,折叠式纸盒是首选,小批量生产的特殊要求产品如礼品、体积或表面积较大的轻质产品,可采用固定纸盒,同时可增强其展示性与装饰性。

二、装盒工艺

1. 根据装盒工艺过程自动化程度分类

装盒工艺按作业自动化程度分为手工、半自动和全自动装盒工艺三种方法。

(1) 手工装盒工艺

这是一种最原始的装盒方法,不需要设备投资和维修费用,但包装速度低,劳动强度大。主要适用于生产产品批量小、品种变化多、现有技术难以实现机械作业的包装。

(2) 半自动装盒工艺

这是一种由操作工人配合机械来完成装盒的一种工艺过程。即装盒过程中的一个或多个工序由人工完成。通常将产品(包括使用说明书)装入盒中是手工操作,其余工序,如取盒坯、打印、撑开、封底、封盖等都由装盒机械来完成。

半自动装盒机的结构较简单,但其纸盒种类和尺寸可以多变,且变换纸盒种类、尺寸时调整机械所需时间短,适合多品种小批量产品的装盒。生产速度一般为 30 ~ 70 盒/min。

(3) 全自动装盒工艺

全自动装盒工艺与半自动装盒工艺的工艺流程相似,只是它全部的作业工序都实现了自动化。全自动装盒包装速度高,一般为 50 ~ 600 盒/min。包装质量有保证,同时排除了因手工作业可能引起的对产品(如食品、药品)质量的影响,但通常设备的适应性较小,产品变换种类和装盒尺寸调整受到限制,故主要适用于大批量、单规格产品的包装。

2. 根据纸盒特征与装盒的功能分类

按纸盒特征与自动装盒的功能分类可分为多种装盒工艺。下面主要介绍折叠式纸盒的开盒成型、制盒成型以及裹包式装盒工艺。

（1）开盒成型—充填—封口装盒工艺

开盒成型—充填—封口装盒工艺是应用最广的装盒工艺。采用预制盒包装,其基本的工艺流程为

产品供送(插页供送)

↓

取盒坯(打印)→盒张开成型→封底→充填→封盖→成品

对于单件或多件产品的侧填式横向装盒,通常在盒成型后即充填,其后同时进行封底、封盖。根据产品特征可采用不同的装盒工艺。

① 单件或多件产品装盒。单件或多件产品的装盒一般采用侧填式横向装盒方法。即产品推入的方向与运盒输送带运动的方向垂直。

单件产品的横向装盒工艺过程如图3-28所示。取盒装置将折叠的纸盒坯自盒库中吸出,并撑展成规则的盒筒2,再送入传送带的纸盒托槽内。此时的包装盒底口及上口都是敞开的。之后,与其一一对应,作横向往复运动的推料杆将内装物平稳地推进包装盒3中,由折封盒盖装置进行折舌,搭接封口盖,实现包装封口4。封口接合部位粘贴封口签,得到装盒包装成品5并输出。实际生产中,也采用粘接方式封盒,即在产品推送进纸盒后,利用涂胶或喷胶装置对纸盒折舌的相应部位施胶,其后折舌搭接并压实,实施粘接封盒。该包装过程生产能力较高,一般可达100~200盒/min。

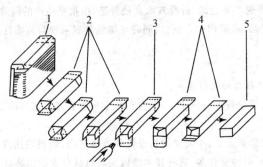

图3-28 单件产品开盒成型—充填—封口横向装盒工艺过程示意图

多件产品的横向装盒工艺过程如图3-29所示。将盒坯从盒库中取出,撑开成筒状,待被包装物排列整理好后,由装填装置推入盒中,再由封盒装置封盒得到成品。

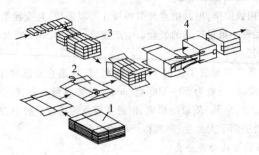

图3-29 多件产品开盒成型—充填—封口横向装盒工艺过程示意图

1—箱坯 2—撑开 3—被包装物 4—封盒

② 固体流动性物料(产品)装盒。对于一些固体流动性物料(产品)如洗衣粉、米粉、糖果、皂片、螺钉等的初次包装,在包装过程中包装盒始终是处于立式的,即一般采用铅垂方向装盒的方法。如图3-30所示。包装过程为:由取盒装置将盒库中的盒坯吸出,并撑展成立体状态的盒筒,送入传送纸盒托槽内。此后,由折封盒底装置折合封底折舌和插接底封盖,形成封闭的盒底,被包装物品通过供料定量充填装置装入包装盒中,此后由折封盒盖装置折合折舌和插接封口盖,实现包装封口。有时,封口接合部位要粘贴封口签,最后输出。

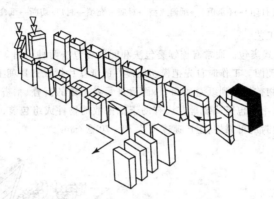

图3-30 开盒成型—充填—封口直立式装盒工艺过程示意图

③ 液体类物料的装盒工艺。液体类物料的装盒,由于其阻隔性、密封性要求高,故通常选用纸板/塑料或纸板/塑料/铝箔复合折叠纸盒,或采用带有衬袋的纸盒,并总是采用直立式装盒。

如图3-31所示,带有衬袋的纸盒包装过程与上述非衬袋纸盒的包装过程基本相同,只是在折封盒底前需热封衬袋袋底,而在封口盖前热封衬袋袋口。当然,带有衬袋的纸盒也适用于包装要求高的固体流动产品的包装。

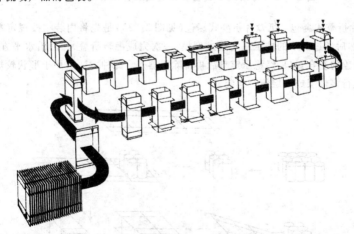

图3-31 开盒(衬袋盒)成型—充填—封口装盒工艺过程示意图

目前纸板/塑料或纸板/塑料/铝箔复合折叠纸盒的应用越来越广,纸盒结构也呈现多样化,例如近年来用于鲜牛奶、果汁饮料包装的屋顶式纸盒是其最为典型的应用实例。

(2)制盒成型—充填—封口装盒工艺

近年来,制盒成型—充填—封口装盒工艺正逐步得到推广应用,特别是在液体类食品的无菌包装中应用最为广泛,通常采用纸板/塑料/铝箔多层复合制盒,例如用于饮料、牛奶等产品的砖形无菌纸盒包装。总体上讲,制盒成型—充填—封口装盒工艺与袋成型—充填—封口工艺基本相似,只是在经过充填和封口且被分割为单个包装后,需进行包装盒顶部和底部的折叠成角并下屈,并将折叠角与盒体黏合,形成规正的砖型包装盒。其基本的工艺流程为

产品供送
↓

卷材→输送(打印)→(杀菌)→纸筒成型→封底→充填→封口/切断→纸盒成型→成品

(3)裹包式装盒工艺

① 半成型盒折叠式裹包。通常有连续裹包法和间歇裹包法两种。图3-32所示为连续式半成型盒折叠式裹包原理图。工作时首先把模切压痕好的纸盒片折成开口朝上的长槽形插入模座,已排列好的成组内装物被推送到纸盒底面上,而后进行各边盖的折叠、粘搭等裹包过程。此机适合的盒体尺寸较大,采用此包裹式装盒方法有助于把松散的物件成组包装,而且可进行水平方向的连续作业,可增加包封的可靠性,生产速度可达30~70盒/min。

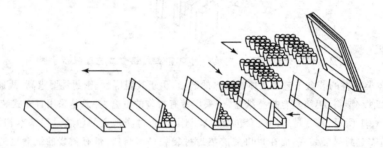

图3-32 连续式半成型盒折叠式裹包工艺过程示意图

② 纸盒片折叠式裹包。纸盒片折叠式裹包(见图3-33)是先将内装物按规定数量放置到模切纸盒片上,然后通过向下的推压使之通过型模,一次完成翻转折叠,然后沿水平方向移动,折合完成上盖和侧盖的黏合封口,经稳压定型后再排除机器外。此种方法适用于形状较规则且有一定强度的物件进行多件层或多层集合包装。

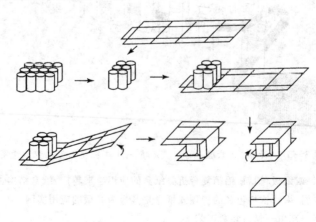

图3-33 纸盒片折叠式裹包工艺过程示意图

注意事项：

装盒方法与盒及盒坯的供应、产品对象、是否组合包装以及装盒设备等关系密切,选用时必须全部考虑。一般应考虑如下因素：

① 纸盒的选用。纸盒的选用即是确定装盒工艺的基础。除考虑已讨论的因素外,实际生产中应结合目前生产技术状况、设备投入、管理技术水平等,进行综合考虑。

② 盒坯与卷材的供应。需考虑盒坯与卷材的来源。预制盒与盒坯一般委托专业制盒厂加工,其纸盒质量有保障,品种多样,可大量节省设备投资。同时需考虑纸盒成本,目前一些专用预制盒的成本较高。采用卷材进行制盒包装,包装材料成本较低,但通常设备投入较大,纸盒品种与质量受限制。

③ 装盒工艺。装盒工艺的选择,要根据产品的特性、纸盒形式与特点、产量、包装机械性能以及设备投入等确定。

④ 装盒设备的自动化程度和生产能力。装盒设备的自动化程度和生产能力,则根据产品的批量、生产能力及产品变换的频繁程度来选择。在产品生产、包装一体化生产线上,包装机械要与产品生产设备的生产率相适应,以保证整个生产线的连续高效运行。

三、纸箱的类型及选用

作为包装容器,纸箱多用于运输包装。包装用纸箱按结构可分为硬纸板箱和瓦楞纸箱两大类,其中供长时间储存和运输用的,以瓦楞纸箱为最多。因此在此主要介绍瓦楞纸箱。

（1）纸箱的类型

瓦楞纸箱的型式种类繁多,总体上看主要有折叠式、固定式以及片材式纸箱。

（2）瓦楞纸箱的选用

瓦楞纸箱的选择需考虑的因素较多,首先应考虑包装产品的性质状态、重量、储运方式与条件、流通环境以及展示性等基本因素;同时应保证足够的强度;此外还要考虑包装件的运输要求,遵循有关国家标准、国际标准。

四、装箱工艺

装箱工艺和装盒工艺相似,但一般装箱的产品质量、体积较大,组合包装数量较多,同时多为运输包装,根据具体产品包装要求,需要加入隔离附件、缓冲衬垫等。所以通常装箱工序较多。

1. 根据装箱自动化程度分类

（1）手工装箱

用人工先把箱坯撑开形成筒状,然后将箱底的翼片和盖片依次折叠并封合,产品从另一开口处装入,最后封箱。通常采用粘胶带或捆扎式封箱。手工装箱劳动强度大,生产速度慢,包装质量波动大。

（2）半自动与全自动装箱

全自动装箱,其作业环节如取箱坯、产品排列整理、开箱、封底、充填、封口等都由设备自动进行,生产速度快,包装质量有保障,同时根据需要可选择不同的封合方法。采用半自动装箱时,通常取箱坯、开箱、封盒为手工操作。

2. 按产品装入的方式分类

按产品装入的方式分,装箱工艺又可分为三类,即装入式、裹包式和套入式。

（1）装入式装箱工艺

装入式装箱工艺是最常用的装箱工艺,即把整理、计数、排列好的物品从开口处装入箱内。包装产品不同,其排列堆积的方向性不同,相应的装箱方向也不同。产品可以沿铅直方向装入立放的箱内,也可沿水平方向装入横卧的箱内或侧面开口的箱内。因此,装入式装箱工艺又可分为立式装箱法和卧式装箱法两种。

① 立式装箱法。装箱时纸箱呈正常排放状态,即箱开口在上,物品从开口处装入箱内。

其基本装箱工艺过程为

产品供送→整理排列

↓

取箱坯→箱张开成型→箱底封合→充填(装箱)→封盖→成品

这种装箱工艺常用于需直立排放的圆形和非圆形的瓶装、罐装产品,也适用于无特殊要求的袋装产品。

立式装箱工艺根据被装箱产品的特性、装箱的目的要求,又可分为以下三种方式:

a. 跌落式装箱工艺。图 3-34 所示为跌落式装箱工艺过程。箱坯 6 经开箱后成箱筒 7,进行底面的折片封底,成为上盖打开的纸箱 8,并到达装箱工位。待装的待装产品 1,由输送带 2、3 输送,经活门 4 到达可转动的装箱板 5 处待装,当装箱板向下转动时,产品就自由落入纸箱内,期间可借助移箱机构的作用,使产品在箱内按照一定顺序排列堆积,直至完成规定数量的充填。此后纸箱向前输送,在经过上盖折片 9 和封口作业 10 后,即完成装箱工艺过程。

> 专家提醒 对于瓶装产品,也可采用跌落式装箱工艺,只是不能采用上述的直接跌落式装箱,通常需要设置专用的跌落式滑道,装箱时,排列产品依靠重力沿各自的滑道滑落至包装箱内。

b. 吊入式装箱。这种工艺多用于多件瓶型产品或不易采用推入式装箱产品的装箱(见图 3-35)。

c. 夹送式装箱工艺。夹送式装箱工艺主要适用于具有平行六面体形状物品的装箱。装箱时,装箱机上一对夹送辊作相反方向转动,把待装物品夹持送入箱内。如图 3-36 所示,待装产品 2,由传送带 1 输入,当物品通过所规定的数量时,光电计数装置 3 就发出信号,由相应机械装置阻挡后续产品通过,推料板 4 把一组待装产品推向装箱工位处,即两夹送辊 6、7 之间的支撑平面上,与此同时已完成封底的包装箱 8 由输送带 5 送至充填工位,接着两夹送辊相向转动,把物品夹送入箱内,完成一组物品的装箱工作循环。

② 卧式装箱法。装箱时纸箱呈侧放状态,即箱开口在水平方向,物品从开口处装入箱内。其基本装箱工艺过程与立式装箱法基本相同。这种装箱工艺常用于对产品在箱内的排放方向无特定要求,并便于整理排列的规则状产品。

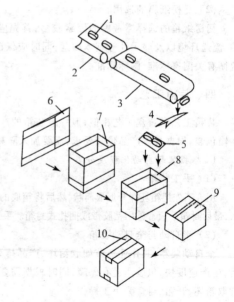

图 3-34 跌落式装箱工艺过程示意图
1—待装产品 2、3—传送带 4—活门 5—装箱板
6—箱坯 7—箱筒 8—上盖打开的纸箱
9—盖折片 10—封口作业

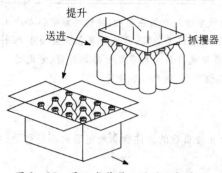

图 3－35 吊入式装箱工艺过程示意图

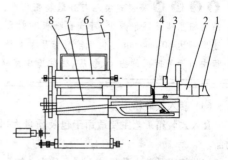

图 3－36 夹送式装箱工艺过程示意图
1—传送带 2—待装产品 3—光电计数装置 4—推
料板 5—输送带 6、7—夹送辊 8—包装箱

常见的卧式装箱工艺过程如图 3－37 所示。从箱坯贮存架上取出一个箱坯,将箱坯横推撑开成水平筒状,然后将箱筒送至装箱工位,并合上箱底的翼片。将整理排列好的产品沿横向推入箱内,并合上箱口的翼片。然后在箱底和箱口盖片的内侧涂胶,合上全部盖片并压紧实施封箱。

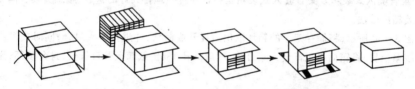

图 3－37 卧式装箱工艺过程示意图

（2）裹包式装箱工艺

裹包式装箱是用片状瓦楞纸板或厚的纸板把整理排列好的产品四周裹包起来,并胶粘接封合实施装箱包装。

包裹式装箱的工艺流程见图 3－38。由箱坯库取出一纸板箱坯,并预折成规定形状,产品经整理排列送至装箱工位,由推板推入箱坯,然后实施相应裹包作业,使制品包裹在箱坯内。折页后喷胶,封端页,再喷胶封侧页,热压封合后送出。

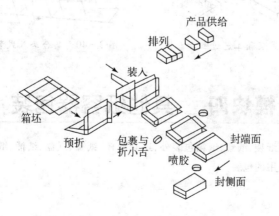

图 3－38 裹包式装箱机工艺过程示意图

专家提醒 裹包式装箱与普通装箱相比,产品能被紧紧地包裹在箱内,运输过程中箱内产品间相互碰撞现象减少,可节省纸板和封合胶,而且包装速度较高,高速的裹包式装箱生产速度可达 60 pcs/min。但目前封箱质量有待提高,裹包式装箱大都采用粘接式封箱,储运过程中由于长时间的振动、挤压,往往造成部分粘接部位松脱,影响包装质量。

(3) 套入式装箱工艺

套入式装箱工艺主要适用于包装质量大、体积大和较贵重的大件物品及包装时不易翻倒的物品。

按装箱物品装入数量的不同可分为单体套入式装箱和集合套入式装箱。

① 单体套入式装箱。如图 3-39 所示,这种装箱方法适合包装质量大、体积大的大件物品,如电冰箱、洗衣机等。其特点是纸箱采用两件式,大套件比产品高一些,箱坯撑开后先将上口封住,下口无翼片和盖片。另一件是小套件(浅盘式盖)。装箱时先将浅盘式盖放在装箱台板上,里面放置缓冲衬垫,然后产品置于浅盘上,再将大套件从产品上部套入,直到把浅盘插入其中。最后进行捆扎封箱。

② 集合套入式装箱。集合套入式装箱是指把经过整理排列好的盒装、瓶罐类集合体套上纸箱而完成装箱的方法。

如图 3-40 所示,将储存架上的箱坯取出后撑开成筒状,并进行箱底封合,同时成组待装产品并送至装箱位置,将箱筒自上部套入集合体,然后翻转 180°,纸箱上开口折页,封合顶部,完成装箱工序。

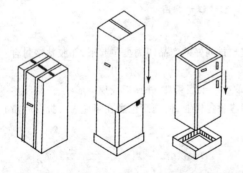

图 3-39 单体套入式装箱工艺过程示意图

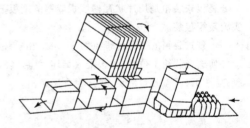

图 3-40 集合套入式装箱工艺过程示意图

模块四 其他纸容器包装

纸包装除了上述纸袋、纸盒、纸箱包装外,还有纸杯、纸罐、纸盘、纸桶、纸浆模制容器等包装,且大都属于一次性使用的包装。

一、纸杯

纸杯是以白纸板或加工纸板加工成杯形的小容器。

与其他纸容器比较,纸杯有自身的特点。纸杯重量较轻且不易破损;纸杯一般都采用复合材料制作,可采用先进的灭菌包装工艺,能较好地保护食品的品质;较容易通过造型及印刷装潢的变化,达到良好的装饰及广告效果;可采用机械化、自动化设备,高效率地进行纸杯的制造及充填。

制杯用的原材料是专用纸杯材料,主要有三类。第一类是 PE/纸复合材料,可耐沸水煮而用作热饮料杯;第二类是涂蜡纸板树料,主要用作冷饮料杯或常温、低温的流体食品杯;第三类是 PE/铝/纸,主要用作长期保存形纸杯,具有罐头的功能,因此也称纸杯罐头。

纸杯有有盖和无盖之分,杯盖可用粘接、热合或卡合的方式装在杯口上,以形成密封。纸杯产品包装总是选择预制纸杯,包装时采用半自动或全自动灌装机器进行灌装,并进行封盖。

二、纸罐

以纸板为主要材料制成的圆筒形并配有纸质或其他材料制成的底和盖的容器通称为纸罐或复合纸罐。

纸罐的罐身可用高性能纸板与铝箔、塑料等制成的复合材料,复合纸罐可部分作为金属、玻璃、陶瓷、塑料包装容器的代用品,与这些包装容器相比,复合纸罐具有如下一些特点:

① 包装保护性能较好,可防水、防潮,有一定的隔热效果。

② 特别适用于食品包装,无臭、无毒,安全可靠。

③ 造型结构多样,适印性好,具有良好的陈列效果。

④ 重量轻,流通容易,使用方便,价格较低。

由于复合纸罐具有以上特点,常用于盛装各种液态食品,如果汁、矿泉水、牛奶等,也用于盛装固体产品等。复合罐也可应用特殊包装技术,如真空包装,充气包装等。

专　家　提　醒　复合罐的绝热性可阻隔外界温度的影响,但在冷冻和热加工包装上会减缓冷却和加热的速度。

三、纸盘与纸碟

纸盘多用于包装冷冻食品,其容器较浅,故称为纸盘,由一片毛坯纸板冲压成盘形,有圆形和方形之分,四角呈圆形,既可冷冻,又可在微波炉上烘烤加热食品。

比纸盘较深的纸碟是用树脂复合纸板,从卷筒纸或干板纸经模切、热压成形制成。所用的复合纸板是以漂白硫酸盐浆纸板为基材,涂以低密度聚乙烯、高密度聚乙烯、聚丙烯、聚对苯二甲酸乙二醇醋等制成的复合纸板。这样的复合纸板具有耐水、耐油、耐热性,涂布 PET,可耐 200 ℃ 以上的热加工温度。纸碟主要用于包装微波炉烹调食品、食品加热及快餐食品,具有加工快、成本低、使用方便、外观好等优点。

四、纸筒与纸管

纸筒一般用多层纸板卷制而成,为了降低成本,中间层往往采用再生纸板。为了提高密封性能,可复合一层塑料或铝箔。表面则用防水性好的材料(如沥青纸),外层也常用白纸板或金属箔,以便进行装潢印刷,用来宣传产品。

纸管为直径小、纵向尺寸大的管状包装容器,规格直径从 1~2 mm 到 1.5 m,它可平卷成单层或多层,大体上可分为以下两种结构:一种为有活盖的纸管,主要用来包装毛笔、玻璃温度计及羽毛球之类的产品。另一种为有死盖的纸管,主要用来包装巧克力豆等,管内还可加衬微型瓦楞纸,以防食品破碎。

另外,纸管大量用于纺织工业和合成纤维工业的卷轴管。

五、纸桶

纸桶是以纸板作为坯料,加内衬(或不加)材料制成的大型桶形包装容器(其容积可为 25 ~ 250 L)。纸桶主要用来储运散装粉粒状产品,若经特殊处理或附加塑料内衬后,也可用来储运膏状或液状产品。与金属桶、木桶相比,单个货物包装成本和运输成本均较低,自重轻且具有一定的强度和刚度,用于包装某些低级别危险品,包装十分安全可靠,是很有发展前途的运输包装容器。

六、纸浆模塑容器

纸浆模塑容器是以纸浆(或废纸浆)为主要原料,其纤维在可排水的金属模网上,经成型、压实干燥制成的纸浆模塑制品。我国从 20 世纪 80 年代初开始进行纸浆模塑产品的生产,首先应用于易碎商品运输中的缓冲包装(如蛋托),目前其应用范围已扩大至运输包装,如纸浆模塑托盘、一些机电产品的缓冲结构件。生产纸浆模塑制品时,如辅以漂白、增强、上色、涂布等工艺,则可使模塑制品在使用性能及外观上有进一步的改善,用于食品等的销售包装。随着人们环保意识的增强,纸浆模塑制品可能成为泡沫塑料等难处理材料的最好替代品。

第4单元

塑料包装

知识要点

- ·熟悉塑料包装袋的分类及袋型。
- ·了解贴体包装和泡罩包装的特点及包装形式。
- ·熟悉收缩包装和拉伸包装的原理及异同点。

任务目标

- ·掌握常用的塑料袋包装工艺。
- ·掌握收缩包装工艺及拉伸包装工艺的基本操作。

模块一　塑料袋包装

一、塑料包装的基本特点

塑料是可塑性高分子材料的简称。它有很多优点,诸如质轻、美观、力学性能好、化学稳定性好、有适宜的阻隔性与渗透性,并有良好的加工性和装饰性。因此,塑料薄膜和塑料容器被广泛用作各类产品的包装材料。其中塑料薄膜包括单层薄膜、复合薄膜和薄片,它们制成的包装也叫做软包装,主要用于包装食品、药品等。单层薄膜的用量最大,约占薄膜的2/3,其余则为复合薄膜及薄片。

塑料袋是为了满足某种包装要求,用塑料薄膜叠层、裁切、热封一边或多边而制成的袋子。塑料袋具有许多优点,它能满足包装的基本要求,尺寸变化范围大,而且容易加工成形,价格低廉,适用面广,既可用于运输包装,又可用于销售包装;既可包装固体物料,又可包装液体物料。塑料袋质轻,占据空间小,可降低运费。但是,它也有一些缺点,如塑料袋在高温时易变形,因此盛装时物料的温度受到限制。此外,它容易产生静电,易划破,易老化;与刚性和半刚性包装容器相比,强度差、包装储存期短。

二、塑料包装袋的分类

1. 按材料成型工艺分类

塑料包装袋按其材料成型工艺可分为单层塑料薄膜包装袋、复合塑料薄膜包装袋、塑料编织袋、无纺织物袋等。

由于复合塑料薄膜材料克服了单层塑料薄膜材料的某些缺点，满足了现代包装工业发展的需要，因此广泛应用于食品、药品、化工产品的包装。近年来，复合塑料薄膜材料的发展速度很快，种类繁多，有耐温蒸煮型、低温冷冻型、阻隔防潮型、反射透光型等。

塑料编织袋用聚烯烃等塑料薄膜切成细条并加热拉伸，使细条定向，然后编织成袋。塑料无纺织物袋用聚烯烃纤维等粘接制成。它们具有强度高、耐酸碱腐蚀等优点。

2. 按包装袋容积分类

按照包装袋容积大小可分为大袋与小袋。

（1）大袋

大袋按照其承载量大小可分为重型袋和集装袋两种。

重型袋有全塑料薄膜袋、塑料编织袋和塑料无纺织物袋等，承载量为 20 ~ 50 kg，广泛应用于树脂、农药、化肥、水泥、矿砂、饲料、粮食、蔬菜、水果等产品的运输包装。

集装袋是用合成纤维或塑料扁丝编织并外加涂层的大袋，通常呈圆筒形或方形。承载量有 0.5 t、1 t、1.5 t 等多种。常用于粉状、颗粒状化工产品、矿产品、水泥及农副产品的运输包装。其特点是包装自重轻、承载量大、装运成本低，在良好的储运条件下还可反复使用。

（2）小袋

塑料小袋适用范围很广，其中以食品和日用品包装使用最多。按照制袋装袋方法可分为预制袋和在线制袋两种。预制袋是在包装之前用手工或制袋机制成，由制袋车间或制袋工厂供应，装袋时先将袋口撑开，充填后封口。在线制袋是在制袋—充填—封口机上，连续完成制袋、充填和封口工序。

① 预制塑料小袋。塑料袋与第五章所讲的纸袋相比，无论是制袋和封口，或是所使用的机器结构形式均完全不同。预制塑料小袋可用塑料薄膜经折叠形成中间搭接后热封而成，也可以经折叠形成边缝后热封而成，还可以用筒状塑料薄膜在底部热封而成。袋子两侧和底部还可有褶，以增加袋装容积。顶部还可加盖或提手，以方便使用。图 4 - 1 所示为常见的几种预制塑料小袋。图 4 - 1a 所示为背面折叠搭接部位和底部经热封形成的扁平中封袋；图 4 - 1b 所示为筒状两侧有褶、底部经热封形成的筒状侧褶袋；图 4 - 1c 所示为底部有褶、两侧边缝经热封形成的底部有褶袋；图 4 - 1d 所示为两侧接缝，开口处有内伸舌片的盖式封合袋；图 4 - 1e 所示为两侧边缝经热封，开口处有一根可嚙合的塑料压带，用于包装食品及小工艺品的开启封合袋；图 4 - 1f 所示为两侧边缝经热封，开口处有小孔的侧封悬挂袋；图 4 - 1g 所示为两侧边缝经热封，开口处加盖并有按扣的按扣封合袋；图 4 - 1h 所示为两侧边缝经热封，开口处有加强衬板和小孔，穿上绳子后可提携的衬板带孔袋；图 4 - 1i 所示为筒状薄膜底部经热封，开口处有腰形孔的手提袋；图 4 - 1j 所示为两端热封，两侧有褶，上部模切成

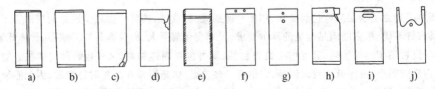

a)　　b)　　c)　　d)　　e)　　f)　　g)　　h)　　i)　　j)

图 4 - 1　常用预制塑料小袋

"W"形的开口,两侧留有手提袋的购物袋,它是目前零售商店最广泛使用的一种方便购物袋,又称背心袋。

专家提醒 预制塑料袋用手工或制袋机制成,在包装操作前已将不合格品剔除掉,因此塑料袋的品质比较有保证。其优点是:制袋接缝牢固,平整美观,并可制成异型袋,但用预制袋包装时生产效率低,不便于机械化操作。

② 在线制袋装袋。这种塑料袋的制袋、充填、封口等工序可在一台机器上连续完成。袋子的主要形式有:

a. 枕形袋。枕形袋有纵缝搭接和侧边有褶的袋、纵缝对接和侧边有褶的袋,也可以是无纵缝筒状袋,它们的两端均需封合。

b. 三面封口袋。采用一卷塑料薄膜对折,充填后两侧与开口处封合。

c. 四面封口袋。采用两卷塑料薄膜对齐,底侧封合后充填并封口。

d. 直立袋。

图 4-2 所示为在制袋充填封口机上生产的几种塑料袋型。

专家提醒 在制袋充填封口机上可以连续完成制袋装袋的全部工序,大大节省了包装材料、劳力和能源,而且生产效率高,降低生产成本。缺点是不合格塑料袋在充填包装前不易发现,只能在包装完成后进行检测,造成了一定的浪费。

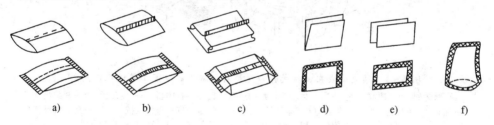

　a)　　　　b)　　　　c)　　　　d)　　　　e)　　　　f)

图 4-2　制袋充填封口机生产的袋型

a)纵缝搭接和侧边有褶枕形平袋　b)纵缝对接和侧边有褶枕形平袋　c)纵缝对接裹包枕形袋
d)三面封口平型袋　e)四面封口平型袋　f)直立袋

三、塑料袋包装工艺

塑料袋包装工艺过程与包装物品所用的袋型、制袋方法及包装设备有关。根据塑料袋型可分为大袋装袋工艺和小袋装袋工艺。

1. 大袋装袋工艺

大袋以重型袋为例,它有开口袋和阀门袋两种。其装袋工艺过程的主要工序均为充填与封口。

开口袋在制袋时只封闭一端,另一端完全张开。物品靠重力从开口端充填,此后全塑料薄膜袋用热封法封口,编织袋和无纺织物袋多用缝合机封口或用黏合式封口。缝合式封口方法坚固而又经济,适应性强。封口线迹呈链形,抽线开口极为方便,但缝合时有针眼,防潮、防漏效果不如黏合式封口好(见图3-3)。目前,由于技术水平限制,在黏合封口前,往往要对袋口进行人工整形和折叠,因此黏合速度比缝合速度低。

阀门袋在制袋时两端均封闭,仅在一端的角上有一个阀门。物品借助压缩空气或螺旋推进器通过输送管充填进入袋中。它的阀管可在折叠后封合,也可使用具有止回作用的内阀管实现封合。阀门袋充填后呈方形,因此在托盘和传送带上有较好的稳定性。虽然它的充填速度较慢,但在自动生产线上采用多输送管充填机,仍然有显著的经济效益。

2. 小袋装袋工艺

小袋装袋工艺与袋型和所使用的设备有很大关系。

预制塑料小袋的装袋工艺一般由取袋、开袋口、充填、封口等工序组成,常采用间歇回转式或移动式多工位开袋充填封口机。因为是间歇运动,充填固体物料时生产率约为 60 袋/min;充填液体物料时生产率约为 30~45 袋/min。

图 4-3 所示为预制小袋在回转式开袋充填封口机上的包装工艺过程示意图。储袋架 1 上叠放的预制小袋借助于取袋吸嘴 2 从最上面取走,并将袋转成直立状态,送交充填转盘 4 的夹袋手法夹住,然后在各工位上依次完成打印、开袋、充填、预封(封住封口的部分长度)等动作,再借送料机械手 11 将其移送给另一真空密封转盘 12 的真空室内,并经二级抽真空后进行封口和冷却。最后打开真空室将包装件排出机外。

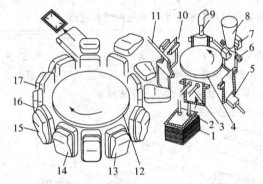

图 4-3 预制小袋在回转式开口充填封口机上的包装工艺过程示意图

1—储袋架 2—取袋吸嘴 3—上袋吸头 4—充填转盘 5—打印器 6—夹袋手 7—开袋吸头
8—加料斗(块粒物料) 9—加料管(液体物料) 10—预封器 11—送料机械手 12—真空密封转盘
13—第一级真空室 14—第二级真空室 15—热风室 16、17—冷却室

图 4-4 所示为直立袋在卧式开口充填封口机上的包装工艺过程示意图。预制的直立袋下面封合着底材,当物品充填进入后,袋子就会成为图 4-2f 所示的形状。图 4-4 中卷筒预制直立袋 1

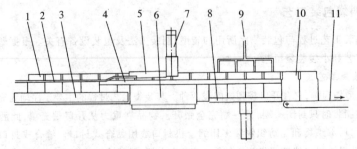

图 4-4 直立袋在卧式开口充填封口机上的包装工艺过程示意图

1—卷筒预制直立袋 2—侧导轨 3—下导轨 4—送进装置 5—光电监控装置
6—分割器 7—切断器 8—升降装置 9—充填装置 10—成品 11—传送带

在侧导轨 2 和下导轨 3 之间,由送进装置 4 间歇带动向前移动,经过光电监控装置 5,四个袋子一组,在分切工位由分割器 6 切开连体袋身、切断器 7 切掉顶部,到达灌装工位由吸嘴打开袋口,并由升降装置 8 将四个袋子一同升起,用充填装置 9 装入物品,完毕后降下,由封合装置热封袋口,然后成品 10 随传送带 11 输出。

专家提醒　预制塑料小袋可以包装三面、四面封口的扁平袋,或者是各种直立袋。主要采用复合塑料薄膜材料,单层塑料薄膜制作的空袋,由于取送困难而很少使用。

图 4-5 所示为枕型袋在立式制袋充填封口机上的包装工艺过程示意图,卷筒包装材料经翻领成型器 2 和纵封器 4 搭接成圆筒状,由送料管 1 供料并由送进皮带 5 利用摩擦力向下牵引,用横封器 6 从两边封口并用裁切刀 7 分切,从图中可以清楚地看到横封器的热封面上带有锯齿形波纹,波纹应相互啮合,以获得良好的封合效果,裁切刀 7 在横封器 6 的中部,它将封口一分为二,一只袋的袋顶封合,而另一只袋的袋底封合,从而形成纵缝搭接两端封口的枕型包装件 8。机器可安装不同的松料计量装置以供应不同形态的(如颗粒状、流质状或黏稠状)物料。其送料管的直径可以变换,以获得不同尺寸的枕型袋。机器的生产率随物料形态、包装材料的不同而异,当间歇送进时,生产率为 20~120 袋/min。在连续送进时,使用旋转或同步横封器,生产率可提高到 150~200 袋/min。

图 4-6 所示为枕型袋在卧式制袋充填封口机上的包装工艺过程示意图,被包装物品形状一般都比较规则,当间歇送进及人工供料时,生产率为 25~40 袋/min,自动供料时生产率为 50~80 袋/min。在连续送进时使用同步横封及自动供料,生产率可达 200 袋/min。

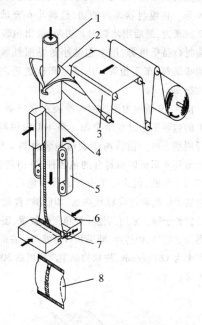

图 4-5　枕型袋在立式制袋充填封口机上的包装工艺过程示意图

1—送料管　2—翻领成型器　3—卷筒包装材料
4—纵封器　5—送进皮带　6—横封器
7—裁切刀　8—枕形包装件

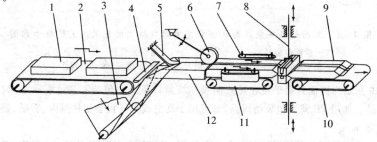

图 4-6　枕型袋在卧式制袋充填封口机上的包装工艺过程示意图

1—被包装物品　2—传送带　3—卷筒包装材料　4—过桥　5—纵封推板　6—纵封辊　7—送料皮带
8—横封切断器　9—包装件　10—输出传送带　11—进给传送带　12—方框成型器

图 4-7 所示为三面封扁平袋在立式制袋充填封口机上的包装工艺过程示意图。卷筒包装材料 1 经导辊和 U 形成型器 2 对折成为双层膜，再经连续回转的纵封辊 4 和横封辊 5 封合为开口袋，物料由进料斗 3 充填后再封口并裁切排出。生产率约为 80 袋/min。

图 4-8 所示为三面封扁平袋在卧式制袋充填封口机上的包装工艺示意图。卷筒包装材料 1 经过张力辊 2 和三角板成型器 3 在水平方向移动，同时由折叠辊 4 折成 V 形。由纵封器 5 封侧边，经料斗 6 充填，再由横封器 7 封顶边，最后用裁切刀 8 切断，送出包装件 9。这种方法封合品质可靠，用来包装小量黏滞性颗粒状物品，如调味汤料、布丁粉等。由于是间歇送进，生产率约为 100 袋/min。

图 4-9 所示为四面封扁平袋在立式制袋充填封口机上的包装工艺过程示意图。料斗 1 由供料栓 3 控制，进行周期下料。前后两个卷筒包装材料 2 经一对成型封合滚筒 4 形成四面封合的包装件，并由送进辊 5 送至裁切刀 6 切断，包装件 7 由传送袋 8 输出。这种方法适于包装少量流动性颗粒状物品，如砂糖、食盐、胡椒、辣椒和植物种子等。采用其他计量和充填装置，还可包装小型

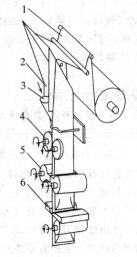

图 4-7 三面封扁平袋在立式制袋充填封口机上包装工艺过程示意图

1—卷筒包装材料 2—U 形成型器
3—进料斗 4—纵封辊
5—横封辊 6—裁切刀

规则块状物品，如药片、糖果和口香糖等。在间歇送进时，生产率为 80 袋/min，在连续送进时，颗粒物品生产率为 120 袋/min，块状物品生产率可达 300 片/min。此外，有的机型设计成多列式，其生产率相应提高很多。

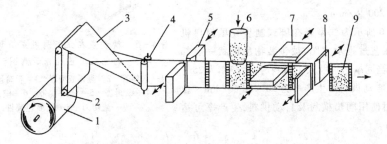

图 4-8 三面封扁平袋在卧式制袋充填封口机上的包装工艺过程示意图
1—卷筒包装材料 2—张力辊 3—三角板成型器 4—折叠辊
5—纵封器 6—料斗 7—横封器 8—裁切刀 9—包装件

图 4-10 所示为四面封扁平袋在卧式制袋充填封口机上的包装工艺过程示意图。主要用于包装扁平物品。如用 PE 薄膜包装纺织品，也可用于真空或充气包装切片熏肉、香肠、奶酪等，生产率约为 100 袋/min。

无论立式或卧式制袋充填封口机都有很多机型，根据被包装物品的性质（颗粒、流体、黏体）、包装材料种类（单层薄膜、复合薄膜）、包装要求（尺寸规格、包装容量、装袋形状）等选用不同的机型，从而设计相应的包装工艺过程。

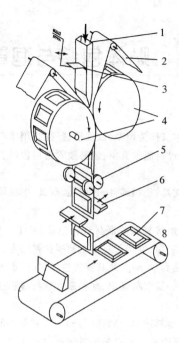

图 4-9　四面封扁平袋立式制袋充填封口机上
的包装工艺过程示意图

1—料斗　2—卷筒包装材料(前后共两卷)　3—供料栓
4—成型封合滚筒　5—送进辊　6—裁切刀
7—包装件　8—传送带

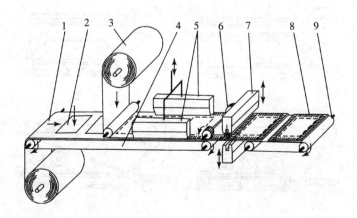

图 4-10　四面封扁平袋在卧式制袋充填封口机上
的包装工艺过程示意图

1—下卷筒包装材料　2—被包装物品　3—上卷筒包装材料　4—传送带
5—纵封器　6—送进辊　7—横封切断器　8—包装件　9—输出传送带

模块二　贴体包装与泡罩包装

一、贴体包装

贴体包装是将被包装物品本身作为模型,放在能透气的、用纸板或塑料薄膜制成的衬底上,上面覆盖加热软化的塑料薄膜,通过衬底抽真空,使薄膜紧密地包贴物品,其四周封合在衬底上的一种包装方法。

贴体包装在食品、化妆品、文具、机械零件、日用品、玩具、军械等方面广泛应用。

1. 贴体包装的特点

贴体包装不需要模具,能对形状复杂的器件进行包装,对于一些较大器材,包装方便,成本较低。保护性好,塑料薄膜经真空吸塑,可将器件牢固地捆在衬底上,保证在运输过程中不晃动。

由于贴体包装衬底需预留抽真空小孔,故其密封性、阻气性不如泡罩包装,进行气相防锈时必须进行改造,即紧贴衬底下增加一层塑料薄膜,并和贴体塑料薄膜热封。

2. 贴体包装材料的选用

贴体包装由三部分组成,即塑料薄膜、热封涂层和卡片衬底(纸板或瓦楞纸板)。选用材料时应考虑器件的大小、形状、重量等因素。重点是塑料薄膜的外观、吸热性、耐戳穿性和深拉伸性能。选用材料时应考虑内装物的用途、大小、形状和重量等因素。对军械维修器材的包装要强调薄片的保护性、透明度、吸热性、耐戳穿性和深拉伸性等。军械维修器材贴体包装选用聚乙烯(PE)透明贴体卷筒薄膜和瓦楞纸板(表面涂有气相缓蚀剂)。

3. 贴体包装工艺

贴体包装工艺过程如图 4-11 所示。

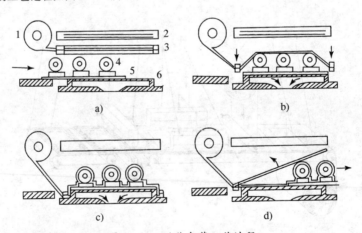

图 4-11　贴体包装工艺过程
1—卷筒塑料薄膜　2—夹持架　3—加热器　4—被包装物品　5—衬底材料　6—抽真空平台

图 4-11a 所示卷筒塑料薄膜 1 由夹持架 2 夹住,上方的加热器 3 对薄膜加热,被包装物品 4 放在衬底材料 5 上,被送到抽真空平台 6;

图 4 - 11b 所示加持器 2 将软化的薄膜压在物品上,开始抽真空。

图 4 - 11c 所示抽真空后,薄膜紧紧地吸附在物品上,并与衬底封合在一起,形成完整的包装,此时上方的加热器 3 停止加热。

图 4 - 11d 所示完整的包装件被传送出去。

4. 贴体包装设备

贴体包装机有手动式、半自动式和全自动式几种。手动式操作过程中,用手将物品放在衬底上,将薄片夹在夹持器中,然后进行吸塑加工。半自动式的,除放置衬底和物品外,其余过程均由机器自动进行,小型手动和半自动机器每分钟

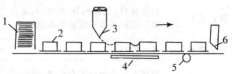

图 4 - 12　POSIS - PAC 连续式自动包装系统
1—衬底供给装置　2—物品　3—塑料薄膜挤出头
4—抽真空装置　5—切缝器　6—切断刀

可运行 2 ~ 3 张小纸板,较大的机器每分钟运行 1.5 ~ 3 张大幅面纸板。图 4 - 12 所示是型号为 POSIS - PAC 的连续式自动包装系统,自动化程度很高,包装效果很好,生产率为 5 ~ 6 m/mim。

专家提醒 贴体包装的基本原理与泡罩包装相似,但操作方法有所不同,其主要区别在于三方面:一是不另用模具,而是用被包装物作为模具;二是只能用真空吸塑法进行热成型;三是衬底上必须加工许多小孔,便于抽真空。贴体包装衬底开小孔的方法是将衬底纸板通过带针滚轮开出小孔。孔的直径为 0.15 mm 左右,每平方厘米内开 3 ~ 4 个左右。

二、泡罩包装

泡罩包装是将产品封合在用透明塑料薄片形成的泡罩与底板(用纸板、塑料薄膜或薄片,铝箔或它们的复合材料制成)之间的一种包装方法。

泡罩包装最初主要用于药片、胶囊、栓剂等医药产品的包装,现在广泛应用于食品、化妆品、文具、玩具、礼品、工具和机电零配件的销售包装。

1. 泡罩包装的特点

① 保护性好。由于泡罩包装密封性好,所以能防水、防潮、防尘、防锈,延长保护期。同时为气相防锈包装创造了条件,配合气相防锈剂则防锈效果更佳。

② 透明直观。通过透明的泡罩很容易看到商品的形状、大小,衬底可以印刷商品编码、名称、规格件号及条形码等基本信息,便于包装内器材的识别和数目清点,避免收发差错。

③ 使用方便。泡罩包装开启容易,使用方便,使用单件商品时不影响其他商品的密封性和保护性。

④ 重量轻。泡罩包装重量较轻。加之泡罩有一定弹性,因而具有一定缓冲性能,装箱时不需另加缓冲材料,既节省了贮存空间,又降低了包装的成本。

贴体包装与泡罩包装特点的比较见表 4 - 1。

表 4 - 1　贴体包装与泡罩包装特点的比较

比较内容	泡罩包装	贴体包装
防护性能	通过适当选择材料,可具有防潮性、阻气性,可真空包装	衬底有小孔,故不具有阻气性;如要阻气,需衬底贴薄膜
包装作业	容易实现自动化,流水线需要更换符合器材的模具等	难以实现自动化,生产效率低;因不需要模具,适合多品种小批量生产;适合包装大而重和形状复杂的器材

（续）

比较内容	泡罩包装	贴体包装
包装成本	包装材料、包装机械贵,特别是大而重的器材小批量包装成本高	比泡罩包装便宜一些,但人工需要比例高;小而轻的商品大批量生产比泡罩包装贵
视觉效果	美观性好	因衬底有小孔,美观性稍差
使用性能	根据需要选择材质和构造,被包器材容易取出	一般不损坏衬底是不能取出被包器材的

2. 泡罩包装材料的选用

泡罩包装结构形式很多,其中有单泡罩衬底结构和双泡罩无衬底结构,其包装材料主要由制泡罩的热塑性塑料薄膜和封底用衬底组成。

能用于泡罩包装的塑料薄膜有许多种类,选用时须考虑塑料薄膜和所包装物的适应性,即选用材料要达到泡罩包装的技术要求,同时尽量降低成本。通常泡罩包装用的材料有纤维素、聚苯乙烯、聚乙烯树脂、聚氯乙烯、复合铝箔等,其中聚氯乙烯有极好的透明性、较好的热成型性和热封性及高阻气性,加入增塑剂后可提高耐寒性和冲击强度,使用效果较好,成本较低,可以优先采用,厚度范围在 0.10 ~ 0.25 mm 之间为宜。

衬底也是泡罩包装的主要组成部分。同塑料薄膜一样,在选用时必须考虑被包装物的大小、形状、质量。衬底主要有白纸板、涂布复合材料(主要是涂布热封涂层)、瓦楞纸板、带涂层铝箔和聚氯乙烯等复合材料。

3. 泡罩包装方法

泡罩包装的泡罩有大有小,形状因被包装物而异。同时泡罩包装机种类也较多,所以泡罩包装方法有多种。其操作方法主要有手工操作、半自动操作和全自动操作三种。

图 4-13 所示为一种药品的泡罩包装,药品按剂量封装在一块铝箔衬底上,铝箔背面印着药品名称、服用指南等信息,国外称为 PTP(Press Through Pack)包装,国内称为压穿式包装。因为在服用时,用手按压泡罩,药品即可穿过衬底铝箔而取出,或直接送入口中,避免污染。

图 4-13 药品的泡罩包装

4. 泡罩包装形式

常见的泡罩包装形式如图 4-14 所示。

5. 泡罩包装工艺

泡罩包装的泡罩空穴有大有小,形状因被包装物品的形状而异,有用衬底的,也有不用衬底的,而且泡罩包装机的类型也比较多。尽管如此,泡罩包装的基本原理大致上是相同的,其典型工艺过程为

片材加热→薄膜成型→充填物品→安放衬底→热封→切边修整

完成以上过程,可用手工操作、半自动操作和自动操作三种方式。

(1) 手工操作

塑料薄片泡罩预先成型,衬底预先印刷并切割好。包装时用手工将物品装入泡罩内,盖上衬底。然后用热封器将泡罩与衬底封合为一体。有些物品对流通环境的温度和湿度要求不高,可不

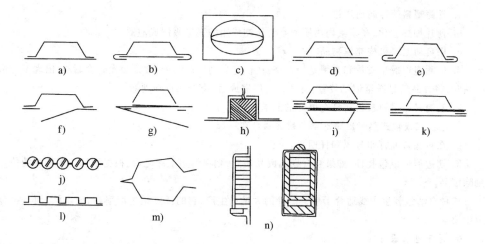

图 4-14　常见的泡罩包装形式

a) 泡罩直接封合在衬底上　b) 衬底插入泡罩的沟槽内　c) 压穿式泡罩
d) 泡罩封合在模切的衬底上　e) 泡罩插入衬底的沟槽中　f) 衬底有铰链开口
g) 衬底有折叠部分,物品可立放或挂在货架上　h) 内装物品可以从泡罩内挤出,
而不需打开泡罩　i) 双面泡罩,衬底上有模切的孔　j) 全塑料无衬底的分隔式条状包装
k) 双层衬底　l) 多泡罩分隔式包装　m) 全塑料铰接式或双泡罩无衬底包装
n) 滑槽式可取出内装物品的泡罩包装

予热封,而用订书机订封。

（2）半自动化操作

将卷筒的或单张的塑料薄片送入半自动泡罩包装机内,机器操作是连续的或间歇的。成型模具的数量根据物品的大小和生产量而定,一般都采用多列式。薄片经成型冷却后,用手工将物品装入泡罩内。将卷筒或单张形式的印刷好的衬底覆盖在泡罩上,再进行热封、切边,得到完整的包装件。

（3）自动化操作

自动化操作时,除了以上包装工序外还可将打印、装说明书、装盒等工序与生产线相连,其生产流程如图 4-15 所示。

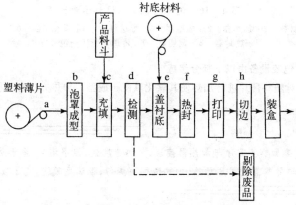

图 4-15　自动化泡罩包装生产线生产流程框图

a. 卷筒塑料薄片向前送进。

b. 薄片加热软化,在模具内用压缩空气压制或用抽真空吸制成泡罩。

c. 用自动上料机构充填物品。

d. 检测泡罩成型质量和充填是否合格;在快速自动生产线上,常采用光电检测器,出现不合格产品时,将废品信号送至记忆装置,待切边工序完成后,将废品自动剔除。

e. 卷筒衬底材料覆盖在已充填好的泡罩上。

f. 用板式或辊式热封器将泡罩与衬底封合在一起。

g. 在衬底背面打印号码和日期等。

h. 切边后形成包装件,如果装有剔除废品装置,则在切边工序之后,根据记忆装置储存的信号剔除废品。

这种自动包装生产线适合于单一品种的大批量生产,它的优点是生产率高、成本低,而且符合卫生要求。

6. 泡罩包装设备

(1) 泡罩包装设备的组成

泡罩包装设备的类型虽然很多,但其工艺过程均如图4-16所示。首先,卷筒包装材料1被输送到加热器2下面加热软化。软化的薄片输送到成型器3,然后从上到下向模具内充入压缩空气,使薄片紧贴在阴模壁上而形成泡罩或空穴等(当泡罩不深、薄膜不厚时,也可采用抽真空的方法,从成型器底部抽气而吸塑成型),成型后的泡罩用推送杆4送进,由定量充填器5充填被包装物品,经检验后,覆盖印刷好的卷筒衬底材料6,用热封器7将衬底与泡罩封合,由裁切器8冲切成单个包装件10,从传送带9输出。

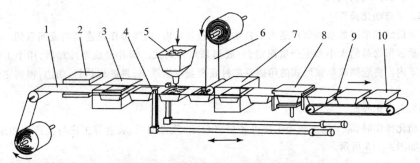

图4-16　泡罩包装工艺过程示意图

1—卷筒包装材料　2—加热器　3—成型器　4—推送杆　5—定量充填器　6—卷筒衬底材料
7—热封器　8—裁切器　9—传送带　10—包装件

由此可见,泡罩包装设备由以下部分组成。

① 加热部分。对塑料薄片进行加热使其软化以便于成型。加热方式有两种,即直接加热与间接加热。

专家提醒 直接加热使薄片与加热器接触,加热速度快,但不均匀,适于加热较薄的材料;间接加热是利用辐射热靠近薄片加热,加热透彻而均匀,但速度较慢,适于较厚的材料。

② 成型部分。泡罩成型有两种方式,即压塑成型与吸塑成型。压塑成型是用压缩空气将

软化的薄片吹压向模具,使之紧贴模具四壁而形成泡罩的空穴,模具采用平板形状,一般为间歇传送,也可用连续传送,其成型品质好,对深浅泡罩均适用。吸塑成型是用抽真空的办法,将软化的薄片吸附在模具的四壁而形成泡罩的空穴,模具多采用连续传送的滚筒形状,因真空所产生的吸力有限,加上成型后泡罩脱离滚筒时受到角度限制,故只适用于较浅的泡罩和较薄的塑料片材。

③ 充填装置。多采用定量自动充填装置。

④ 热封装置。有平板式和滚筒式两种。平板式用于间歇传送,滚筒式用于连续传送。

（2）泡罩包装设备的分类

泡罩包装设备按自动化程度分类,有半自动包装机、自动包装机和自动包装生产线三种。

① 半自动包装机。多为卧式间歇传送方式,以手工充填为主,生产率较低,用于包装单件、颗粒状物品。这种设备在改变品种时,更换模具快,适用于多品种小批量生产。

② 自动包装机。自动包装机以卧式为主,有间歇式操作与连续式操作两种,它们具有一定的生产率和通用性,既适用于多品种小批量生产,也适用于单一品种的中批量生产。

③ 自动包装生产线。有卧式与立式两种,主要用于药品(药片、胶囊和栓剂等)包装,也称为PTP 自动包装线。这种设备一般采用多列式结构,生产率高,包装品质好。并带有检测装置和废品剔除装置,可将打印、分发使用说明书和装盒工序连接于生产线内,是有代表性的包装自动生产线。

图 4－17 所示为连续式滚筒型 PTP 自动包装工艺过程示意图。卷筒包装材料 1 输送到成型滚筒 3 上,用加热器 2 间接加热,用吸塑成型法制成负压成型的泡罩 4,在连续传送过程中用料斗 5充填物品。与此同时,覆盖用的衬底材料 6 由热压辊 7 封合在泡罩上,封盖后的泡罩经剥离辊 8 和裁切辊 9 后成为包装件 10,从传送带 11 输出。这种自动包装机的生产率可达 1 500 ~ 5 000 片/min。

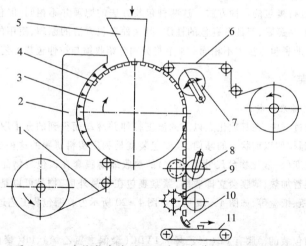

图 4－17　连续式滚筒型 PTP 自动包装工艺过程示意图

1—卷筒包装材料　2—加热器　3—成型滚筒　4—负压成型的泡罩　5—料斗　6—衬底材料
7—热压辊(停机时摆开)　8—剥离辊　9—裁切辊　10—包装件　11—传送带

图 4－18 所示为间歇式平板型 PTP 自动包装工艺过程示意图。卷筒包装材料 1 段经调节辊2,通过加热器 3 间接加热,用压塑成型法在平板式成型器 4 上制成泡罩,在成型时薄片停歇不动,成型后的薄片由输送器带动前进一个步距,其距离等于加热器的长度,然后输送器返回原始

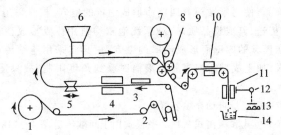

图4-18　间歇式平板型PTP自动包装工艺过程示意图

1—卷筒包装材料　2—调节辊　3—加热器　4—平板式成型器　5—输送辊　6—料斗　7—衬底材料
8—输送辊　9—热封辊　10—打印装置　11—冲切装置　12—吸头　13—包装件　14—废料箱

位置。成型的泡罩在料斗6处充填物品。与此同时,衬底材料7由输送辊8、热封9封合在泡罩上,封盖后的泡罩经过打印装置10和切边装置11完成相应的工序,切下的边角余料落入废料箱14中,包装件13由吸头12输出。这种自动包装机的生产率为600～1 800片/min。

模块三　　收缩包装与拉伸包装

　　收缩包装或收缩薄膜裹包(Shrink-film wrapping)是利用有热收缩性能的塑料薄膜裹包被包装物品,然后进行加热处理,包装薄膜即按一定的比例自行收缩,紧密贴住被包装物品的一种方法。拉伸包装或拉伸薄膜裹包(Stretch-film wrapping)是利用可拉伸的塑料薄膜在常温下对薄膜进行拉伸,对被包装物品进行裹包的一种方法。这两种包装方法的原理并不相同,但包装的效果基本相同,都是将被包装物品裹紧,都具有裹包的性质,但这种裹包方法的原理、使用的材料以及产生的效果都与前面所讲的裹包方法大不相同。本节将分别介绍收缩与拉伸包装工艺。

一、收缩包装

1. 收缩包装的原理与特点

　　塑料薄膜制造过程中,在其软化点以上的温度拉伸并冷却而得到的分子取向的薄膜,当重新加热时,则有恢复到拉伸以前状态的倾向,收缩包装就是利用塑料薄膜的这种热收缩性能发展起来的。即将大小适度(一般比物品尺寸大10%)的热收缩薄膜套在被包装物品外面,然后用热风烘箱或热风喷枪短暂加热,薄膜会立即收缩,紧紧裹包在物品外面,物品可以是单件,也可以是有序排列的多件罐、瓶、纸盒等,如图4-19所示。图4-20所示为收缩包装工艺过程示意图。

2. 收缩薄膜

　　适用于热收缩包装的薄膜有PE(聚乙烯)、PVDC(聚偏二氯乙烯)、PP(聚丙烯)、PS(聚苯乙烯)、EVA(乙烯-醋酸乙烯酯)和离子聚合物薄膜等,其中以PE薄膜用量最大,其次是PVC,两者约占收缩薄膜总量的75%左右。

　　一般的塑料薄膜通常采用熔融挤出法、压延法、溶液流延法制得。而热收缩薄膜是将这种制得的片状薄膜或筒状薄膜,再进行纵向或横向的数倍拉伸处理,使薄膜的分子链成特定的结晶面与薄膜表面平行取向,从而增加薄膜的强度和透明度,同时在薄膜拉伸时给予一定的温度,使薄膜在凝固前被拉伸的比例增至1:4到1:7的伸长率(普通薄膜伸长率为1:2),这就使薄膜在包装时具有所需要的收缩性能。

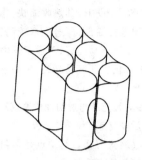

图 4-19　多件的收缩包装

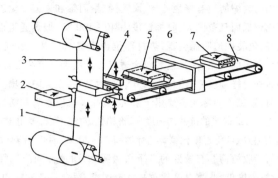

图 4-20　收缩包装工艺过程示意图

1—下卷筒收缩薄膜　2—被包装物品　3—上卷筒收缩薄膜　4—横封加热条
5—裹包物品　6—热收缩通道　7—包装件　8—传送带

为了满足收缩薄膜的要求,必须采取特殊的工艺,国外 PE 收缩薄膜是通过辐射交联制得交联原膜,然后再经双向拉伸制得。交联的目的除了破坏结晶外,还可以提高收缩薄膜的收缩应力和强度。采用化学交联生产 PE 收缩薄膜的简单工艺流程如图 4-21 所示。

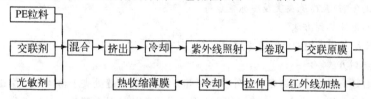

图 4-21　收缩薄膜的生产工艺流程

收缩薄膜按其制造工艺及使用范围不同,大致分为两种:一种是二轴型拉伸热收缩薄膜,薄膜在加工时纵横两轴向的拉伸量几乎相等;另一种是一轴型拉伸收缩薄膜,薄膜在加工时只向一个方向拉伸。二轴型薄膜的适用范围很广,可用于包装新鲜食品或食品的托盘等;一轴型常用于管状收缩包装和标签包装,如酒类容器的标签包装,矿泉水、饮料瓶上的标签包装,塑料瓶和玻璃瓶盖的密封包装及新鲜果蔬等的套管包装等。

（1）收缩薄膜的主要性能指标

① 断面收缩率与收缩比。

② 收缩张力。

③ 收缩温度。

专家提醒 在收缩包装中,收缩温度越低,对被包装物品的不良影响越小,特别是新鲜蔬菜、水果及纺织品等。

④ 热封性。

注意事项:

收缩包装作业中,在加热收缩前,必须先进行热封,使被包装物品处于封闭的收缩薄膜之中,且要求封缝具有较高的强度。

（2）常用收缩薄膜的性能和用途

常用的收缩薄膜有聚氯乙烯、聚乙烯、聚丙烯和聚偏二氯乙烯等，其中聚氯乙烯收缩薄膜的收缩温度比较低而且范围大，收缩温度为 40～160 ℃，加热通道温度为 100～160 ℃，其热收缩快，作业性能好，包装件透明而美观，热封部位也很整洁。由于氧气渗透率比聚乙烯低，而透湿率较高，故对含水分多的蔬菜、水果包装较为适宜。其缺点是抗冲击强度低，在低温下易变脆，不适于运输包装。另外封缝强度差，热封时会分解产生臭味，当其中的增塑剂发生变化后薄膜易断裂，失去光泽。目前，聚氯乙烯薄膜主要用于杂货、食品、玩具、水果和纺织品等的包装。

聚乙烯收缩薄膜的抗冲击强度大、价格低、封缝牢固，多用于运输包装。其光泽与透明性比聚氯乙烯差，在作业中，收缩温度比聚氯乙烯约高 20～30 ℃，因此，在热收缩通道后段应有鼓风冷却装置。

聚丙烯收缩薄膜有较好的光泽和透明性，耐油性和防潮性良好，收缩张力强。其缺点是热封性差，封缝强度低，收缩温度比较高且范围窄，适合录音磁带和唱片等物品的多件包装。

其他收缩薄膜如聚苯乙烯主要用于信件包装，聚偏二氯乙烯主要用于肉类包装。

乙烯-醋酸乙烯共聚物抗冲击强度大，透明性高，软化点低，熔融温度范围宽，热封性能好，收缩张力小，被包装物品不易破损，适合带凸起部分的物品或形状不规则物品的包装。

近年来，随着收缩薄膜的发展，进一步改善了薄膜的气体阻隔性，降低了热封温度，改进了黏合性能，提高了保鲜效果，如 PVDC—PDC 共聚收缩薄膜，具有良好的阻隔性，特别适合食品包装，如加料烹调的午餐肉、冷冻禽类及冷冻糕点等。

（3）塑料薄膜热封方法

图 4-22 所示为常用的塑料薄膜热封方法。其中图 4-22a～h 为接触式热封方法，图 4-22i、j 为非接触式热封方法。

薄膜封合还有电磁感应熔焊和红外线熔焊等方式，薄膜封缝处夹上薄薄的一层磁性材料，在高频感应磁场的作用下，薄膜就会熔融黏合。将红外线直接照射在薄膜的封口部位，也可使其熔融黏合。

表 4-2 所列是热封方式与各种薄膜的适应关系。表 4-3 所列是热封方法与袋型的配合关系。

表 4-2 热封方式与各种薄膜的适应关系

薄膜种类	热板	脉冲	高频	超声波	电磁感应	红外线
聚乙烯（低密度）	×～○	○			×	○
（低密度）	×～○	○			×	○
聚丙烯（无延伸）	○	○	×		×	△
（双轴延伸）	△	○	×	○	×	△
聚苯乙烯	×	○	△	○	×	△
聚氯乙烯（硬质）	△	○	○		△	△
（硬质）	×	△	○		△	△
聚偏二氯乙烯	×	△	○	△		△
聚氟化乙烯	×	×	×	×	○	○
聚乙烯醇	△	△	△	△	△	△
聚酯（双轴延伸）	×	△	×	△	△	△
聚酰胺（无延伸）	×	△	△			

（续）

薄膜种类	热板	脉冲	高频	超声波	电磁感应	红外线
（双轴延伸）	×	△				
聚碳酸酯	×	△	×	○	△	
尼龙	×～○	○	△	△	△	△
防潮玻璃纸	△	△		△	△	
乙烯叉二氯	△	△		△	△	△
醋酸纤维素	△	△		△	△	

注：○——最适用；△——一般用；×——不用。

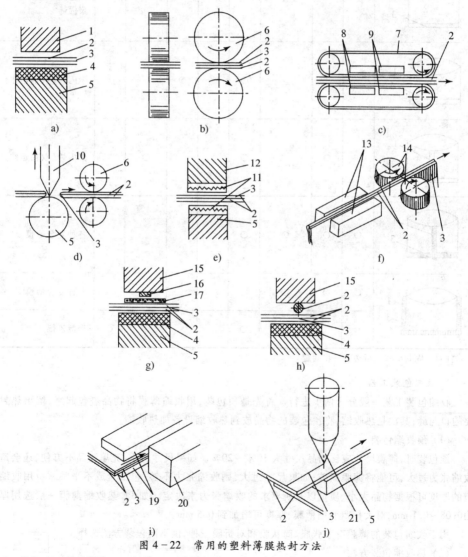

图 4-22　常用的塑料薄膜热封方法

1—板条　2—塑料薄膜　3—封缝　4—耐热胶垫　5—工作台　6—辊轮　7—环形钢带　8—加热装置
9—冷却装置　10—热刀　11—高频电极　12—压头　13—热板　14—加压辊轮　15—压板
16—扁电热丝　17—防黏材料　18—圆电热丝　19—冷却板　20—加热板　21—超声波发生器

表 4-3　热封方法与袋型的配合关系

袋　型	热板	热辊	预热压纹	脉冲	熔断	熔焊	超声波	高频	薄　膜　种　类
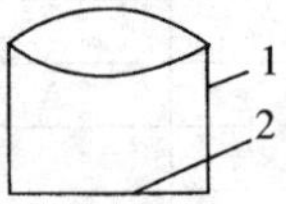 (袋型图 1、2)					○				聚乙烯 聚丙烯(无延伸和双轴延伸)
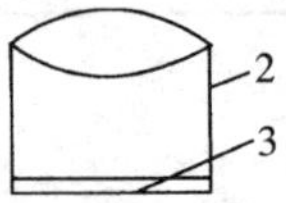 (袋型图 2、3)	○								聚乙烯 聚丙烯
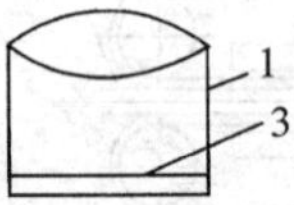 (袋型图 1、3)				○		○			聚丙烯(双轴延伸)
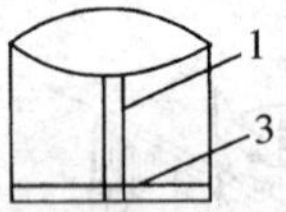 (袋型图 1、3)			○	○			○		聚丙烯(双轴延伸)
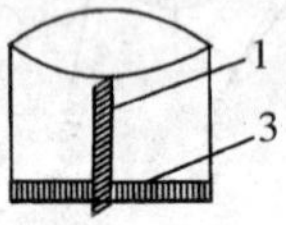 (袋型图 1、3)	○	○	○	○					各种复合薄膜
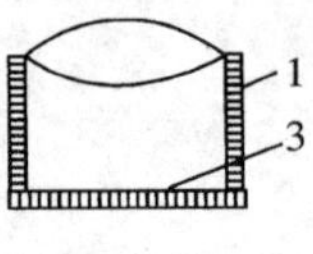 (袋型图 1、3)	○	○	○	○					各种复合薄膜
						○		○	聚氯乙烯

注:1—纵封缝;2—折边;3—横封缝。

3. 收缩包装工艺

收缩包装工艺一般分为两步进行。首先是预包装,用收缩薄膜将物品裹包起来,留出热封必要的口与缝;其次是热收缩,将预包装的物品放到热收缩设备加热收缩。

(1) 预收缩包装

预包装时,薄膜尺寸应比物品尺寸大 10% ~20%。如果尺寸过小,充填物品不方便,还会造成收缩张力过大,可能将薄膜撕破;如果尺寸过大,则收缩张力不够,包不紧或不平整。所用收缩薄膜的厚度可根据物品大小、质量以及所要求的收缩张力来决定。如 PE 热收缩薄膜一般选用厚度为 0.08 ~0.1 mm,对大托盘收缩薄膜,厚度可增加到 0.5 mm。

用于收缩包装的薄膜有平张膜、筒状膜和对折膜三种,供不同包装方法选择。

(2) 热收缩包装方法

① 两端开放式(或称为套筒式)收缩包装法。它是用套筒膜或平张膜先将被包装物品裹在一个套筒里,然后进行热收缩作业,包装完毕后在包装物两端均有一个收缩口,见图 4-23。

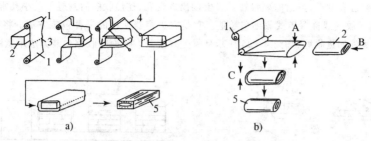

图 4 - 23 两端开放式收缩包装法

1—薄膜卷筒 2—物品 3—封缝 4—封切刀 5—包装件
A—开口 B—将物品推入筒状薄膜 C—切断

专家提醒 用平张膜包装可不受物品品种的限制,平张膜多用于形状方整的单一或多件物品的包装,如多件盒装物品的集合包装等。

用筒状膜包装的优点是减少了 1~2 道封缝工序,外形美观,缺点是不能适应物品多样化的要求,只适用于单一物品的大批量生产的包装,如电池、卷筒纸等。

② 四面密封式(或称为搭接式)收缩包装法。将物品四周用平张膜或筒状膜包裹起来,接缝采用搭接式密封。适合于包装密封的物品。

a. 用对折膜可采用 L 形封口方式,如图 4 - 24a 所示。采用卷筒对折膜,将薄膜拉出一定长度置于水平位置,用机械或手工将开口端撑开,把物品推到折缝处。在此之前,上一次热封剪断后留下一个横缝,加上折缝共两个缝不必再封,因此用一个 L 形热封剪断器从物品后部与薄膜连接处压下并热封剪断,一次完成一个横缝和一个纵缝,操作简便,手动半自动均可,适合于包装异形及尺寸变化多的物品。

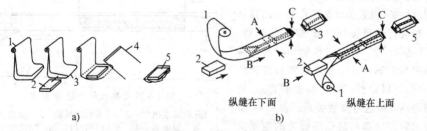

纵缝在下面   纵缝在上面

a)   b)

图 4 - 24 四面密封式收缩包装法

a) L 型封口(对白膜) b) 机型袋型(平张膜)
1—薄膜卷筒 2—物品 3—封缝 4—L 形切刀 5—包装件
A—纵封缝 B—将物品推入筒状薄膜 C—封横缝切断

b. 用卷筒平张膜可采用枕形袋式或筒式包装。这种方法是使用单卷平张膜,先封纵缝成筒状,将物品裹于其中,然后封横缝切断制成枕型包装,或者将两端打卡结扎成筒式包装,操作过程如图 4 - 23b 所示。

筒式包装主要用于熟肉制品(如火腿肠)的包装,其一般包装工艺流程为

原料验收→预处理→计量充填→真空封口(打卡结扎)→热收缩→冷却干燥→成品

四面密封方式预封后,内部残留的空气在收缩时会膨胀,使薄膜收缩困难,影响包装质量,因

此在封口器旁常有刺针,热封时刺针在薄膜上刺出放气孔,在热收缩后封缝处的小孔常自行封闭。

③ 一端开放式或称罩盖式收缩包装法。它是有边容器使用的一种包装方法。将容器或托盘边缘下部的薄膜加热收缩,如图4-25所示是罩盖式碗装方便面热收缩包装方法示意图。

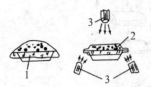

图4-25 罩盖式碗装方便面热收缩包装方法
1—被包装物品上覆盖塑料薄膜
2—用热风喷嘴加热收缩薄膜 3—热风喷嘴

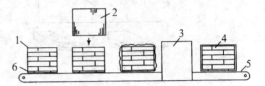

图4-26 托盘收缩包装过程
1—集装物品 2—收缩薄膜套 3—热收缩通道;
4—包装件 5—输送带 6—托盘

④ 托盘收缩包装是运输包装中发展较快的一种包装方法。其主要特点是物品可以一定数量为单位牢固地捆包起来,在运输过程中不会松散,并能在露天堆放。托盘收缩包装过程如图4-26所示。包装时将装好物品的托盘放在输送带上,套上收缩薄膜袋,由输送带送入热收缩通道,通过热收缩通道后即完成收缩包装件。

(3) 热收缩操作

热收缩通道是热收缩操作的主要设备,它由输送带和加热室组成,如图4-27所示。将预包装件放在输送带上,以规定速度运行进入加热室,利用空气吹向包装件进行加热,热收缩完毕离开加热室,自然冷却后从输送带上取下,物品体积过大或薄膜热收缩温度较高时,应在离开加热室后用冷风扇加速冷却。

加热室是一个内壁装有隔热材料的箱形装置,加热室为了保证热风均匀地吹到包装物品上,均采用温度自动调节装置以确保室内温度恒定(温差为±5℃),并采用强制循环系统进行热风循环。加热时,热风速、流量、输送带结构、出入口形状和材质等对收缩效果均有影响。由于各种塑料薄膜的特性不同,所以应根据各种薄膜的特点,选择合适的热收缩通道参数关系。表4-4所列是常用收缩薄膜与热收缩通道的主要参数关系。

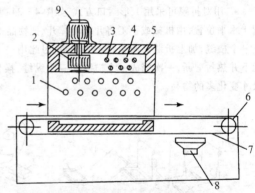

图4-27 热收缩通道示意图
1—热风吹出口 2—热风循环风扇 3—加热器
4—温度调节器 5—绝热材料 6—驱动轮
7—输送带 8—冷却风扇 9—风扇电动机

表4-4 常用收缩薄膜与热收缩通道的主要参数关系

塑料薄膜	厚度/mm	温度/℃	加热时间/s	风速/(m·s⁻¹)	备 注
聚氯乙烯	0.02~0.06	140~160	5~10	8~12	因为温度低,对食品之类物品较适宜
聚乙烯	0.02~0.04	160~200	6~10	15~20	紧固性强
聚丙烯	0.03~0.10 0.12~0.20	160~200 180~200	8~10 30~60	6~10 12~16	收缩时间长 必要时停止加热

另外,对于大型托盘集装式物品或体积较大的单件异形物品,可以采用手提式热风喷枪进行现场热收缩。用热功率为 36 000 kcal/h(1 kcal/h = 1.163 W)的热喷枪,包装一个表面积为 2 m² 的包装品,热收缩过程只需 2 min 左右。这种方法简单迅速、方便经济,所用设备除热喷枪外,只需一个液化气罐即可。

4. 收缩包装设备

(1) 小型收缩包装机

小型收缩包装机主要用于包装水果和新鲜蔬菜等,一般为纸浆模塑或塑料浅盘盛装,因包装件尺寸小,多采用枕形袋式包装,其结构与卧式枕形袋包装机相似,配套的热收缩通道温度因包装材料而异。

(2) L 形封口式包装机

L 形封口式包装机一般使用卷筒对折薄膜,用手工送料,包装能力取决于包装件尺寸的大小和操作者的熟练程度,一般为 10 ~ 15 包/min。

(3) 板式热封包装机

板式热封包装机用于两端开放式和四面密封式包装,如包装多件纸盒或瓶、罐装物品。四面密封式的端封,一般采用条状热封,侧面封可用条状或滚转式热封。机器有自动包装机和半自动包装机。该机最适用于箱类包装,被包装物品尺寸宽度为 200 ~ 500 mm,长度在 250 ~ 1 500 mm 之间,其包装能力随制品长度而异,长度在 1 000 mm 左右的制品,每分钟可包装 8 ~ 10 件。

(4) 大型收缩包装机

这类包装机用于瓦楞纸箱和大袋包装件的集合包装,包装件长、宽、高一般在 1 m 以上,有装于托盘上的,也有不用托盘的。

二、拉伸包装

1. 拉伸包装的原理及特点

拉伸包装是在常温下将塑料薄膜拉伸,同时缠绕在被包装物品的外面,由于薄膜经拉伸后具有自黏性和弹性,从而将物品牢牢裹紧。

拉伸包装过程中不需要对塑料薄膜进行热收缩处理,适于某些不能受热的物品的包装,能够节省能源。用于托盘运输包装能降低运输成本,是一种很有发展前景的包装技术。

2. 拉伸薄膜

(1) 拉伸薄膜的性能指标

① 自黏性。自黏性是指薄膜之间接触后的黏附性,在拉伸缠绕过程中和裹包之后,能使被包装物品紧固而不会松散。自黏性受外界环境等多种因素影响,如温度、湿度、灰尘和污染物等。薄膜获得自黏性的主要方法有两种:一是加工薄膜表面,使其光滑,具有光泽;二是用增加黏附性的填充剂,使薄膜表面产生湿润效果,从而提高黏附性。

② 拉伸与许用拉伸。拉伸是薄膜受拉力后产生弹性伸长的能力。纵向拉伸增加时,薄膜变薄,宽度变窄,易撕裂,施加于包件的张力增加。

许用拉伸是指在一定用途的情况下,保持各种必需的特性所能施加的最大拉伸,许用拉伸越大,所用薄膜越少,包装成本越低。

③ 应力滞留。应力滞留是指在拉伸裹包过程中,对薄膜施加的张力能保持的程度。应力滞留性越差,包装效果越好。

④ 韧性。韧性是薄膜抗戳穿和抗撕裂的综合性质。应要求薄膜包装后具有足够的韧性,以保证包装品质。

另外,拉伸薄膜还应具有光学性能和热封性能,以满足某些特殊包装件的需要。

（2）常用的拉伸薄膜

常用的拉伸薄膜有 PVC（聚氯乙烯）、LDPE（低密度聚乙烯）、EVA（乙烯—醋酸乙烯共聚物）和 LLDPE（线性低密度聚乙烯）薄膜。

PVC 薄膜使用最早,自黏性好,拉伸和韧性好,但应力滞留差;常用的 EVA 薄膜中含醋酸乙烯 10% ~12%,自黏性、拉伸性、韧性和应力滞留均好;LLDPE 薄膜出现较晚,但综合特性最好。拉伸薄膜的最终性能,取决于所用原料的质量和加工工艺,吹塑的 LLDPE 薄膜的自黏性比 PVC 及 EVA 薄膜略差,但挤出的薄膜则相同,表 4-5 所列是几种拉伸薄膜的性质。

表 4-5 拉伸薄膜的性质

拉 伸 薄 膜	拉伸率(%)	拉伸强度/MPa	自黏性/g	截穿强度/Pa
线性低密度聚乙烯	55	0.412	180	960
乙烯—醋酸乙烯共聚物	15	0.255	160	824
聚氯乙烯	25	0.240	130	550
低密度聚乙烯	15	0.214	60	137

3. 拉伸包装工艺

拉伸包装方法按包装用途不同可分为销售包装和运输包装两类,不同类型的包装所用的包装设备不同,因而包装工艺也不一样。

（1）销售包装

销售包装根据自动化程度不同分为手工拉伸包装、半自动拉伸包装和全自动拉伸包装三种方法。

① 手工包装。一般由人工将被包装物品放在浅盘内,特别是软而脆的物品及多件包装的零散物品,如不用浅盘则容易损坏。但有些物品本身具有一定的刚性和牢固程度,如小工具和大白菜等,可不用浅盘。

手工操作包装过程如图 4-28 所示。第一步是从卷筒拉出薄膜,将物品放在其上并卷起来,向热封板移动,用电热丝将薄膜切断,再移动到热封板上进行封合。然后用手抓住薄膜卷的两端进行拉伸,拉伸到所需程度,将两端的薄膜向下折至卷的底面,压在热板上封合。

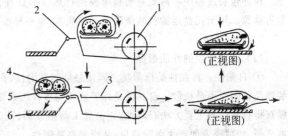

图 4-28 拉伸包装手工操作包装过程
1—卷筒薄膜 2—电热丝 3—工作台
4—物品 5—浅盘 6—热封板

② 半自动拉伸包装。将包装工作中的部分工序机械化或自动化,可节省劳力,提高生产率,主要用于带浅盘的包装。半自动操作拉伸包装使用较少,生产率一般为 15 ~20 件/min。

③ 全自动拉伸包装。手工操作虽然有许多优点,但劳动强度大、生产率低、成本高,从而推动了全自动拉伸包装设备的迅速发展。目前全自动拉伸包装设备所采用的包装工艺大体可分为两种。

a. 上推式工艺。上推式工艺是拉伸包装用于销售方面的主要包装方法,其操作过程如图

4-29 所示。将物品放入浅盘内,由供给装置推至供给传送带,运送到上推装置。同时预先按物品所需长度切断薄膜,送到上推部位上方,用夹子夹住薄膜四周。上推装置将物品上推并顶着薄膜,薄膜被拉伸,然后松开左、右和后面的三个夹子,同时将三边的薄膜折入浅盘的底下。起动带有软泡沫塑料的输出传送带,浅盘向前移动,同时前边的薄膜被拉伸,此时松开前薄膜夹,将前边薄膜折入浅盘底,将包装件送至热封板封合,完成包装过程。

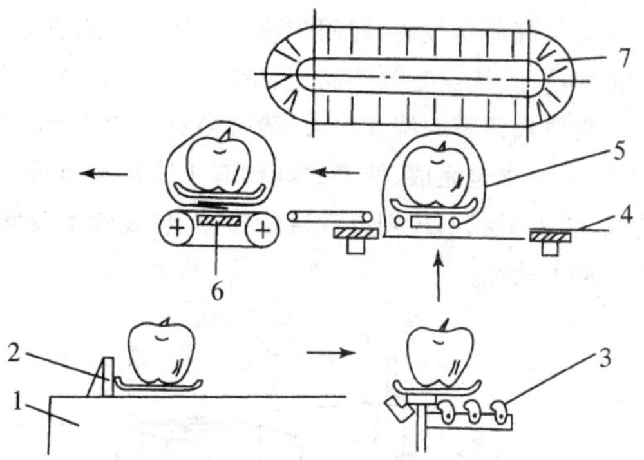

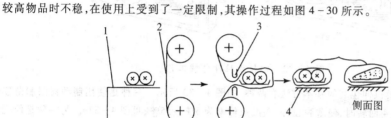

图 4-29　拉伸包装上推式工艺过程
1—供给输送台　2—供给装置　3—上推装置　4—薄膜夹子
5—薄膜　6—热封板报　7—输出装置

b. 连续直线式工艺。连续直线式工艺是自动拉伸包装最早出现的形式,因为包装较高物品时不稳,在使用上受到了一定限制,其操作过程如图 4-30 所示。

图 4-30　拉伸包装连续直线式工艺过程(一)
1—供给输送台　2—卷筒薄膜　3—封切刀　4—热封板

由供给装置将放在浅盘内的物品送到薄膜(浅盘长边方向与前进方向垂直)。前一个包装件的后部封切时,将两个卷筒的薄膜封合,被包装物送至此处,继续向前推移时,使薄膜拉伸。当被包装物品全部被覆盖后,用封切刀将后部热封并切断。然后将薄膜左右拉伸,折进浅盘底部送到热封板上热封。

连续直线式还有一种形式,如图 4-31 所示。其工艺过程是物品向前推进时,薄膜两侧下折,通过热封辊在两侧形成一条纵缝,此时薄膜形成筒状裹包着物品,然后用封切刀将包装件热封切断,将薄膜的前后两端经拉伸后折入浅盘底部,送到热封板上封合。

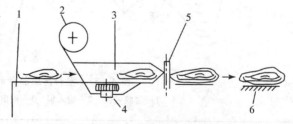

图 4-31　拉伸包装直线式工艺过程(二)
1—供给输送台　2—卷筒薄膜　3—制袋器
4—热封辊　5—封切刀　6—热封板

(2) 运输包装

将拉伸包装用于运输包装,比传统用的木箱、瓦楞纸箱等包装质量轻、成本低,因此应用广泛,这种包装大部分用于托盘集合包装,也可用于无托盘包装。其基本方法有两种。

① 回转式拉伸包装工艺。将物品放在一个可以回转的平台上,把薄膜端部贴在物品上,然后旋转平台,边旋转边拉伸薄膜,转几周后切断薄膜,将末端粘在物品上,如图 4-32 所示。图4-32a

所示为整幅薄膜包装,即用与物品高度一样或更宽一些的整幅薄膜包装。这种方法适于包装形状方正的物品,优点是效率高而且经济,缺点是材料仓库中要储备幅宽规格齐全的薄膜。图 4-32b 所示为窄幅薄膜缠绕式包装,薄膜幅宽一般为 50~70 cm,包装时薄膜自上而下以螺旋线形式缠绕物品,直至裹包完成,两者之间约有 1/3 部分重叠。这种方法适于包装堆码较高或高度不一致的物品,以及形状不规则或较轻的物品,包装效率较低,但可使用一种幅宽的薄膜包装形状或堆码高度不同的物品。

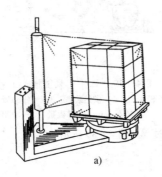
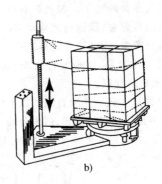

图 4-32 回转式拉伸包装工艺

用回转式将薄膜拉伸包装的基本方法有两种,如图 4-33 所示。一种是使用制动器限制薄膜卷筒 1 转动,当物品 4 回转时,使薄膜拉伸,一般拉伸率为 5%~55%,见图 4-33a。另一种是使用一对回转速度不同的导辊,即输入辊 2 的转速比输出辊 3 的转速低一些,从而将薄膜拉伸,拉伸率一般为 10%~100%,见图 4-33b。

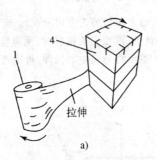
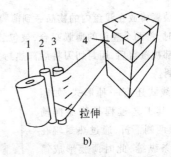

图 4-33 塑料薄膜拉伸的方法
1—薄膜卷筒 2—输入辊 3—输出辊 4—物品

注意事项:
　　为了消除方形物品裹包过程中四角处速度突然增加的不利因素,还应装置气动调节辊,以保持拉力均衡。

　　② 移动式拉伸包装工艺。其工艺过程如图 4-34 所示,将物品放在输送带上,由送进器或辊道推动向前,在包装工位有一个龙门式的架子,两个薄膜卷筒直立于输送带两侧,并装有制动器。开始包装时,先将两卷薄膜的端部热封于物品前面,当物品向前推动,将薄膜包在其上,同时将薄膜拉伸,到达一定位置后用封合器将薄膜收拢切断,并将端部粘贴在物品背后。

专家提醒 回转式和移动式拉伸包装都有自动与半自动两种类型。半自动设备中,开始时粘接薄膜,结束时切断薄膜,均由手工操作。

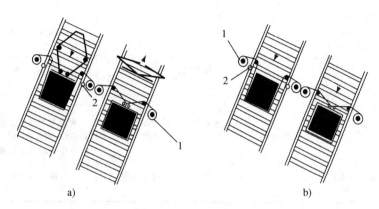

a)   b)

图 4-34 移动式拉伸包装工艺过程

1—卷筒薄膜 2—封合器

三、收缩包装与拉伸包装的比较

1. 收缩包装与拉伸包装的比较

收缩包装与拉伸包装既有相同之处,又有不同之处,且各有利弊,这两种工艺特点的比较见表4-6。

表 4-6 收缩包装与拉伸包装的比较

序号	比 较 内 容	收 缩 包 装	拉 伸 包 装
1	对产品的适应性: ① 规则形状和异型产品 ② 新鲜水果和蔬菜 ③ 单件、多件产品的销售包装; 有托盘和无托盘的运输包装 ④ 冷冻的或怕受热的产品	均可 特别适合 均可 货物可紧固于托盘上 不适合	均可 特别适合 均可 适合
2	对流通环境的适应性: ① 包装件存放场所 ② 防潮性(指运输包装件) ③ 透气性(指运输包装件) ④ 低温操作	仓库、露天存放均可,不怕日晒和雨淋,节省仓库面积 好 可进行六面密封 差 不适合	薄膜受阳光照射或高温天气将发生松弛现象,只能在仓库内存放 差 一般只进行侧面裹包,必要时可进行五面密封 好 一般顶部不密封 可以冷冻室内操作

（续）

序号	比 较 内 容	收 缩 包 装	拉 伸 包 装
3	设备投资和包装成本： ① 设备投资和维修费用 ② 能源消耗 ③ 材料费用 ④ 投资回收期	需热收缩设备,投资和费用均较高 多 多 较长	无需加热,投资和费用低 少 比收缩包装少25% 短
4	裹包应力	不易控制,但比较均匀	容易控制,但棱角处应力过大易损
5	堆垛适应性	好 包装件不会互相黏结	差 薄膜有自黏性,包装件之间易黏结,搬运过程易撕裂,必要时可用单面自黏性薄膜
6	薄膜库存要求	需要有多种厚度的薄膜	一种厚度的薄膜可用于不同的产品

2. 收缩包装与拉伸包装的选用原则

在选用收缩包装与拉伸包装时,首先要考虑以下几个原则：

① 对产品尽量适应的原则。

② 对流通环境尽量适应的原则。

③ 设备投资和包装成本尽量降低的原则。

④ 包装材料来源广、品种多、库存方便的原则。

⑤ 操作方便的原则。

另外,还要考虑生产速度、货物质量、运输和储存条件等因素。

收缩包装通常用于形状不规则的货物,以及需长期在室外存放或需防水环境条件的货物。拉伸包装的货物应用范围较广,例如袋、箱、瓶、罐、整齐排列的货物,以及金属拉伸材料、轧制材料、板材、农产品和器械用具等。

一般来说,由于能耗差异,许多货运商都是首先考虑拉伸式包装,然后在必要时再考虑收缩式包装。

总之,在收缩包装和拉伸包装方法之间进行选择时,必须从材料、设备、工艺、能源和投资等方面全面综合考虑,并针对具体产品包装要求和特性来选择合理的方法。

第5单元

其他容器包装

知识要点

- ·熟悉金属容器包装的种类及特点。
- ·熟悉玻璃容器包装的特点及应用。
- ·熟悉木质容器包装的特点及应用。

任务目标

- ·掌握常见的金属包装工艺过程。
- ·掌握食品包装时对玻璃瓶罐的适用原则。
- ·掌握主要的大箱包装工艺过程。

模块一　金属容器包装

一、金属容器包装的种类

金属容器包装在包装工业中占有十分重要的地位。常用的金属容器包装按其结构和用途的不同可分为以下几类：

（1）金属罐

金属罐用作食品罐,包括马口铁罐(镀锡薄钢板)、TFS 罐(无锡薄钢板)、铝罐等。它们的种类及应用见表 5 - 1。

（2）金属桶

金属桶主要是指钢桶,还有一些其他桶型,其种类与应用见表 5 - 2。

（3）其他金属容器包装

常用的金属容器包装还有喷雾罐和金属软管。

表 5-1 常用金属罐的种类与应用

种类	品种	特点与应用
马口铁罐	三片锡焊罐（可异形） 二片冲拔罐（圆形） 二片深冲罐（可异形）	需内涂料；应用于热加工食品包装（如鱼肉、家禽、蔬菜等）和非热加工食品包装（如干粉、酱类、食油等）以及饮料包装（主要用二片罐）
TFS 罐	三片熔接罐和三片粘接罐（可异形） 二片深冲罐（可异形）	需内涂料。主要应用于热加工食品包装，某些还用于饮料包装或制作喷雾罐
铝罐	三片粘接罐（可异形） 二片冲拔罐（圆形）	应用同上，主要用于啤酒和饮料包装

表 5-2 常用金属桶的种类和应用

种类	品种	特点与应用
钢桶	小口（闭口）钢桶 中口钢桶 大口钢桶	用低碳钢板制成的圆柱形包装容器，用于液体、浆料、粉状或块状食品及轻、化工原料的大型包装
其他金属桶	镀锌钢桶 镀锡钢桶 铝桶	中小型运输包装容器，较轻便，镀锌、镀锡钢桶适用于某些腐蚀性产品，铝桶可作啤酒桶

喷雾罐分为马口铁三片罐或铝二片罐，主要用于气雾产品的包装，如杀虫剂、空气清新剂、发胶、香水等。

金属软管有铅、锡、铝软罐，主要用于糊状、乳剂状产品包装，如牙膏、药膏、黏合剂等，现在铅、锡软罐已基本被铝罐取代。

二、食品用金属罐包装工艺

1. 金属罐的罐型

我国金属罐的罐型和编号见表 5-3。其规格系列可参看有关标准和手册。

表 5-3 我国金属罐的罐型和编号

罐型	编号	罐型	编号
圆罐	按内径、外高排列	椭圆罐	500
冲底圆罐	200	冲底椭圆罐	600
方罐	300	梯形罐	700
冲底方罐	400	马蹄形罐	800

2. 金属罐包装工艺

（1）空罐

根据产品的不同特点可采用抗硫涂料罐、抗酸涂料罐、防黏涂料罐或钝化处理素铁罐。

注意事项：

搬运空罐时应避免罐边摩擦和碰撞，并注意搬运过程中的卫生。装罐前应经沸水喷冲，然后倒罐沥水或烘干。

（2）装罐

根据产品要求，可采用生装或熟装，人工装或机械装。

注意事项：

罐内食品应保证规定的份量和块数，并注意排列整齐美观，切记充填过量。一般罐内应有 6～9 mm 剩余空间（顶隙）。顶隙过小，杀菌时食品受热膨胀，罐内压力增加，会影响罐的密封性与耐腐蚀性；顶隙过大，罐内残留空气多，也会加速罐的腐蚀。装罐时还要求保持罐口清洁，不得有小片、碎块、油脂、糖渍或盐渍等，否则会影响罐体卷边的密封性。

（3）排气与封罐

注意事项：

封罐前要排除罐内空气，以减少空气对食品品质的影响和减少对罐壁的腐蚀，防止加热杀菌时胀罐。

排气与封罐的方法如下：

① 热力封罐排气法。即用食品热灌法排气，或食品灌装预封再加热排气。一般肉类罐头采用高温（80～90 ℃）短时间排气工艺，而果蔬罐头空气含量多，宜采用低温（60～75 ℃）长时间排气工艺，以保证密封罐头有合适的真空度。

② 真空封罐排气法。将食品装罐预封后，用真空封罐机在真空密封室内排气密封，真空度一般可达 33～40 kPa（25～30 cmHg）。由于真空封罐机占地面积小，比较清洁卫生，且对一些加热困难的食品罐头也可获得较好的真空度，因此大部分食品罐头多用此法排气。

③ 蒸气喷射排气法。喷罐时向罐头顶隙内喷射蒸气以驱走空气，并迅速密封。冷却后，顶隙内蒸气冷凝，便形成部分真空。此法适用于空气的溶解度和吸收量极低的食品罐头，而且比较方便经济。

（4）杀菌及冷却

密封罐头加热的目的是杀死食品中所污染的致病菌、产毒菌和腐败菌，并破坏食品中的酶，以使食品能储藏 2 年而不变质。

注意事项：

根据食品的性质，可用蒸气高温杀菌（高于 100 ℃）或巴氏杀菌法，杀菌后应迅速进行冷却。冷却不当，会造成食品色香味变差、组织变质，甚至失去食用价值；同时还会促进嗜热微生物繁殖和加快罐壁腐蚀。一般用喷水或浸水冷却。罐头冷却终止温度一般在 38 ℃ 左右，过低易引起罐外壁生锈。

（5）贴标及装箱

将已冷却、干燥和检验后的罐头进行贴标与装箱，要加热杀菌的食品罐头外壁常用标签装饰，可用人工或机械粘贴，装箱可按 QB/T 3600—1999《罐头食品包装、标志、运输和贮存》标准进行，一般用瓦楞纸箱包装。

三、喷雾罐包装工艺

1. 喷雾包装原理及应用

喷雾包装（aerosol packaging）是指将液体、乳膏状或粉末状等内装物和推进剂（propellents）装入带有阀门的气密性容器中。当开启阀门时，内装物在推进剂产生的压力作用下被喷射出来，即可使用。

按喷雾形态和作用方式可将喷雾分为三种类型，如图 5－1 所示。图 5－1a 所示是三相结构，液相推进剂和液态内装物不混溶而分层，气相推进剂在上端。图 5－1b 所示用压缩气体与液相内装物的类型。图 5－1c 所示用气相推进剂与混溶的推进剂和内装物的类型。后两种是两相结构。

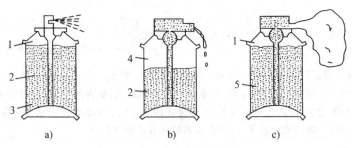

图 5-1　喷雾形态的类型
1—气相推进剂　2—液相内装物　3—液相推进剂　4—压缩气体
5—推进剂和内装物的乳化均质液体

（1）空间喷雾（space sprays）

喷雾剂为液化气，一般与液相内装物混溶或部分分层、部分蒸发汽化。开启阀门，气相推进剂推动液相内装物和液相推进剂经喷嘴喷出，释放到空气中。由于压力变化，液相推进剂迅速汽化将内装物分裂成细雾状（颗粒直径小于 30 μm）而充满空间，如杀虫剂、空气清新剂等。典型的喷雾罐喷出后 1 s 可产生 1 亿个以上的细微颗粒。一份液相推进剂变成气体时，能充填的容积为其原体积的 250 倍，所以虽然罐内剩余的液体内装物很少，只要还有液相推进剂，其空位就会被气相推进剂所填补，内部压力也始终保持不变，直至内装物喷完，如图 5-1a 所示。

（2）表面喷雾（surface sprays）

推进剂为压缩气体，它不与液相的内装物相混合。开启阀门，压缩气体推动内装物进入阀体，经阀嘴喷出，液相内装物悬浮于压缩气体上，颗粒较粗（直径大于 50 μm），也称为固体流，喷出后附着于被喷物体表面，属于表面喷雾，如油漆、祛臭剂等。随着压缩气体的消耗，喷出压力越来越小，因此喷雾越来越不均匀，如图 5-1b 所示。

（3）泡沫（foams）

推进剂为液化气，内装物和推进剂乳化为均质液相。开启阀门，蒸发了的气相推进剂推动乳化均质的内装物和推进剂进入阀体，经阀嘴喷出，推进剂汽化后将液相内装物分裂并膨胀，产生泡沫，如刮须膏、护发摩丝等，如图 5-1c 所示。

2．推进剂

推进剂又称为抛射剂，是迫使内装物从阀嘴喷出的动力源，它能产生气压，使内装物以雾气状、细流状或泡沫状喷出而分配使用。推进剂有液化气和压缩气体两大类。

（1）液化气。常用的液化气有碳氟化合物（氟利昂）和碳氢化合物，其种类及性能见表 5-4。

表 5-4　液化气的种类及性能

类别	代号	化学名称	分子式	相对分子质量	沸点/℃	蒸气压/kPa（绝对压力）		密度/(g/mL)(21℃)	使用性能
						21.1℃	54.4℃		
碳氟化合物	F-11	三氯一氟甲烷	CCl_3F	137.5	23.8	92.1	263.6	1.485	低压，有臭味，适用于玻璃瓶
	F-12	二氯二氟甲烷	CCl_2F_2	121	-29.8	584	1 371	1.323	高压，可单独使用，有臭味
	F-114	二氯四氟乙烷	$CClF_2CClF_2$	170.9	3.6	190	511	1.47	低压，用芳香油溶解好，适用于玻璃瓶

（续）

类别	代号	化学名称	分子式	相对分子质量	沸点/℃	蒸气压/kPa（绝对压力）21.1 ℃	蒸气压/kPa（绝对压力）54.4 ℃	密度/(g/mL)（21 ℃）	使用性能
碳氢化合物	A-17	丁烷	$CH_3CH_2CH_2CH_3$	58.1	-0.5	219	561	0.56	气味较小,价格较低,相对密度低,用量少,毒性小,但易燃
	A-31	异丁烷	$(CH_3)_2CHCH_3$	58	-11.73	315	771	0.58	
	A-108	丙烷	$CH_3CH_2CH_3$	44.1	-42	846	1 931	0.50	

③ 压缩气体。常用的压缩气体有氮气、二氧化碳和氧化氮,其物理性质见表 5-5。

表 5-5　压缩气体的物理性质

名称	分子式	相对分子质量	沸点/℃	蒸气压(21.1 ℃)/kPa(表压)	在水中的溶解度(25 ℃)/(Vg·Vs^{-1})
二氧化碳	CO_2	44	-78.3	5 767	0.7
一氧化二氮	N_2O	44	-88.4	4 961	0.5
氮	N_2	28	-198.3	3 287	0.014

压缩气体作为推进剂,有如下特点:

a. 它在喷雾容器中是气体,能部分溶于水,通常不与产品混合,其喷出状态是"固体流"型。

b. 压缩气体通常使用的压力是 600 kPa,温度对压力变化影响较小。但在使用过程中,随容器变空,压力变小,会影响喷雾特性,甚至变得无法使用。

c. 压缩气体较卫生安全,可用于食品喷雾包装。

④ 混合推进剂。混合推进剂可用来调整推进剂用量和蒸气压力,以达到调整喷射能力的目的。其中混合为高压碳氟化合物/低压碳氟化合物/碳氢化合物,例如 F-12/11/A-31(45: 45: 10),简称为喷雾剂 A,主要用于喷发胶。

3. 喷雾罐容器与阀门

喷雾罐容器为耐气压构件,其材料多为金属,如马口铁三片罐或铝二片罐,容积从 15 mL 到 1 000 mL,其中 140~650 mL 使用最多,约占 3/4。

阀门是用以控制喷雾罐内装物流动与喷出特性的关键构件,它能控制容器中内装物的流动,使用时将它喷出。喷出的产品是泡沫状、雾粒状或是喷流状,完全取决于不同的阀门与按钮。阀门的设计形式很多,但原理基本相同。由图 5-2 可以看出阀门在喷雾罐中的部位,图 5-3 所示为典型的阀门结构。喷雾时压下按钮 1,阀杆 2 下降,使阀杆喷嘴 12 与阀体空间相通。同时喷雾罐内的产品在推进剂气体压力推动下经阀体喷嘴 8 进入混合室 11,再经已打开的阀杆喷嘴进入阀杆通道,最后从按钮喷嘴 13 喷出。少部分液化气经排气孔 6 进入阀体。协助内物呈雾状喷出。放松按钮 1,阀杆 2 在弹簧 10 的作用下复位,使阀杆喷嘴 12 与混合室 11 隔断,恢复到不工作位置,罐中内装物处于密封状态。

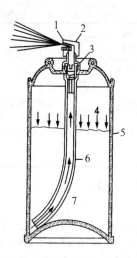

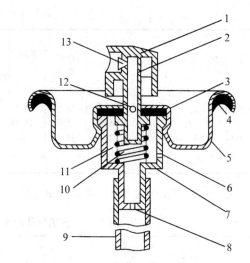

图 5-2　喷雾罐的工作原理

1—喷嘴　2—按钮　3—阀门
4—推进剂气相　5—容器　6—导管
7—内装物与推进剂液相

图 5-3　阀门结构示意图

1—按钮　2—阀杆　3—阀座　4—衬垫　5—阀门盖
6—排气孔　7—阀体　8—阀体喷嘴　9—导管　10—弹簧
11—混合室　12—阀杆喷嘴　13—喷嘴

喷雾阀的结构,特别是喷嘴的形状和尺寸是影响喷雾特性的重要因素。一般喷嘴孔径在 0.5~5 mm 之间。

4. 喷雾内装物及推进剂的灌装工艺

喷雾内装物的生产工艺流程如下:

主成分(内装物)的配制及灌装→推进剂的配制及灌装→喷雾罐盖的接轧密封→漏气、质量及压力检查→最后包装。

产品及推进剂的灌装在喷雾包装中具有特殊性和重要性。灌装法有以下两种:

(1) 冷灌装法

主成分不含水分时,可采用冷灌装法。即将内装物与推进剂冷却至推进剂沸点以下,定量装入喷雾容器,然后尽快放上阀门,同时接轧卷边密封。

专家提醒 此法灌装时推进剂损失较少,灌装速度快,但要冷却设备,且灌装后要加热回温以便贴标包装,设备投资大,能耗较大,已逐渐淘汰。

(2) 压力灌装法

多数喷雾产品采用压力灌装法,即在室温下先灌装内装物,并灌入少量推进剂以驱除容器内的空气,接着放置阀门并接轧卷边密封。最后将大量推进剂用灌装头以高压通过阀杆喷嘴泵压入已密封的喷雾容器内。

专家提醒 此法对产品配方没有特殊要求,可以含有水分。灌装时不会有冷凝水混入产品。不用冷冻及回温设备,投资较省。但用此法灌装时容器内的空气不易驱除干净,而且需要通过阀嘴灌装,速度较慢。

灌装及密封完毕后,要对罐体进行检漏试验,即将罐浸入热水中(55 ℃)保持 3 min,检查有无漏气,待干燥后进行包装。

四、金属软管包装工艺

1. 金属软管包装及其应用

金属软管是用软金属制成的圆柱形薄壁容器,它的一端折合压封或焊封,另一端形成管肩和管嘴,并用螺纹盖封合,挤压管壁时,内装物由管嘴挤出。金属软管可以折叠,所以软管包装在英文中称为"Collapsible Tube Packaging"。

软管是包装不同黏度的糊状或乳剂状产品的良好容器。它使用方便,可以一次一次地小量挤用,并对剩余内装物提供完全的保护。软管外壁可以印刷装饰。软管产品可用专门设备高速充填灌装,因而在许多领域得到广泛的应用,如包装油彩、牙膏、鞋油、药膏、黏合剂、调味酱等。

2. 软管包装工艺

以牙膏包装为例,其包装工艺过程如下:

膏体供给(泵,管道输送)

↓

软管供给(链式传送带)→灌装→装盒→装箱

现代化软管包装车间,一般将软管供给机、膏体灌装机和装盒机组成生产线进行自动化生产。其主要工序如下:

(1)灌装

牙膏用灌装机灌装,包括软管对中压紧、管帽重紧、对光定位、膏体灌装、折叠封尾及顶出输送等工序。

① 灌装机。灌装机按形式分类,有转盘式、链带式和直线式;按结构分类,有单管式、双管式和多管式;按生产能力分类,有低速机(50 ~ 80 支/min)、中速机(100 ~ 200 支/min)和高速机(200 支/min)以上。

② 膏体定量灌装。膏体灌装为容积定量。定量装置由料斗、可调节送料泵、可定时开闭的三通转换开关以及喷嘴射膏器组成。

③ 封尾形式。膏体从软管尾部灌装后要进行封尾。机器动作为尾部夹紧、折叠、二次折叠及最后压紧。金属软管的封尾形式如图 5 - 4 所示。

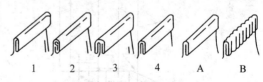

图 5 - 4　金属软管的封尾形式

1—单折边　2、4—双折边　3—鞍形折叠
A—平式管底　B—波纹管底

(2)装盒

已灌满牙膏的软管要装入纸盒,对产品进行保护和装饰。装盒机有间歇式和连续式两种,连续式装盒机运行平稳,操作及保养较方便,生产能力大,使用较多。

装盒工序包括:纸盒上料分舌;撑开成形;牙膏进入纸盒;折左右小舌(折角);折大舌,推进大舌,装盒完毕。

(3)装箱

单支牙膏装入小盒后要再装入中盒(一般为 20 支/盒),进行保护包装,也可用热收缩薄膜包装。最后中盒包装再装入瓦楞纸箱(一般为 12 ~ 18 个中盒/箱),以便于运输。

模块二　玻璃容器包装

一、玻璃容器包装的应用和特点

玻璃包装容器是食品、医药、化学工业中传统的包装容器,它对液体产品包装有特别优良的适应性,其中80%～90%是食品包装用瓶罐,如酒瓶、饮料瓶、水果罐和酱菜罐等。此外还有药瓶、安瓶、化妆品瓶及化工用酸碱瓶等。

二、食品包装用玻璃瓶罐的类型及选用

食品包装用玻璃瓶罐类型很多,这里只简单介绍常用的几种。

1. 小口瓶

小口瓶(细口瓶)是酒类、液体调味品常用的包装容器。小口瓶有溜肩和端肩之分,其外形及各部分名称如图5-5所示。

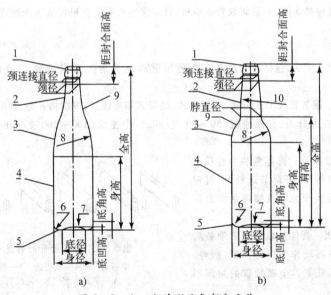

图5-5　小口瓶外形及各部分名称

a)溜肩瓶　b)端肩瓶

1—瓶口　2—瓶颈　3—瓶肩　4—瓶身　5—瓶底　6—底角弧　7—底凹弧
8—肩内肩　9—肩外弧　10—颈内弧

我国原轻工部对小口酒瓶结构尺寸已制定了行业标准。公称容量有125 mL、250 mL、350 mL、500 mL、640 mL、750 mL六种规格,其中350 mL、640 mL两种规格供充气酒瓶使用,其余规格供不充气酒瓶使用。

小口酒瓶口的封盖形式有皇冠盖(压盖)、螺旋盖和滚压盖(防盗盖)等。皇冠盖由可锻铸铁加工而成,内衬塑料密封垫。

　　冠形瓶口以皇冠盖压合密封,具有密封严、耐内压的优点,多用于啤酒和汽水包装。但它开启不便,要用启盖器,一经开启便不能完全回封。

2. 罐头瓶

　　罐头瓶是较矮胖的大口瓶,用于包装在空气中易腐败、密封后必须加热杀菌的食品,如水果罐头。

　　罐盖为压盖,由可锻铸铁制作,内衬橡胶垫,用封罐机压封。它封口严密,耐内压,但开启十分费力。

3. 四旋瓶

　　四旋瓶它是一种容易启闭且密封较好的大口罐头瓶,常用于各种酱菜、果酱的包装。四旋瓶瓶口通过四头不连续的螺纹与罐盖密封,需开启时只要转 1/4 圈便可拧下盖子。盖子用可锻铸铁制造,盖沟内注入了聚氯乙烯胶,可加强密封性。

三、小口玻璃瓶(啤酒)包装工艺

　　啤酒是消费量最大的含气饮料。一般熟啤酒用瓶装或易拉罐装,而鲜啤多用桶装。绝大部分啤酒用小口玻璃瓶包装,其瓶容有 350 mL 和 640 mL 两种规格,保存期为 3 个月。

　　瓶装啤酒的包装工艺过程如下:

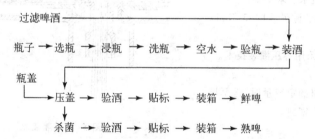

1. 瓶子处理

　　新瓶如无污染,只需高压水冲洗后即可使用。回收瓶经选瓶后,要经浸瓶和洗瓶处理。现代化啤酒灌装车间浸洗瓶由洗瓶机组进行,如图 5-6 所示。

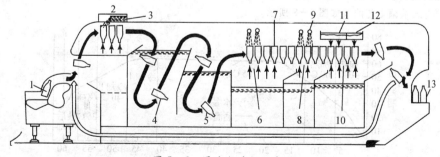

图 5-6　浸洗瓶过程示意图

1—进瓶　2—第一次淋洗预热(25℃)　3—第二次淋洗预热(50℃)　4—洗涤剂浸瓶 I(70℃)
5—洗涤剂浸瓶 II(70℃)　6—洗涤剂喷洗(70℃)　7—高压洗涤剂瓶外喷洗(70℃)
8—高压水喷洗(50℃)　9—高压水瓶外喷洗(50℃)　10—高压水喷洗(25℃)
11—高压水瓶外喷洗(25℃)　12—清水淋洗(15~20℃)　13—出瓶

浸洗瓶的目的是洗去瓶子内外的残存物,并对瓶子进行杀菌处理。浸洗后瓶内应尽量淋干,滴水应无碱性反应。

洗瓶工序的技术参数如下:

① 浸洗液。应高效、低泡、无毒。常用碱性浸洗液,如质量分数 3% 的 NaOH 水溶液。浸洗液有多种配方。

② 浸洗温度。玻璃导热差,升温应平稳。瓶温与液温之差 ≤35 ℃,以防爆裂。碱液最高温度为 65 ~ 70 ℃,但 ≥55 ℃。

③ 喷淋压力。喷洗液压力为 0.2 ~ 0.25 MPa,无菌压缩空气压力为 0.4 ~ 0.6 MPa。

专家提醒 浸洗吹干后的瓶子,要用人工或光学仪器逐个验瓶,不合格的应剔除。

2. 装酒

用灌装机灌装啤酒,如图 5 - 7 所示。小型灌装机有 12 ~ 24 头,中型灌装机有 40 ~ 70 头,生产效率为 20 ~ 200 瓶/min。

啤酒灌装的技术要求如下:

① 装酒温度控制在 -1 ~ 3 ℃,以防 CO_2 逃逸冒酒。

② 啤酒灌装采用等压灌装技术。

3. 压盖

啤酒灌至瓶口额定容量时,送至压盖机将皇冠盖压上密封。

4. 杀菌

为了延长啤酒保存期,啤酒要进行巴氏杀菌。杀菌可用喷淋式隧道杀菌或吊笼式热水杀菌,后者因技术落后已很少使用。

喷淋式杀菌工艺曲线如图 5 - 8 所示。

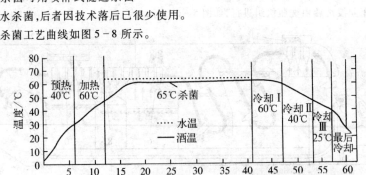

图 5 - 7 灌装机

1—啤酒进口 2—浮漂 3—泡沫 4—储酒槽 5—至装酒头的引酒管 6—背压与返回空气的通路 7—开槽螺钉

图 5 - 8 喷淋式杀菌工艺曲线

杀菌工艺要求如下:

① 瓶内应留有 3% ~4% 瓶容的剩余空间,酒不得灌满。

② 杀菌温度一般为 65 ℃,保温 10 ~ 15 min。

③ 加热水与酒的温差应保持在 2 ~ 3 ℃,以防局部过热。

④ 升温、降温应和缓,以防瓶子破损。

5. 验酒

瓶内啤酒应清明透亮,无悬浮物和杂质。瓶盖不漏气漏酒。上部空隙高度保持在 6 ~ 8 cm。瓶外无不洁物。

6. 贴标

一般用耐湿耐碱纸商标,用贴标机粘贴。

7. 装箱

可用花格木箱、塑料周转箱或瓦楞纸箱装箱。装箱可用人工操作或用装箱机。

四、玻璃容器包装的防破损

玻璃包装容器性脆,所包装产品在流通过程中易发生破损。据统计,在短距离储运时其破损率为 5% ~ 7%,长距离储运时则达 20% ~ 30%。因此,玻璃容器包装尤其在包装液态商品时,要特别注意防破损。

防破损一般采取以下措施:

(1) 选用合适的外包装

由于玻璃容器较重,过去多采用强度较大的木箱作外包装。但木箱笨重,回收不便,用量越来越少。塑料周转箱曾是瓶装啤酒、汽水的主要运输包装形式,它强度大且较轻便,但价格较贵,回收也不便。

现已越来越多用瓦楞纸箱作玻璃容器产品的外包装。它轻便、价格适中,且回收较方便,但纸箱强度较小、怕受潮,内装量要加以注意。

(2) 为了便于运输、储存,单个外包装的产品总重和体积要适当。

一般规定包装件质量在作业者体重的 40% 以下,约为 15 ~ 30 kg;容积约为 17 ~ 35 L,便于作业者搬动,以免粗暴装卸。

(3) 瓶罐在外包装内的安放形式要合适,有时要考虑增加缓冲措施。

一般瓶罐在外包装内是竖放式,并尽量排列紧密,防止碰撞。运输距离长时,要考虑采用缓冲措施,如瓶间用瓦楞纸板隔开、瓶子先装入纸盒或瓶子套入气垫薄膜、泡沫塑料垫中等,然后再装入包装箱。

最后还应该指出,由于玻璃本身固有的脆性特征,使玻璃瓶罐存在两个主要缺点,即质量大和易破碎,因此玻璃瓶罐发展中的一个重要课题就是研制高强度薄壁轻量瓶。为达到这一目的,过去主要是从瓶型的改进来减轻其质量。现在随着制瓶技术的不断发展,薄壁轻量瓶已经推广应用,例如 750 mL 酒瓶已由 600 g 减至 200 ~ 250 g,其结果必然使包装有相应的改进。

模块三　木质容器包装

一、木质容器包装的特点和应用

木质容器主要有木箱、木桶、木盒以及木托盘,此外常把竹、柳、藤、荆条编的筐篓和笼也归入木质包装容器中。木箱为最常用的包装容器。

1．木箱结构类型及用途

按产品储运要求的不同,木箱结构也有所不同。一般,按箱板排列疏密和装载量将木箱分为3大类11个品种,见表5－6。

表5－6　木箱结构分类

类　型	载重/kg	名　称
封闭箱(满板箱)	<100	普通木箱
		胶合板箱
		铁皮胶合板箱
	100～500	普通滑木箱
	500～1 000	普通滑木箱
	>1 000	框架滑木箱
	>1 000	胶合板框架滑木箱
花格箱(条板箱)	<100	小型花格箱
	100～500	中型花格箱
	>500	大型花格箱
捆板箱	<200	铁丝捆扎箱

普通木箱、普通滑木箱、框架滑木箱和小型花格箱的结构如图5－9所示。

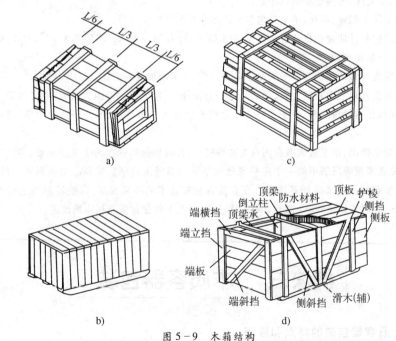

图5－9　木箱结构

a)普通木箱　b)普通滑木箱　c)框架滑木箱　d)小型花格箱

其中花格箱用于无防湿、防潮要求而怕磕碰损坏的机电产品,如变压器之类。花格箱用料省,结构简单,较经济。封闭箱适用于有防锈、防霉和防潮要求的机电产品,如仪器、仪表、机床、电工产品等。

普通木箱结构较简单,框架滑木箱较复杂。框架箱承重大,滑木结构便于搬运,木箱结构组件见图 5－10a。

2. 木箱的选用

木箱的选用要根据木箱包装产品的分类及有关标准而定。

① 木箱包装产品的分类。根据产品装箱的难易程度及产品对木箱载荷作用的差异,可将木箱包装产品分为 3 类,见表 5－7。

表 5－7　木箱包装产品的分类

类　别	产　品　特　征	木箱承载特征	实　例
一类产品 (易装产品)	形状规则,不易损坏,集装单元质量不大,且可与箱内表面紧密接触	内箱各板面均匀受载(一类载荷)	布匹,香烟肥皂,散装小钉
二类产品 (留空产品)	形状规则,集装后与木箱内表面留有空隙	木箱内表面受均匀分布的集中力(二类载荷)	各种罐装、瓶装产品及卷料
三类产品 (难装产品)	外形不规则,质量大,在箱内易移动而发生破损或破箱	载荷随机,木箱承受大(三类载荷)	机器、自行车、机械零件、精密仪器、机床等

② 木箱除按产品外形尺寸确定箱内尺寸外,还应使箱外部尺寸符合 GB/T 4892—2008《硬质直方体运输包装尺寸系列》和 GB/T 1413—2008《系列 1 集装箱　分类、尺寸和额定质量》以及机车界限尺寸所规定的要求,选用时请查阅有关手册。

二、木箱包装工艺

机电产品等重物的木箱包装,为确保安全运送,应考虑以下工艺问题:

1. 产品在箱内的重心位置

对于一些重心偏高的机电产品,如压力机等,应考虑采取卧倒包装,以降低重心,确保储运作业安全。

2. 产品的固定与缓冲

许多机电产品在木箱中应加以固定或采取缓冲措施,具体方法如下:

(1)螺栓固定

螺栓固定是中大型机电产品最常用的固定方法。此法是用螺栓通过产品的地脚螺孔将产品固定在木箱底座上,如图 5－10 所示。

(2)压杆固定

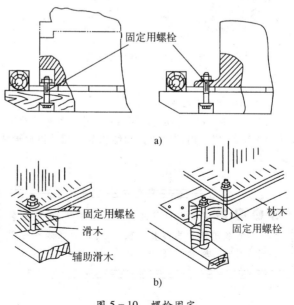

图 5－10　螺栓固定

如果一些中大型机电产品无地脚螺孔或重心偏高可采用卧倒包装,用压杆固定,压杆可为方木、角钢、槽钢等。压杆部位可利用产品孔洞或直接压在产品上,被压面如为加工面则要作防锈处理,并加衬垫毛毡或橡胶;被压面为涂漆面则仅加衬垫即可,如图 5-11 所示。

（3）木块定位固定

有些机电产品如显微镜,在木箱内要防止移动和震动,常用定位木块(上面贴丝绒或海绵)将它从上、下、左、右、前、后各方向紧紧卡住,并起到缓冲作用,如图 5-12 所示。

（4）铁箍固定

外形呈圆柱体的大中型机电产品或部件,通常用铁箍固定,并衬以毛毡、橡胶板等缓冲材料,如图 5-13 所示。

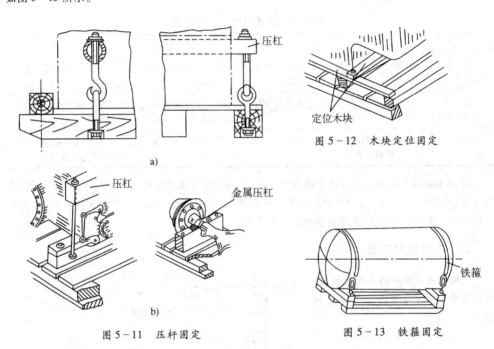

图 5-12　木块定位固定

图 5-11　压杆固定

图 5-13　铁箍固定

3. 木箱的防雨与通风

大中型机电产品包装箱,在储运过程中常在露天堆放,为防止雨水漏入,应采用一定形式和结构的箱顶。箱顶形式如图5-14 所示。

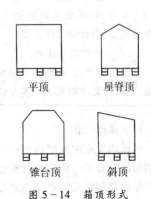

平顶　　屋脊顶

锥台顶　　斜顶

图 5-14　箱顶形式

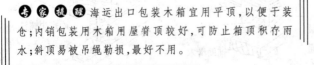
专家提醒 海运出口包装木箱宜用平顶,以便于装仓;内销包装用木箱用屋脊顶较好,可防止箱顶积存雨水;斜顶易被吊绳勒损,最好不用。

箱顶可用油毛毡、塑料薄膜等材料组成的防雨结构,如图5-15所示。

此外,露天堆放的包装箱,可能因昼夜温差造成箱内产生凝露水而导致产品生锈,有时大型木箱要开通风孔或设通风罩。

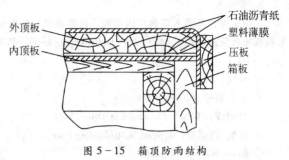

图5-15 箱顶防雨结构

4.木箱的钉合与加固

木箱一般用钢钉钉合。钉合强度取决于钢钉规格和排钉方式,具体见表5-8。

为了加固,还可用包铁、钢带(铁腰子)等加固件,常用紧固钢带规格见表5-9。对于载重在1t以上的重大型木箱,应尽可能用螺栓接合,并在柱、撑、梁结合处用U形钉、L形铁、T形铁等加固。

表5-8 成箱用钉规格 （单位:mm）

木板或木方厚度		钢钉规格
木板	12	$\phi 2 \times 35$
	15	$\phi 2.2 \times 40$
	18	$\phi 2.5 \times 45$
	21	$\phi 2.8 \times 50$
	25	$\phi 2.2 \times 60$
	30~40	$\phi 3.4 \times 70 \sim \phi 3.8 \times 80$
木方	<50	$\phi 3.8 \times 80 \sim \phi 4.2 \times 90$
	>50~70	$\phi 4.5 \times 100 \sim \phi 5.0 \times 120$
	>70	$\phi 5.0 \times 120 \sim \phi 6.0 \times 160$

表5-9 常用紧固钢带规格

装物木箱毛重/kg	规 格	
	宽度/mm	厚度/mm
25~50	16	0.41
>50~75	16	0.51
>75~200	19	0.56
>200~500	19	0.90

注意事项:

重型木箱包装在车站码头及送达用户的运送过程中,常用吊运、铲运及滚杠运等方法。要做到安全运送,必须注意以下几点:

① 木箱滑木要有一定导角,以便滚杠运输和装放吊绳。载重大的木箱,滑木吊装口常镶上保护铁。

② 对载重在10t以上的重型包装木箱,起吊时吊绳对箱顶夹力较大,易损坏上框木,因此吊绳夹箱位置要加设加强措施,如加L形保护角铁或内衬加固方木等。

5. 装箱单

大型机电设备的木箱包装内应放一份装箱单。装箱单是提供给客户的货物明细表,用以表明每箱或每批货的明细,可简写为 P/L(Packaging List)。P/L 用印有卖方公司(厂)名的用笺打印,基本内容有:

① 日期(Date)

② 发票编号(Invoice NO)

③ 合同或订货编号(Contract or Order NO)

④ 装船、卸船港(Shipping & Unloading Port)

⑤ 船名(Name of Vessel)

⑥ 项目编号(Item NO)

⑦ 货名(Description)

⑧ 净重及总重(Net & Gross Weight)

⑨ 尺寸及体积(Measurement & Cubage)

6. 箱面标志

已包装好的木箱箱面要刷印标志,以指导搬运、装卸和储存,防止损失和避免事故。这些标志包括收发货标志、储运指示标志、贸易标志以及危险品标志等,根据需要加以选用。这些标志都应符合国家标准的规定。

(1)收发货标志

收发货标志为文字说明,供有关部门收发货及理货使用,内容有:

① 产品型号、名称和规格。

② 体积:包装件最大外形尺寸(cm)。

③ 质量:包装件净重、毛重(kg)。

④ 箱(件)号:第几箱(件)/总箱(件)。

⑤ 收发货单位或个人(全称),外销用贸易标志。

⑥ 到站(港)全称,外销用贸易标志。

⑦ 出产地全称。

⑧ 制造厂。

收发货标志的印刷位置参考 GB 6388—1986《运输包装收发货标志》。

(2)贸易标志

贸易标志是用于出口商品包装的收发货标志,是由外贸买卖双方确认的,还可以有主标志、副标志。

(3)储运作业图示标志

储运作业图示标志用于指示搬运、装卸和储存等作业,其类型、图示、刷印均应符合 GB/T 191—2008《包装储运图示标志》。

第 **6** 单元

充 填

知 识 要 点

- ·了解液体灌装工艺的基本原理。
- ·熟悉各种液体灌装工艺的性质及特点。
- ·熟悉各种固体充填方法的性质及适用对象。

任 务 目 标

- ·掌握主要的液体灌装工艺过程。
- ·掌握常见的固体充填工艺过程。

模块一　　液体灌装

　　将液体产品装入瓶、罐、桶等包装容器内的操作,称为灌装。液体灌装,是充填工艺的一种,只是由于液体物料与固体物料相比,具有流动性好、密度比较稳定等特点。

　　被灌装的液体物料涉及面很广,种类很多,有各类食品、饮料、调味品、工业品、化工原料、医药、农药等。由于它们的物理、化学性质差异很大,因此对灌装的要求也各不相同。影响灌装的主要因素是液体的黏度,其次是液体内是否溶有气体等。一般液体按黏度可分为三类。

　　第一类是黏度小、流动性好的稀薄液体物料,如酒、牛奶、酱油、药水等。

　　第二类是黏度中等、流动性比较差的黏稠液体物料,为了提高其流速需要施加外力,如番茄酱、稀奶油等。

　　第三类是黏度大、流动性差的黏糊状液体物料,需要借助外力才能流动,如果酱、牙膏、糨糊等。

　　液体饮料根据其是否溶有二氧化碳气体,可分为含气饮料和不含气饮料两类。含气饮料又称为碳酸饮料,如啤酒、香槟、汽水、矿泉水等。

一、液体灌装的力学基础

液体灌装是将液体从储液缸中取出,经过管道,按一定的流速或流量流入包装容器的过程。管道中流体的运动是依靠流入端与流出端的压力差,即流入端压力必须高于流出端压力。根据流体力学,流体在流动过程中由于其所具有的基本条件不同,会出现两种不同的流动状态,即稳定流动状态和不稳定流动状态。如果流体在管道中流动时,其任一截面处的流速、压强等物理量均不随时间变化,即属于稳定流动。只要其中一个物理量随时间变化,即为不稳定流动。在液体灌装中,这两种状态都有可能存在。

液体在管道中流动时有两种完全不同的流动状态,即层流和紊流。若流体质点沿管轴做有规则的平行运动,各质点互不碰撞、互不混合,则为层流。若流体质点做不规则的杂乱运动,并互相碰撞,产生大大小小的旋涡,则为紊流。紊流质点的速度和压强都是脉动的,是一种不稳定流动。其判断准则是:当雷诺数 $Re < 2\,000$ 时为层流;$Re > 2\,000$ 时为紊流。一般管道截面为圆形,假设流过圆形管道截面的液体为稳定均匀层流,根据伯肖(Poiseulle)公式可得

$$Q = \frac{\Delta p \pi d^4}{128\mu L}$$

式中 Q——容积流量(m^3/s);

Δp——压力差(Pa);

d——管道内径(m);

L——管道长度(m);

μ——动力黏性系数(Pa·s)。

断面平均流速为

$$v = \frac{Q}{A} = \frac{4Q}{\pi d^2}$$

从上式可以看出,容积流量与压力差成正比,与管内径的四次方成正比,与管长成反比,平均流速与流量成正比。由此可得出以下结论:

① 同一种液体,当管长与管径不变时,如果压力差成倍增加,容积流量也成倍增加,平均流速同样成倍增加。

② 同一种液体,当管径不变时,如果管长与压力差均成倍增加,则容积流量不变,平均流速也不变。

上述结论是设计最佳灌装系统的依据。

二、灌装液料的定量方法

常用灌装液料的定量方法有液位控制定量法、定量杯定量法、定量泵定量法等,随着灌装工艺和灌装机械的不断发展,最近又出现了电子式计量法。根据液料的性质不同,所选的定量法和定量机构也不相同。

1. 液位控制定量法

液位控制定量法通过控制灌装容器内液位的高度来达到预定的灌装量,其工作原理如图 6 - 1 所示。开始灌装时,瓶子上升顶开橡胶垫,使滑套和灌装头之间出现间隙,液体流入瓶内,瓶内气体经排气管排至储液箱中。当瓶内液面达到排气管口时,气体不再排出,液料继续流入瓶内,瓶内

气体被压缩。根据连通器的原理,瓶内液料沿排气管一直上升到与储液箱液面平齐,则停止进液。当瓶子下降脱离橡胶垫时,弹簧使灌装头与滑套封闭,排气管内液料流入瓶内,完成一次灌装。只要调节排气管伸入瓶内的高度,就可以改变灌装量。该机构结构简单,但是定量精度稍差,因为定量精度直接受瓶子容积精度和瓶口密封度的影响。

2. 定量杯定量法

定量杯定量法是先将液料注入定量杯内,然后再将定量杯内的液料注入包装容器内。它的工作原理如图 6-2 所示。在待灌瓶进入灌装工位前,定量杯浸入储液箱中,液料充满定量杯。随着待灌瓶上升,瓶嘴将灌装头、进液管和定量杯一起抬起,使定量杯上口超出储液箱的液面。此时,进液管隔板两边的上孔和下孔均与阀体中的中间槽相通,使定量杯内的液料由定量调节管流入瓶内,瓶内气体由透气孔排出。当定量杯内液料下降至调节管的上口端面时,整个灌装过程结束。只要调节定量调节管在定量杯内的高度,或者更换定量杯,就可以改变灌装量。此法不适用于灌装含气液体,因为定量杯在储液箱内上下运动,使气体产生气泡,从而影响灌装定量精度。

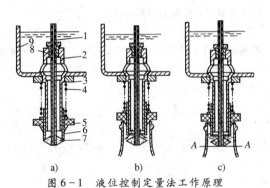

图 6-1　液位控制定量法工作原理

a) 灌装前　b) 灌装时　c) 灌装后

1—排气管　2—支架　3—紧固螺母　4—弹簧　5—橡胶垫
6—滑套　7—灌装头　8—调节螺母　9—储液箱

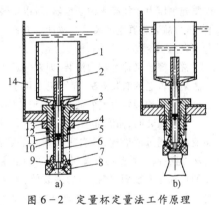

图 6-2　定量杯定量法工作原理

a) 灌装前　b) 灌装时

1—定量杯　2—定量调节管　3—阀体
4—紧固螺母　5—密封圈　6—进液管
7—弹簧　8—灌装头　9—透气孔
10—下孔　11—隔板　12—上孔
13—中间槽　14—储液箱

3. 定量泵定量法

定量泵定量法是先将黏稠液料用机械压力注入活塞缸内定量,再注入包装容器内。每次灌装量等于活塞缸内液料的容积。

定量泵定量法工作原理如图 6-3 所示。当托瓶台带瓶子上升时,灌装管嘴进入瓶内,同时活塞杆下降,接通进液流路,液料进入活塞缸内完成液料的计量,如图 6-3a 所示。然后三向阀回转换向,切断进液流路,同时打开充填流路,活塞杆上行,将活塞缸内液料推入瓶内,进行灌装工作,如图 6-3b 所示。当活塞上升到活塞缸最上面时,灌装结束。在瓶托带动瓶子下降脱离灌装嘴时,进行下一个工作循环,如图 6-3c 所示。

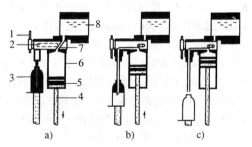

图 6-3　定量泵定量法工作原理

1—三向阀　2—液体充填流路　3—灌装管嘴
4—活塞杆　5—活塞　6—活塞缸
7—进液流路　8—储液箱

4. 电子式计量法

电子式计量法是现代计量方法,工作原理如图6-4所示。在灌装阀中有两个大小不同的液道,液体通过液道。由负载传感器随时随地在灌装液体的同时测量液体质量,当充填的液体接近规定的充填量时,灌装阀则可转成小流量的回路,因而灌装量精度非常高。另外,在灌装液体前,显示器清零,如容器质量有测定偏差,则重新定值,对灌装量毫无影响。这种装置的灌装阀结构简单,不会因滑动部位的摩擦而产生粉尘,无液体和气体滞留,易清洗;当灌装量改变时,只要变更数据开关的给定值,即可瞬时实现,较易实现生产的集中管理。

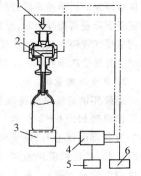

图6-4 电子式计量法工作原理
1—进液管 2—灌装阀
3—负载传感器 4—控制器
5—定制器 6—显示、鉴定器

三、液体灌装方法

由于液体物料性能不同,有的靠自重即可灌入包装容器,有的需要施加压力才能灌入包装容器,所以灌装方法也多种多样。根据灌装压力的不同可分为常压灌装、压力灌装和真空灌装等。按计量方式不同,可分为定液位灌装和容积灌装。

1. 常压灌装

常压灌装又称为重力灌装,即在常压下,利用液体自身的重力将其灌入包装容器内。该灌装方法是最古老的灌装方法,至今仍是用于自由流动的液体物料最精确、最简单的灌装方法,适用于不含气又不怕接触大气的低黏度的液体物料,如白酒、果酒、酱油、牛奶、药水等。

常压灌装时,储液缸位于容器的上方,物料从储液缸中通过灌装阀,靠自重流入包装容器。其方法有两种,一种是由升降机构托着容器上升,容器的口部与灌装阀接触,顶起灌装阀,灌装开始;另一种方法是灌装阀向下移动,与容器口接触,顶起灌装阀,灌装结束时,容器与灌装阀脱离接触,弹簧力使灌装阀关闭。

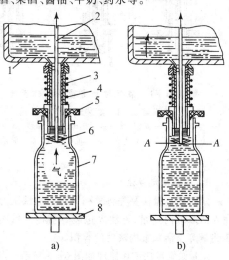

灌装方法如图6-5所示,升降机构8将包装容器,7向上托起,容器的口部与灌装阀下部的密封装置5接触并压紧,将容器密封。容器继续上升,开启灌装阀3,使储液缸1中的液体物料靠自重流入包装容器。同时,容器内的空气沿着排气管2排到储液缸上部;当包装容器内的液面升到排气管口(A—A截面)后,容器内的空气就不能再排出了,而被继续注入的液体略微压缩,当达到压力平衡时,容器内的液面保持在规定的液面高度,液料沿排气管上升到与储液缸的液面相等时不再上升,升降机构将容器降下,灌装阀失去压力,靠弹簧4自动关闭,排气管内的液料也随之滴入容器内,灌装结束。

图6-5 常压灌装
a) 正在灌装 b) 完成灌装
1—储液缸 2—排气管 3—灌装阀
4—弹簧 5—密封装置 6—灌装头
7—包装容器 8—升降机构

常压灌装方法的计量是采用定液位灌装,容器中液面的高度由排气管口在容器中的位置确定,并由此来计量包装容器的充填量。这种计量方法可以使每个容器的灌装高度保持一致。也可以采用定时置,控制阀门的开启关闭时间,来调节流量,但要在灌装液面处装置过流管,以取代排气管。这种灌装系统不需要在容器和灌装头之间保持密封。此外,还可以采用容积灌装,利用定量杯量取液体物料,再将其灌装到包装容器中,此法比定液位灌装计量精度高,但灌装速度低。

2. 真空灌装

真空灌装是先将包装容器抽真空后,再将液体物料灌入包装容器内。这种灌装方法不但能提高灌装速度,而且能减少包装容器内残存的空气,防止液体物料氧化变质,可延长产品的保存期。此外,还能限制毒性液体的逸散,并可以避免灌装有裂纹或缺口的容器,减少浪费,适用于不含气体且怕接触空气而氧化变质的黏度稍大的液体物料以及有毒的液体物料。如果汁、果酱、糖浆、油类、农药等。

真空灌装是在低于大气压力的条件下进行灌装,亦称"负压灌装"。灌装时开动真空泵,通过真空室将包装容器内的空气抽走,然后依靠液体物料的自重或储液缸与包装容器间的压差进行灌装。前者储液缸与包装容器具有相等的真空度,液体是处在真空等压状态下进行灌装,为真空等压灌装;后者包装容器的真空度大于储液缸的真空度(储液缸处于常压状态,只对包装容器抽气),液体是在真空不等压状态下进行灌装的,为真空压差灌装。

(1) 纯真空灌装。纯真空灌装即真空压差灌装,如图6-6所示。储液缸4与灌装阀7分开放置,供液管1由供液阀2控制,液位由浮子3保持;真空室9由真空泵10保持真空,灌装阀内有吸液管5和真空管8,真空管与真空室相连。包装容器12上升或灌装阀7下降,容器口与灌装阀上的密封装置6接触,并建立气密密封,然后打开阀门,对容器内抽真空,液体靠这个压差,通过吸液管流入容器内。当液面上升到真空管口时,液体开始沿真空管上升,使容器内的液位保持不变。过量的物料形成溢流和回流,溢出的物料经真空管流入真空室,由供液泵11送回到储液缸。灌装结束,容器脱离灌装阀,在弹簧力的作用下,阀门自动关闭。

纯真空灌装的真空度一般保持在6~7 kPa。

纯真空灌装速度高,但有溢流和回流现象,使液体物料往复循环,且能耗较多,灌装结构复杂,管路清理困难。

(2) 重力真空灌装。重力真空灌装即真空等压灌装,是低真空(10~16 kPa)下的重力灌装。其灌装方法基本与重力灌装相同,但比重力灌装速度快,可以避免灌装有裂纹或有缺口的容器,还可以防止液体的滴漏。重力真空灌装消除了纯真空灌装产生的溢流和回流现象,特别适用

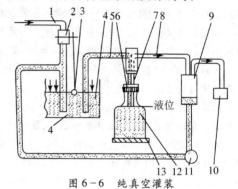

图6-6　纯真空灌装

1—供液管　2—供液阀　3—浮子　4—储液缸
5—吸液管　6—密封装置　7—灌装阀　8—真空管
9—真空室　10—真空泵　11—供液泵　12—包装容器
13—升降机构

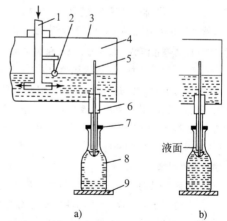

图6-7　重力真空灌装

a) 正在灌装　b) 完成灌装
1—供液管　2—浮子　3—储液缸　4—真空室　5—排气管
6—灌装阀　7—密封装置　8—容器　9—升降机构

于蒸馏酒精、白酒、葡萄酒的灌装。

灌装工艺如图6-7所示,储液缸3与真空室4合为一体,储液缸是密封的,其上部是真空室,液面高度由浮子2控制;升降机构9将包装容器8托起,与灌装阀6的密封装置7接触,将容器密封。继续上升打开阀门,由于排气管5与真空室相通,容器形成低真空,液体物料靠自重灌入包装容器。当液面上升至排气口上方并达到压力平衡时,停止灌装,液面保持在规定的高度,灌装结束,容器下降,灌装阀由弹簧自动关闭。排气管内的余液受上下管口压差的作用,沿排气管回流到储液缸。

3.等压灌装

等压灌装即先向包装容器内充气,使容器内压力与储液缸内压力相等,再将储液缸的液体物料灌入包装容器内。

等压灌装又称为压力重力灌装、气体压力灌装。这种灌装方法只适用于含气饮料,如啤酒、汽水、香槟、矿泉水等。该方法可以减少 CO_2 的损失,保持含气饮料的风味和质量,并能防止灌装中过量泛泡,保持包装计量准确。

灌装装置如图6-8所示,储液缸是全封闭的,由气室和液室组成。在往储液缸输送液体物料之前,先往储液缸内通入压缩气体(无菌空气或 CO_2),使储液缸的气室保持一定的压力(0.1~0.9MPa),该气体压力必须等于或稍高于液体物料中 CO_2 溶解量的饱和压力,以使饮料中的 CO_2 溶解。当升降机构8将包装容器7上升与旋塞式灌装阀5接触并密封时,旋塞式灌装阀将进气管4与容器接通,使储液缸气室内的气体沿进气管压入容器,通常称为"建立背压"。当气压与容器压力相等时,灌装阀旋转接通进液管2和排气管3,液体靠自重流入容器中,同时气体沿排气管排至气室中。当液面上升封住排气管口时,液面停止上升,液体沿排气管上升到与储液缸液面相同为止。这时自动停止灌装,灌装阀关闭,灌装结束。然后容器下降,排气管内的液体物料流入包装容器。为了防止容器失去密封时液体喷出,在阀门中间装一个机械泄压口,使容器顶部与大气相通。

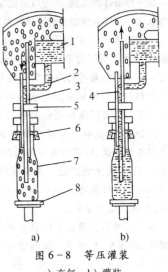

图6-8 等压灌装
a)充气 b)灌装
1—储液缸 2—进液管 3—排气管 4—进气管 5—旋塞式灌装阀 6—密封装置 7—包装容器 8—升降机构

在灌装过程中,与物料接触的气体主要来自瓶内及储液缸内留存的空气,为了减少物料中氧气的含量,延长保存期,可将储液缸做成三个腔室,即储液室、背压气室、回气室。储液室内充满物料,与空气脱离接触,容器内排出的空气引入回气室。这样不但可以提高排气和灌装的速度,而且减少了物料与空气接触的时间。

4.压力灌装

压力灌装是借助外界压力将液体物料压入包装容器。外界压力有机械压力、气压、液压等。压力灌装主要适用于黏度较大、流动性较差的黏稠物料的灌装,可以提高灌装速度。对一些低黏度的液体物料,虽然流动性很好,但由于物料本身的特性或包装容器材料及结构限制,不能采用其他灌装方法的,也可采用压力灌装。例如对酒精饮料采用真空包装,会降低酒精的含量。对热物料(如93℃的果汁)抽真空,可引起液体急剧蒸发。医药用葡萄糖等液体均采用塑料袋或复合材料袋包装,则也不能用真空灌装。如果采用常压灌装注液管道比较细,阻力大,效率低,为了提高灌装速度,可采用压力灌装。压力灌装由于采用的外界压力不同,计量方式不同,而有多种类型。下面根据计量方法的不同,介绍两种压力灌装方法,一种是定液位式压力灌装,另一种是容积式压力灌装。

(1)定液位式压力灌装

定液位式压力灌装又称为纯压力灌装,与前面介绍的灌装方法的不同之处,是将压力施加在物料上。可以通过在储液缸上部空间加压力的方法实现灌装,或者直接把产品泵送到灌装阀实现灌装。对于那些不能抽真空的物料,该方法是比较理想的。这种灌装方法通常用于灌装含较少 CO_2 的液体物料,如一些果酒,可在压力下保持较低的 CO_2 含量,也可以用于将不同黏度的物料装入同一包装容器。

灌装过程如图 6-9 所示,储液缸 9 中的液体物料由物料泵 8 抽出,经灌装阀 5 进入包装容器 7。当容器与灌装阀接触并密封时,灌装阀开启进行灌装。同时,容器内的空气由溢流管 4 排到储液缸,容器灌装的液位高度,由溢流管管口在容器颈部的位置决定。当液面上升到溢流管管口时,容器内液面不再上升,保持规定的高度,灌装结束。过量的液体

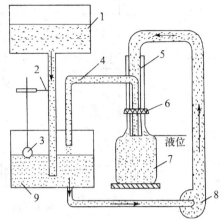

图 6-9　定液位式压力灌装
1—供液缸　2—供液阀　3—浮子　4—溢流管
5—灌装阀　6—密封装置　7—包装容器
8—物料泵　9—储液缸

物料经溢流管送回到储液缸,只要灌装阀下的容器是密封的,物料就会连续不断地通过溢流管流出,直到容器脱离密封装置 6,灌装阀关闭灌装口和溢流口,物料停止流动。

（2）容积式压力灌装

容积式压力灌装又称为机械压力灌装。由各种定量泵进行灌装计量,灌装压力由泵施力,以提高灌装速度。

专家提醒 容积式压力灌装主要适用于黏度较大、流动性较差的黏稠状液体物料,如果酱、牙膏、鞋油、糨糊、美术颜料等。也适用于一些不适于其他方法灌装的低黏度液体物料,如用安瓿包装的针剂注射液,其灌装嘴截面细小;输液用的无毒塑料软包装袋,其灌装管道比较细,这类容器若采用常压灌装,灌装速度慢,生产能力低,采用真空灌装其结构不允许,所以采用容积式压力灌装是最佳方法,可以提高包装的生产能力。

定量泵的种类很多,有活塞泵、刮板泵、齿轮泵等,其中采用活塞泵的活塞容积式灌装方法应用最广泛。

活塞容积式灌装方法,其定量泵为活塞泵。如图 6-10 所示,旋转阀 2 上开有一定夹角的两个孔,一个是进料孔,另一个是出料孔,旋转阀做往复摆动。当旋转阀的进料孔与料斗 1 的料口相通时,出料孔与下料管 5 隔断,如图 6-10c 所示,这时活塞 3 向左移动,将物料吸入活塞筒的计量室 4。当旋转阀转动其出料孔与下料管相通时,进料孔也与料斗隔断,如图 6-10b 所示,这时活塞向右移动,物料在活塞的推动下,经下料管流入包装容器 7。灌装容量即为计量室的体积,容量大小由活塞的冲程决定,通过调节活塞的冲程可调节灌装容量。该灌装系统还具有"无容器不灌装"装置,只有当包装容器顶起下料管上的释放环 6 时,活塞才能向右移动,进行灌装。如果下料管下面无容器,释放环不动,则活塞不运动,物料不会外流。

这种活塞容积式灌装方法计量准确,灌装容量调节方便,适于灌装各种高黏度的物料,可以灌装瓶、罐、软管等容器。

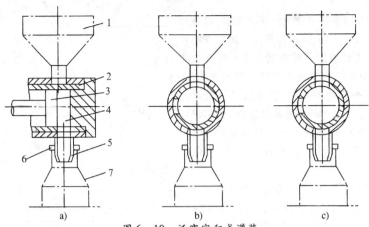

图 6 - 10　活塞容积式灌装

a）结构　b）灌装　c）进料

1—料斗　2—旋转阀　3—活塞　4—计量室　5—下料管　6—释放环　7—包装容器

5．液位传感式灌装

液位传感式灌装方法是利用传感方法，如极低的空气流传感装置、电子传感装置，检测容器是否到位以及灌装液面的高度，并发出适当的信号启闭灌装阀。该灌装方法容积的计量方式为定液位灌装。采用这种方法，包装容器在灌装过程中不需要密封，灌装速度比常压灌装和真空灌装快，灌装液位非常精确。适用于那些由于压力或真空作用，会出现鼓胀或凹陷的塑料容器，特别适用于狭颈塑料瓶和玻璃瓶的高速灌装，也可以用于难于清洗的液体物料的灌装，如油漆等。

液位传感式灌装过程如图 6 - 11 所示。储液缸 1 是封闭的，液体物料由供料管 2 进入，液面高度由浮子 3 控制。液面保持一定的压力（0～103 kPa），液料经进液管 6 和灌装阀 7 流入包装容器 9 中，由于容器未密封，液料罐入时容器中的空气从瓶口缝隙排出。

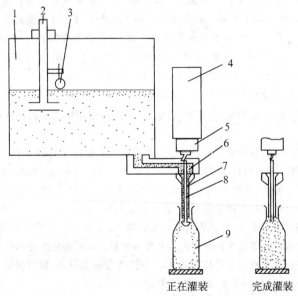

正在灌装　　完成灌装

图 6 - 11　液位传感式灌装

1—储液缸　2—供料管　3—浮子　4—控制器　5—界面阀　6—进液管　7—灌装阀　8—空气传感管　9—包装容器

液料的流动是用差压或低压的射流装置(fluidic device)构成的控制器 4 来操纵。控制器检测容器的液面是否到位,然后通过界面阀 5 的信号开启或关闭灌装阀 7。当包装容器 9 到位后,控制器起动,开始灌装。在进液管 6 中有一个空气传感管 8,在灌装过程中,2.5 kPa 的低压空气通过空气传感管吹入容器。当液位上升到与传感管口平齐时,传感气流停止,由于射流装置的作用,使控制器 4 通过界面阀 5 关闭灌装阀 7,灌装停止。

这种灌装方法比重力法和真空法的灌装速度高,而且液面精确度非常高,没有容器时不灌装,是高速灌装塑料容器的良好工艺。

在此装置中进液管要根据不同的物料和容器进行设计,要求能准确地控制流入容器的液体流量,并且能使液体沿容器内壁流动,以保证非紊流状态,尽量减少液体与空气的接触,若在进液管内装上筛网,则可以灌装高泡沫的液体物料。

6. 隔膜容积式灌装

隔膜容积式灌装是用一个挠性的起伏隔膜在压力气体的作用下,将液体物料从储液缸抽到灌装室,再注入包装容器中。

隔膜容积式灌装与活塞容积式灌装都是采用容积式计量法,即由计量室计量容量,再灌装到容器中,但隔膜容积式灌装是靠隔膜来实现完全密封,从而避免了活塞容积式灌装中,活塞的密封圈与活塞筒之间的滑动摩擦。因为这种滑动摩擦可能引起擦伤,并会产生细微的粉粒掺入物料中,尽管数量极少,但对于静脉注射液和注射药物来讲还是影响很大。而采用隔膜容积式灌装方法,可以保证液体物料的清洁卫生,且灌装精度高,物料损失少,灌装速度快,适用于灌装较贵重的液体物料,特别适用于各种静脉注射液和针剂的灌装,可以灌装狭颈瓶。

隔膜容积式灌装过程如图 6－12 所示。储液缸 4 的液面上方保持一定的压力(7～103 kPa),液缸阀门 5 打开时,在气压作用下,液体物料流入计量室 2。当计量室充满液体后,通向储液缸的液缸阀门 5 关闭。然后,通向包装容器 7 的灌装阀门 3 开启,同时进气,空气压力将隔膜 1 压下,迫使物料流入包装容器。计量室内的物料全部压入容器后,加在隔膜上的气压释放,阀门换向,计量室再从储液缸吸液。

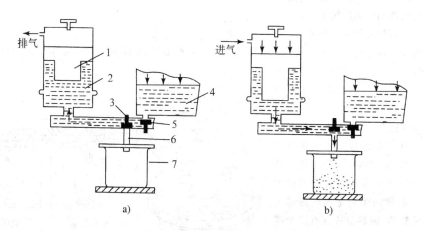

图 6－12　隔膜容积式灌装
a)物料压入计量室　b)向容器灌装
1—隔膜　2—计量室　3—灌装阀门　4—储液缸　5—液缸阀门　6—进液管　7—包装容器

另外,在瓶颈导向装置上还装有"无容器不灌装"机构,该机构只有在运动时碰到容器,才能触动气源控制系统,使气流推动隔膜运动,否则气源不开启,不会进行灌装。

7. 虹吸法灌装

虹吸法灌装是利用虹吸原理,使储液缸中的流体物料经虹吸管吸入容器。这种灌装系统结构简单,但灌装速度较低,适用于灌装低黏度、不含气的液体物料,如果酒、醋等。

虹吸法灌装过程如图6-13所示。当虹吸管5下降时,灌装头7压紧容器口,灌装阀6打开,储液缸2内的液体物料即被吸入包装容器8内。当容器内液面的高度与储液缸液面相同时,不再进液,灌装停止,液面保持在规定的高度。然后虹吸管上升,灌装头与容器脱离,切断虹吸通路,灌装阀自动关闭。虹吸管另一端设有储液杯3,可以利用物料封闭管口,以保证下一次循环的正常进行。

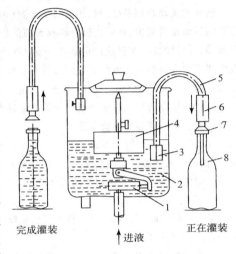

完成灌装　　　　进液　　　　正在灌装

图6-13 虹吸法灌装
1—进液阀 2—储液缸 3—储液杯 4—浮子
5—虹吸管 6—灌装阀 7—灌装头 8—包装容器

专家提醒 虹吸法灌装属于定液位灌装,容器液面高度由储液缸液面控制。利用浮子4来控制进液阀1的流量,以保证储液缸液位的稳定,储液缸液位的稳定是确保虹吸法灌装精度的关键。

8. 定时灌装

定时灌装是在流量和流速保持一定的情况下,通过控制液体流动时间来确定灌装容量。灌装容量的调整,可以通过改变液体流动时间,或调节进料管的流量来实现。其灌装精度,取决于液体流动的均匀性和机构的精确性。

(1)恒容积流量定时灌装

恒容积流量定时灌装方法的定时调节机构有很多种形式,常用的有回转定量盘式、回转泵式和螺杆式3种。下面以回转定量盘式为例介绍恒容积流量定时灌装方法。

其灌装过程如图6-14所示,灌装头由两块固定盘和一块回转盘组成,称为回转定量盘。供料泵将液体物料经进液管1输入开有进液槽的上固定盘2,使两个固定盘的通道内充满液体物料,回转盘4开有数个灌装孔,并与容器以一定转速转动。当回转盘上的灌装孔与下固定盘3上的进液槽相通时,液体物料由灌装孔经排料管5灌入包装容器6内。当

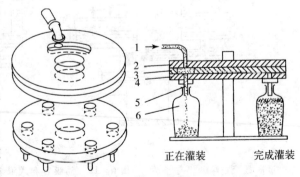

正在灌装　　　　完成灌装

图6-14 恒容积流量定时灌装
1—进液管 2—上固定盘 3—下固定盘
4—回转盘 5—排料管 6—包装容器

回转盘转到其灌装孔被固定盘堵住时物料停止流动,灌装结束。

灌装容量由灌装孔在进液槽下面的停留时间决定,时间由回转盘的回转速度确定。改变回转盘的回转速度或灌装孔的尺寸、位置,都可以调节灌装容量。

专家提醒 这种灌装方法简单,设备便宜,适于灌装中高黏度的液体物料,如花生酱等,不适于灌装低黏度的液体物料,因为盘与盘之间的泄漏很难控制。如果在固定盘上开几个进液槽,则可以一次将几种不同的物料灌入一个包装容器。由于该灌装系统没有"无容器不灌装"装置,因此当容器没到位时,会引起物料外流。

(2)可控压差定时灌装。可控压差定时灌装的灌装容量是依靠精确地控制液流时间来实现的。其灌装精度由灌装管口处压差的稳定性及液流时间控制的精确性来决定。可以采用加压储液缸或使物料溢流过一个隔板形成的固定液位,使灌装管口处的液体保持准确的压差。

可控压差定时灌装过程如图6-15所示。加压储液缸1中部装有进液阀2,上部有供压阀3,无毒的空气或氮气经压力控制器4可进入供压阀。加压储液缸内的液体物料受压力作用,被输送到多路供液管6,然后经可控输液阀8送到灌装工位,再经灌装管9流入包装容器10内。液体

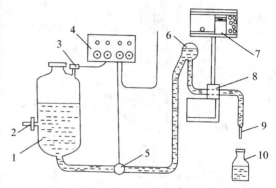

图6-15　可控压差定时灌装

1—加压储液缸　2—进液阀　3—供压阀　4—压力控制器
5—压力传感器　6—多路供液管　7—微处理机
8—可控输液阀　9—灌装管　10—包装容器

的压力可由压力传感器5随时检测,以确保灌装管口压差的准确性。微处理机7可以根据压力的变化,控制每个灌装管口的开口时间,因此计量极其准确。

专家提醒 这种灌装方法是比较先进的灌装方法。它的最大特点是灌装精度极高,灌装系统不必拆卸即可进行清洗或蒸气消毒,易于实现无菌灌装,并且很容易从灌装一种物料转换成灌装另一种物料。适用于灌装流动性比较好且不含气体的液体物料,尤其适用于灌装精度要求比较高的贵重物料或药品以及有剧毒或强腐蚀性的物料。这种灌装方法一般不用于高速灌装。

9. 称重灌装

这是1986年才开始应用的新型灌装方法。它用电子计算机辅助操作,可以对塑料、玻璃或金属容器进行低黏度或中等黏度液料的灌装。容器用常规方法放置在旋转工作台的各个工位上,每个工位都是一个有应变载荷元件(straing auge load cell)的精密称盘,当容器进入旋转工作台的工位上,称盘首先扣除容器的毛重,然后精确控制液料流入容器。在灌装过程中电子计算机一直监控着液料的流动速度和灌装量,使其均匀落入容器,并不断调节其流速,使灌装精度达到最高,且实际误差接近于零。液料用压力泵和管道系统直接输送到气密型的灌装阀中,容器在整个工作过

程中不与灌装阀接触,也不要求密封,其最大优点在于精确度极高。

四、各种液体灌装工艺的比较与选用

液体灌装工艺有多种,其特点见表6-1。在选用时,应对各种方法、设备及物料的黏度、包装容器的特点进行综合分析和比较,以设计出最佳灌装工艺及设备。

表6-1 各种灌装工艺比较表

项目 / 灌装方法 列号 / 行号	代号 ①	计量方法			适合灌装的液体物料				容器					灌装速度/(瓶/min)				特 点
		定液位 ②	定容积 ③	密封 ④	性质	黏度/cP			材料			口颈		1~20 ⑬	20~120 ⑭	120~300 ⑮	300~1500 ⑯	
						1~1000 ⑤	1000~10000 ⑥	>10000 ⑦	刚性 ⑧	半刚性 ⑨	软性 ⑩	广口瓶 ⑪	窄颈瓶 ⑫					
1 常压灌装	G	○		○	不含气、不怕接触大气的低黏度液体物料	○			○		○	○	○	○	○		○	1. 液位最准确 2. 设备最简单 3. 比真空灌装速度低
			○		同 上													比定液位灌装计量精度高,但灌装速度低
2 纯真空灌装	V	○		○	不含气、怕接触大气而氧化变质的低黏度和中等黏度的液体物料以及有毒的液体物料	○			○		○	○	○	○			○	1. 灌装速度比常压灌装速度高,灌装精度高 2. 可避免给有裂纹或缺口的容器灌装,可消除液体物料滴漏 3. 有溢流、回流现象,物料循环,能耗多 4. 设备结构复杂,清洗困难
3 重力真空灌装	GV	○			不含气、怕接触大气而氧化变质的低黏度液体物料,特别是要求完全不允许接触大气的液体物料	○			○				○	○				1. 无溢流、回流现象,物料不循环 2. 可避免给有裂纹或缺口的容器灌装,物料不滴漏 3. 比纯真空灌装速度低
4 纯压力灌装	P	○			低黏度及中等黏度液体物料 不能抽真空的液体物料 含较少 CO_2 的液体物料	○	○		○			○	○	○	○			1. 压力作用在产品上,可保持较高压力 2. 可将不同黏度液体物料装入同一包装容器 3. 有溢流、回流现象,物料循环

（续）

行号	灌装方法	代号	定液位①	定容积②	密封③	性质④	黏度 1~1000 ⑤	黏度 1000~10000 ⑥	黏度 >10000 ⑦	刚性⑧	半刚性⑨	软性⑩	广口瓶⑪	窄颈瓶⑫	1~20 ⑬	20~120 ⑭	120~300 ⑮	300~1500 ⑯	特点
5	等压灌装	PG	○		○	只适用于含气饮料	○			○	○		○	○			○	○	1. 可减少 CO_2 的损失,保持含气饮料的风味和质量 2. 防止灌装中过量泛泡,保证包装计量准确
6	液位传感式灌装	LS	○		×	低黏度、中等黏度液体物料 难于清洗的液体物料	○			○	○		○	○	○	○	○		1. 液位非常准确 2. 比真空、常压灌装速度快得多,可实现高速灌装 3. 进料管加筛网;可灌装高泡沫液体物料
7	虹吸法灌装	S	○		×	不含气、低黏度液体物料	○			○				○	○	○			1. 液位稳定 2. 灌装液体物料损失少 3. 设备结构简单 4. 灌装速度低
8	机械压力灌装	PV		○	×	中等黏度和高黏度的黏稠状、黏糊状液体物料 不适于用其他方法灌装的低黏度液体物料	○	○	○	○		○		○	○	○			1. 可用不同速度灌装各种黏度的液体物料,应用广泛 2. 计量准确,灌装容量易调节
9	隔膜容积式灌装	DV		○	×	低黏度及中等黏度液体物料 较贵重的物料,医用注射液及药水等	○	○		○	○	○		○			○	○	1. 计量精度高 2. 灌装速度快 3. 清洁卫生
10	恒容积流量定时灌装	TF		○	×	中等黏度、高黏度液体物料 不适于低黏度液体物料		○	○	○	○	○	○				○	○	1. 灌装方法简单,设备便宜 2. 可将几种不同物料灌入同一包装容器

（续）

项目 灌装 方法 行号　列号	代号	计量方法			适合灌装的液体物料				容器					灌装速度/ (瓶/min)				特点
						黏度/cP			材料			口颈						
		定液位	定容积	密封	性质	1～1000	1000～10000	>10000	刚性	半刚性	软性	广口瓶	窄颈瓶	1～20	20～120	120～300	300～1500	
	①	②	③	④		⑤	⑥	⑦	⑧	⑨	⑩	⑪	⑫	⑬	⑭	⑮	⑯	
11　控压差定时灌装	TP	○		×	低黏度及中等黏度液体物料 灌装精度要求高的、贵重物料及药品 有剧毒和强腐蚀性的物料	○	○		○	○		○			○	○		1. 计量精度极高 2. 清洗容易，不必拆卸即可清洗及蒸气消毒 3. 可实现底升式灌装和无菌灌装
12　称重灌装	WF	称重		×	低黏度及中等黏度液体物料 要求灌装精度高的物料	○	○		○	○	○	○	○		○	○		1. 容器自重对灌装量无影响 2. 电子计算机监控灌装量，精度极高 3. 灌装速度不高

1. 液料的黏度

黏度常用厘泊(cP)表示,黏度范围为 1～1 000 cP 的液体物料,可用上述的任何一种方法灌装;黏度范围为 1 000～10 000 cP 的半流体可用表 6-1 中的 LS、TF、TP、PV、DV 或 WF 等方法灌装;黏度大于 10 000 cP 的黏滞体,可用 TF、PV 两种方法灌装。

2. 包装容器的材料和刚性

刚性容器包括玻璃、金属、陶瓷或复合材料等,它们在承受 8 kgf(1 kgf = 9.806 65 N)左右的压力时不会变形,适用于任何灌装方法。半刚性容器多用吹塑成型或热成型的塑料制成,也可用纸板或复合材料制成,它适用于 G、PG、LS、TF、TP、DV 和 WF 等灌装方法。软性容器用塑料薄膜、塑料和金属箔复合材料制成,在灌装时不能承受密封的压力,可用 LS、TF、TP、DV 或 WF 等灌装方法。

3. 包装容器的形状和容量

包装容器按其口颈形状可分为窄颈瓶(瓶口直径小于 38 mm)和广口瓶(瓶口直径大于 38 mm)。

窄颈瓶可以用任何方法灌装,常用的为 G、GV、P、V、PG、LS 或 DV 等灌装方法,它们的灌装速度一般为 400 瓶/min。

广口瓶包括气密性金属罐,通常使用 G、PG、TF 或 PV 等灌装方法。

对于容量为 150～800 mL 的容器,若灌装不含 CO_2 的液体,其灌装速度一般为 400 瓶/min。容量为 800～3 500 mL 的容器,其灌装速度一般为 200 瓶/min。容量在 3 500 mL 以上的容器,灌装速度一般都相当慢,通常用半自动设备灌装,其灌装速度为 20 瓶/min。

4. 灌装速度与灌装系统及容器的关系

气密罐通常采用高速灌装(350 ~ 2 000 瓶/min),并需要和罐盖封合机相匹配,可使用 G 或 PV 灌装法。如果在气密罐中灌装含 CO_2 的饮料,则需使用 PG 灌装法,其灌装速度为 800 ~ 1 500 瓶/min。

LS 和 WF 灌装法通常用于窄颈塑料容器,其灌装速度一般不超过 400 瓶/min。

V 灌装法通常用于刚性窄颈容器,其速度不超过 400 瓶/min。DV 灌装法通常用于窄颈容器,其速度不超过 400 瓶/min。

现根据表 6 - 1 提供的有关数据举例说明灌装工艺的选用原则。

例 6 - 1　灌装不含 CO_2 的液料,黏度为 800 cP,用窄颈半刚性容器,要求速度为 200 瓶/min。

从表 6 - 1⑤列查出,所有方法都能灌装黏度为 800 cP 的液料;又从⑨列查出,适用于半刚性容器的有 G、PG、LS、DV、TF、TP、WF,但其中 G、PG、LS、DV 适用于窄颈容器。又从⑮列得知,这几种方法都能达到灌装速度的要求,但是 PG 仅限于灌装含 CO_2 的液料。而且经过检验,容器材料的强度不太高,G 亦不适用,于是只有在 LS 与 DV 之间考虑。结合设备价格分析,如果用定液面法,可选中等价格的液面传感灌装设备;如果用精确的定容法,可选中等价格的隔膜定容灌装设备。

例 6 - 2　灌装某种半流体液料,黏度为 9 000 cP,用广口刚性容器,要求速度为 350 瓶/min。

从表 6 - 1⑥列查出,P、LS、PV、DV、TF、TP 与 WF 均适于灌装中等黏度的液料,而且也适于灌装刚性容器;但其中以 PV 和 TF 适用于广口容器。从⑯列可见,只有 PV 能满足灌装速度的要求。从设备价格上分析,选用中等价格活塞定容式灌装设备较为合适。

从以上讨论可见,选择灌装工艺及设备必须考虑许多因素,并进行分析比较,权衡利弊,最后才能做出适当的结论。

模块二　固体充填

固体充填工艺是指将固体物料装入包装容器的操作过程。固体物料的范围很广,种类繁多,形态和物理、化学性质也有很大差异,导致其充填方法也是多种多样,其中决定充填方法的主要因素是固体物料的形态、黏性及密度的稳定性等。

固体物料按物理状态可分为粉末状物料、颗粒状物料、块状物料;按其黏度可分为非黏性物料、半黏性物料和黏性物料,其特点如下:

① 非黏性物料。流动性好,几乎没有黏附性,倾倒在水平面上,可以自然堆成圆锥形,这类物料最容易充填,如谷物、咖啡、粒盐、砂糖、茶叶、硬果等。

② 半黏性物料。流动性较差,有一定的黏附性,充填时易搭桥或起拱,充填比较困难,如面粉、奶粉、绵白糖、洗衣粉、药粉、颜料粉末等。

③ 黏性物料。流动性差,黏附性大,易黏结成团,并且易黏附在充填设备上,充填极困难,如红糖粉、蜜饯果脯及一些化工原料等。

固体物料的充填工艺有容积充填法、称重充填法和计数充填法。形状规则的固体块状物料或颗粒状物料通常用计数充填法;形状不规则的块状或松散粉粒状物料通常用容积充填法和称重充填法。

一、容积充填

容积充填法是将物料按预定容量充填到包装容器内。容积充填设备结构简单、速度快、生产率高、成本低,但计量精度较低。适用于充填视密度比较稳定的粉末状和小颗粒状物料,或体积比质量更重要的物料。

1. 量杯充填

量杯充填是采用定量的量杯量取物料,并将其充填到包装容器内。充填时,物料靠自重自由地落入量杯,刮板将量杯上多余的物料刮去,然后再将量杯中的物料在自重作用下充填到包装容器中。适用于充填流动性能良好的粉末状、颗粒状、碎片状物料。对于视密度稳定的物料,可采用固定式量杯;对于视密度不稳定的物料,可采用可调式量杯。该充填方法充填精度较低,通常用于价格低廉的产品,但可进行高速充填,能提高生产效率。

量杯的结构有转盘式、转鼓式、插管式3种。

① 转盘式量杯充填装置如图6-16所示。量杯由上量杯4和下量杯5组成。旋转的料盘3上均布若干个量杯,料盘在转动过程中,料斗1内的物料靠自重落入量杯内,并由刮板2刮去量杯上面多余的物料。当量杯转到卸料工位时,由凸轮10打开量杯底部的底门6,物料靠自重经卸料槽7充填到包装容器8内。旋转手轮9,可通过凸轮使下量杯的连接支架升降,调节上、下量杯的相对位置,从而实现容积调节。

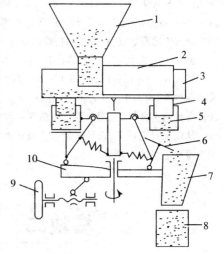

图6-16 量杯充填
1—料斗 2—刮板 3—料盘 4—上量杯
5—下量杯 6—底门 7—卸料槽
8—包装容器 9—手轮 10—凸轮

有的量杯充填系统带有反馈系统或称重检验系统,能对充填量进行抽样检测,并能自动调节量杯的容量,以纠正因物料密度变化而引起的质量误差。

这种充填系统特别适合于流动性好的颗粒状物料(如稻谷、去污粉等)的充填,并可实现高速充填。

② 鼓轮式定容充填,又称为定量泵式定容充填。鼓轮的外缘有数个计量腔,鼓轮以一定转速回转,当转到上位时,计量腔与进料斗相通,物料靠自重流入计量腔;当转到下位时,计量腔与出料口相通,物料靠自重流入包装容器。计量腔容积有定容积型和可调容积型两种,适用于视密度比较稳定的粉末状物料的充填。

③ 插管式容积充填,是利用插管量取产品,并将其充填到包装容器中。充填时,先将插管插入到储料斗中,插管内径较小,可以利用粉末之间及粉末与壁之间的附着力上料,然后提起插管,转到卸料工位,再由顶杆将插管内的物料充填到包装容器中,适用于充填带有黏附性的粉末状物料,如充填小容量的药粉胶囊。计量范围为400~100 mg,误差约为7%。

2. 螺杆充填

螺杆充填是控制螺杆旋转的圈数或时间量取物料,并将其充填到包装容器中。充填时,物料先在搅拌器作用下进入导管,再在螺杆旋转的作用下通过阀门充填到包装容器内。螺杆可由定时器或计数器控制旋转圈数,从而控制充填容量。

注意事项：

螺杆充填具有充填速度快、飞扬小、充填精度较高的特点,适用于流动性较好的粉末状细颗粒状物料,特别是在出料口容易起桥而不易落下的物料,如咖啡粉、面粉、药粉等。但不适用于易碎的片状、块状物料和视密度变化较大的物料。

螺杆充填过程如图 6-17 所示,储料斗 1 中装有旋转的螺杆 2 和搅拌器 3。当包装容器 4 到位后,传感器发出信号使电磁离合器合上,带动螺杆转动,搅拌器将物料拌匀,螺旋面将物料挤实到要求的密度,在螺旋的推动下沿导管向下移动,直到出料口排出,装入包装容器内。达到规定的充填容量后,离合器脱开,制动器使螺杆停止转动,充填结束。螺杆每转一圈,就能输出一个螺旋空间容积的物料,精确地控制螺杆旋转的圈数,就能保证向每个容器充填规定容量的物料。

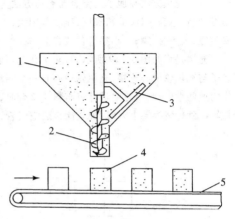

图 6-17　螺杆充填
1—储料斗　2—螺杆　3—搅拌器
4—包装容器　5—传送带

3. 真空充填

真空充填是将包装容器或量杯抽真空,再充填物料。这种充填方法可获得比较高的充填精度,并能减少包装容器内氧气的含量,延长物料的保存期,还可以防止物料粉尘弥散到大气中。

真空充填有两种类型:一种是真空容器充填,另一种是真空量杯充填。

（1）真空容器充填

真空容器充填是把容器抽成真空,物料通过一个小孔流入容器。其充填容量的确定与液体物料灌装中的定液位灌装原理相似。

真空容器充填装置如图 6-18 所示。升降机构将包装容器 4 升起,使密封垫 3 紧紧压在容器顶部,并建立密封状态,通过抽气座 2 下部的滤网给容器抽真空,然后将料斗 1 中的物料充填到包装容器上,为了使容器内的物料充填得更紧密,多采用脉动式抽真空。最终充填容量由真空度和脉冲次数决定。基本容量由伸入容器的真空滤网深度决定,这个深度可通过改变密封垫的厚度来调节。

由于容器处于真空状态,故物料充填到容器内相当均匀、紧密,因而充填精度也比较高。这种充填方法的缺点是:充填精度要受容器容积的影响,如果容器的壁厚不等或不均匀,就会引起充填容积的变化。因此,要获得较高的充填精度,则要求每个容器都有相对恒定的容积,并有足够的硬度,使其抽真空时不内凹。如果使用非刚性容器,则应在容器外套上一个刚性密封套或放入真空箱内充填,以保证充填过程中的包装容器不塌陷、不变形,达到符合要求的充填精度。

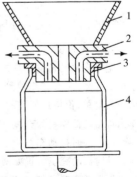

图 6-18　真空容器充填
1—料斗　2—抽气座
3—密封垫　4—包装容器

注意事项：

对于不同形式的物料,其最佳的真空压力是不一样的。真空度过高,某些物料会被压成粉末,真空度太低,可能达不到所需夯实作用。总之,真空度应根据物料的特征决定。

（2）真空量杯充填

真空量杯充填又称为气流式充填。其方法是利用真空吸粉原理量取定量容积的物料，并用净化压缩空气将产品充填到包装容器内。这种充填方法属于容积充填，充填容量由量杯确定，可通过改变套筒式量杯深度的方法来调节充填容量。

这种充填方法克服了真空容器充填方法充填精度受包装容器容积变化影响的缺点，并且充填精度高，可达到±1%的精确度；充填范围大，可从5 mg到5 kg；适用于粉末状物料的充填，适用于安瓿瓶，大小瓶、罐，大小袋等包装容器。

充填过程如图6-19所示，料斗1在充填轮2的上方，量杯沿充填轮的径向均匀分布，并通过管子与充填轮中心连接，充填轮中心有一个圆环形配气阀，用于抽真空和进空气。充填时，充填轮作匀速间歇转动，当轮中量杯口与料斗接合时，恰好配气阀也接通真空管，物料被吸入量杯。当量杯转位到包装容器上方时，配气阀接通空气管，量杯中的物料被净化压缩空气吹入包装容器中，完成充填。

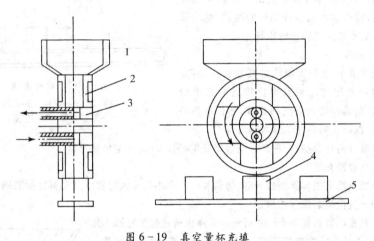

图6-19 真空量杯充填

1—料斗　2—充填轮　3—配气阀　4—包装容器　5—输送带

4. 定时充填

定时充填是通过控制物料流动时间或调节进料管流量来量取产品，并将其充填到包装容器中。它是容积充填中结构最简单、价格最便宜的一种，但充填精度一般较低。可作为价格较低物料的充填，或作为称重式充填的预充填。

（1）计时振动充填

计时振动充填装置如图6-20所示。料斗1下部连有一个振动托盘进料器2，进料器按规定时间振动，将物料直接充填到包装容器中。充填容量由振动时间控制，通过改变进料速率、进料时间或振动盘进料器的倾角，可以调节充填容量。进料速率用改变振动器3的频率或振幅的方法来控制。进料时间由定时器5控制。

计量振动充填适用于各种固体物料，如粉末状物料、小食品一类的松脆物料以及蔬菜加工中的一些大的松散颗粒

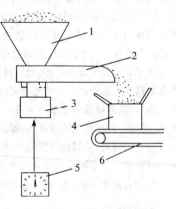

图6-20 计量振动充填

1—料斗　2—振动托盘进料器　3—振动器
4—包装容器　5—定时器　6—传送带

料或磨料等。

（2）等流量充填

等流量充填装置如图 6-21 所示。物料以均匀恒定的流速落下，通过料斗落入进料管 1，再经过出料斗 3 进入包装容器 4，这样可以防止物料漏损。

充填容量由物料流动时间控制。由于物料是等流量流动，在相同时间内各容器的充填容量基本可以保持一致。

专家提醒 在充填过程中，容器移动速度及物料流速的变化都会影响充填容量，容器移动太慢，会产生充填过量；容器移动太快，又会产生充填不足。为了保持物料在料斗中的料位，使物料稳定地流入容器，可采用振动或螺杆送料机构；为防止物料结团或结块，可添加搅拌装置。

5. 倾注式充填

倾注式充填过程如图 6-22 所示，物料以瀑布式流入敞口容器中。容器在下落的物料流中随输送带移动，并得到充填。位置 Ⅰ：物料在振动中逐渐充填到包装容器中，这样可以使物料充填紧密；位置 Ⅱ：使容器有一定倾斜角，以控制充填容量，外溢的物料又回到充填的物料流中；位置 Ⅲ：充填结束，各容器中物料的密度、充填容量基本上能保证均匀一致。

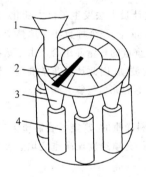

图 6-21 等流量充填

1—进料管 2—刮板 3—出料斗 4—包装容器

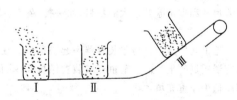

图 6-22 倾注式充填

在充填过程中，充填容量由容器移动速度、倾斜角度、振动频率及振幅决定。倾注式充填可实现高速充填，适用于各种流动性物料的充填。

二、称重充填

称重充填是将物料按预定质量充填到包装容器的操作过程。其充填精度主要取决于称量装置系统，与物料的密度变化无关，故充填精度高，如果称量秤制造精确，计量准确度可达 0.1%。但其生产率低于容积充填。

称重充填适用范围很广，特别适用于充填易吸潮、易结块、粒度不均匀、流动性能差、视密度变化大及价值高的物料。

称重充填分为两类，即净重充填和毛重充填。

1. 净重充填

净重充填是先称出规定质量的物料，再将其填到包装容器内。这种方法称重结果不受容器皮重变化的影响,是最精确的称重充填法。但充填速度低,所用设备价格高。

净重充填广泛用于要求充填精度高及贵重的流动性好的固体物料,还用于充填酥脆易碎的物料,如膨化玉米、油炸土豆片等。特别适用于质量大且变化较大的包装容器。尤其适用于对柔性包装容器进行物料充填,因为柔性容器在充填时需要夹住,而夹持器会影响称重。

净重充填装置如图6-23所示。物料从储料斗1经进料器2连续不断地送到秤盘4上称重。当达到规定的质量时,就发出停止送料信号,称准的物料从秤盘上经落料斗5落入包装容器6。净重充填的计量装置一般采用机械秤或电子秤,用机械装置、光电管或限位开关来控制规定重量。

为达到较高级的充填精度,可采用分级进料的方法,先将大部分物料快速落入秤盘上,再用微量进料装置,将物料慢慢倒入秤盘上,直至达到规定的质量。也可以用电脑控制,对粗加料和精加料分别称重、记录、控制,做到差多少补多少。采用分级进料方法可提高充填速度,而且阀门关闭时,落下的物料流可达到极小,从而提高了充填精度。

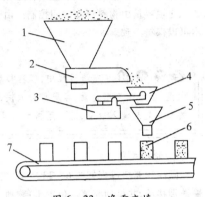

图6-23 净重充填

1—储料斗 2—进料器 3—秤 4—秤盘
5—落料斗 6—包装容器 7—传送带

由于计算机系统应用到称重充填系统中,产品的称重计量方法发生了巨大变化,计量精度也有了很大的提高。计算机组合净重称重系统,采用多个称量斗,每个称量斗充填整个净重的一部分。微处理机分析每个斗的质量,同时选择出最接近目标重量的称量斗组合。由于选择时产品全部被称量,消除了由于产品进给或产品特性变化而引起的波动,因此计量非常准确。特别适用于包装尺寸和重量差异较大的物料,如快餐、蔬菜、贝类食品等的充填包装。

2. 毛重充填

毛重充填是物料与包装容器一起被称量。在计量物料净重时,规定了容器质量的允许误差,取容器质量的平均值。毛重充填装置结构简单、价格较低、充填速度比净重充填速度快。但充填精度低于净重充填。

毛重充填适用于价格一般的流动性好的固体物料、流动性差的黏性物料,如红糖、糕点粉,特别适用于充填易碎的物料。由于容器质量的变化会影响充填精度,所以毛重充填不适于包装容器质量变化较大或物料质量占包装件质量比例很小的包装。

毛重充填装置如图6-24所示。储料斗1中的物料经进料器2与落料斗3充填进包装容器4内;同时秤5开始称重,当达到规定质量时停止进料,称得的质量是毛重。

为了提高充填速度和精度,可采用容积充填和称重充填混合使用的方式,在粗进料时,采用容积式充填以提高充填速度,细进料时,采用称重充填以提高充填精度。

三、计数充填

计数充填是将产品按预定数目装入包装容器的操作过程,

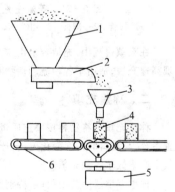

图6-24 毛重充填

1—储料斗 2—进料器 3—落料斗
4—包装容器 5—秤 6—传送带

在被包装物料中有许多形状规则的产品,这样的产品大多是按个数进行计量和包装的。如 20 支香烟一包,10 小包茶叶一盒,100 片药片一瓶等。因此,计数充填在形状规则物品的包装中应用甚广,适于充填块状、片状、颗粒状、条状、棒状、针状等形状规则的物品,如饼干、糖果、胶囊、铅笔、香皂、纽扣、针等。也适用于包装件的二次包装,如装盒、装箱、裹包等。

计数充填法分为单件计数充填和多件计数充填两种。

1. 单件计数充填

单件计数充填是采用机械、光学、电感应、电子扫描等方法或其他辅助方法逐件计算产品件数,并将其充填到包装容器中。

单件计数充填装置结构比较简单。例如用光电计数器进行计数的充填装置,物品由传送带或滑槽输送,当物品经过光电计数器时,将光电计数器的光线遮断,表明有一件物品通过检测区,计数电路进行计数,并由数码管显示出来,同时物品被充填到包装容器中,当达到规定的数目时,发出控制信号,关闭闸门,从而完成一次计数充填包装。

2. 多件计数充填

多件计数充填是利用辅助量或计数板等,确定产品的件数,并将其充填到包装容器内。产品的规格、形状不同,计数充填的方法也不同。常将物品分为有规则排列和无规则排列两类。

(1)有规则排列物品的计数充填

有规则排列物品的计数充填,是利用辅助量如长度、面积等进行比较,以确定物品件数,并将其充填到包装容器内。常用的有长度计数、容积计数、堆积计数等。一般用于形状规则、规格尺寸差异不大的块状、条状或成盒、成包物品的充填。

① 长度计数充填。长度计数充填是将物品叠起来,根据测得的长度或高度确定物品的件数。当物品达到规定的长度或高度时,由挡块、传感装置发出信号,将物品推入或落入包装容器内。长度计数充填适用于有固定厚度的扁平产品(如饼干、糕点、垫圈)的装盒或包装件的二次包装。

长度计数充填装置如图 6-25 所示。排列有序的规则块状物品 1 经传送带 6 输送到计量机构。当前端的物品接触到挡板 3 上安装的触点开关 4 时,触点开关受压迫,发出信号,指令横向推板 5 动作,将挡板 2、3 间的物品推入包装容器。横向推板的长度就是规定

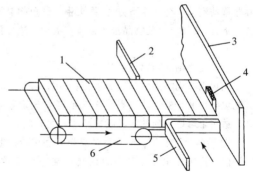

图 6-25　长度计数充填
1—物品　2、3—挡板　4—触点开关
5—推板　6—传送带

数量物品的长度,所以调节推板的长度就可以调整被充填物品的数量,通常推板长度略小于规定数量物品的叠合长度。

② 容积计数充填。容积计数充填是将物品整齐排列到计量箱中,当充满计量箱时,打开闸门将产品推或落入包装容器内。计量箱的容积即为规定数量物品的体积。适用于等径等长的棒状物品及规则的颗粒状物品的包装,如等径等长的棒状小食品、香烟、火柴等。

容积计数充填装置如图 6-26 所示。物品整齐地水平置于料斗 1 内。振动器 2 使料斗振动,以免架桥,并促使物品顺利地下落而充满计量箱 4。当物品充满计量箱时,即达到了规定的计量数目。这时关闭闸门 3,隔断料斗与计量箱的通道,同时将计量箱底门 5 打开,物料落入包装容器。

由于每件物品体积基本相同,所以由容积箱容积确定的物品数目可达到大致相同。

容积计数充填方便简便,充填装置结构简单,但计量精度低。一般适用于价格低廉、计量精度要求不高的物品的包装。

③ 堆积计数充填。堆积计数充填是从几个料斗中分别提取一定数量(等额或不等额)的物品,依次充填到同一个包装容器中,完成一次计数充填包装。堆积计数充填主要用于几种不同品种物品的组合包装。如颜色、形状、式样、尺寸有所差异的物品的计数充填包装。

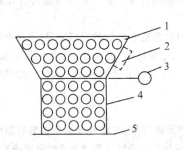

图 6-26　容积计数充填　　　　　　图 6-27　堆积计数充填
1—料斗　2—振动器　3—闸门　4—计量箱　5—底门　　　1—料斗　2—包装容器

堆积计数充填装置如图 6-27 所示。工作时,包装容器 2 在托体的带动下,作间歇运动。且与组合料斗 1 中的上下推头协同动作。组合料斗共分四个料斗,每个料斗装有一种颜色的物品。当容器移动到第 1 个料斗下方时,推头将一红色物品推入包装容器中,然后容器继续前进,到第 2 个料斗下方,又将一黄色物品推入包装容器中。这样依次动作,容器移动 4 次,完成一个容器的计数充填。

(2) 无规则排列物品的计数充填

无规则排列物品的计数充填,是利用计数板,从杂乱的物品中直接取出一定数目的物品,并将其充填到包装容器中。可以一次充填得到规定数量的物品,也可以多次充填得到规定数量的物品。适用于难以排列的颗粒状物品的计数充填。

① 转盘计数充填。转盘计数充填是利用转盘上的计数板对物品进行计数,并将其充填到包装容器内。每次充填物品的数目由转盘在充填区域中计数板的孔数决定。适用于形状规则的颗粒物料。如药片、巧克力糖、钢珠、纽扣等。

转盘计数充填装置如图 6-28 所示。物料装在由防护罩 3 和底板 2 组成的料斗中。计量盘 1 上有三组计量孔,成 120°角分布。孔是通孔,孔径略大于物料直径。每组计量孔的数目与一次充填物料要求的数量相同,每个孔可容纳一颗物料。底板固定不动,在卸料区域,底板上开有与一组计量孔面积相同的扇形开口,其下部是落料槽 4。整个给料装置是倾斜安装的。计量盘作连续回转,当计量盘转动时,在料斗中物料由于与转盘相接触而被搅动,物料进入计量盘的一组计量孔内,每孔一个物料,其余的物料被刮板挡

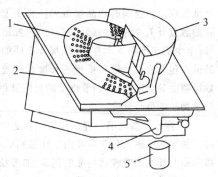

图 6-28　转盘计数充填
1—计数盘　2—底板　3—防护罩
4—落料槽　5—包装容器

住。装入计量孔中的物料随计量盘一起转动。当该组物料到达卸料区域时,由于底板上开有扇形开口,物料失去依托,在重力作用下,从底板上的扇形开口经落料槽进入包装容器 5 中。

当物料尺寸变化或每次充填数量改变时,可以更换相应尺寸和形状的计量盘。

② 转鼓式计数充填。转鼓式计数充填是利用转鼓上的计数板对物品进行计数,并将其充填到包装容器中。其计数原理与转盘基本相同,只是计数板均布在转鼓上。转鼓式计数充填适用于直径比较小的颗粒物品的计数充填包装,如糖豆、钢球、纽扣等。

转鼓式计数充填装置如图 6-29 所示。在转鼓 3 圆柱表面上均匀分布有数组计量孔,其孔为不通孔。转鼓作连续回转,当转鼓转到计量孔与料斗 1 相通时,物料依靠搓动和自重进入计量孔中。当该组计量孔带着定量的物料随转鼓转到出料口时,物料靠自重经落料斗 4 落入包装容器 5 内。

③ 履带计数充填。履带计数充填是利用履带上的计数板对物品进行计数,并将其充填到包装容器内。适用于形状规则的片状、球状物品的计数充填包装。

履带计数充填装置如图 6-30 所示,计数板为条形,其上有计量孔,孔为上大下小的通孔。根据需要将有孔的板条与无孔的板条相间排列组成计数履带 3,在链轮带动下进行移动。当一组计量孔行经料斗 1 下面时,物品由料斗靠自重和振动器 8 的作用落入计量孔中,并由拨料毛刷 2 将多余的物品拨去。该组计量孔带着定量的物品继续移动,当到达卸料区域时,借助鼓轮的径向推头 5 的作用,将物品成排地从计量孔中推出,并经落料斗 6 进入包装容器 7 中。

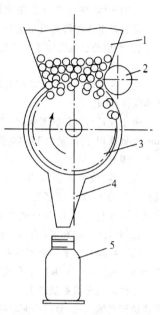

图 6-29　转鼓式计数充填
1—料斗　2—拨轮　3—转鼓
4—落料斗　5—包装容器

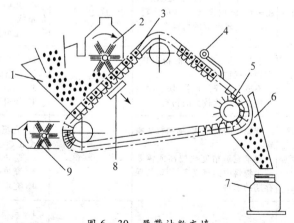

图 6-30　履带计数充填
1—料斗　2—拨料毛刷　3—计数履带　4—探测器　5—径向推头
6—落料斗　7—包装容器　8—振动器　9—清屑毛刷

形状规则的物品品种、类型很多,其计数充填的方法也很多,除上面介绍的几种外,还有很多,如推板式计数充填、板条计数充填、格盘式计数充填、拾放式计数充填等。在选择计数充填方法时,应综合考虑物品的形状、规格、特性、价值、计量精度等因素。

四、固体充填工艺的比较与选用

常用固体物料充填工艺的比较见表6-2。

在选择固体物料充填系统时要考虑许多因素。首先根据被包装物料的情况,选择所使用的充填工艺,相应地也就决定了所使用的充填系统,使用中除充填精度外,还要注意以下问题。

(1)生产速度

生产速度以每分钟充填的件数计算,生产速度因充填系统的自动化程度不同而不同,最高可达500件/min。

由于设备与材料的影响,生产速度与实际出产量是不同的。例如,系统的生产速度为30件/min,则每班8h的产量为14 400件,但由于机器检修、待料停工以及操作不当等,实际产量可能仅为11 000件。

在手动(或半自动)充填系统中,工人用手工将容器放在工位上,然后手压按钮或脚踩开关,使机器开始动作,生产速度为5~15件/min,另外生产速度还取决于充填所需要的时间,一般用手工使生产速度超过15件/min是不实际的。

在间歇式自动充填系统中,容器被机械装置传送到充填工位,停在工位上进行充填,整个循环完成后,容器输出,下一个容器依次进入充填工位。大部分间歇式充填系统的生产速度为30~150件/min。其实际产量取决于充填量、充填精度以及容器大小和产品装卸要求等。

连续自动充填系统的生产速度可达500件/min,这种系统采用转盘工作台,用定时输送器将容器送到充填工位,容器在充填料斗下方随工作台一同转动,并在转动中充填物料。

表6-2 常见固体物料充填工艺的比较

序号	充填工艺	计量方法	适合充填的物料	容器类型	特 点
1	量杯充填	定容积	非黏性的、视密度比较稳定的粉末状、颗粒状、碎片状的物料 价格比较低廉的物料	①、②、③	1. 充填速度快 2. 充填设备简单、操作简便,价格低 3. 充填精度低
2	螺杆充填	定容积	非黏性的、半黏性的粉末状、细颗粒状物料 不适合易碎的片状、块状物料和视密度变化较大的物料	①、②、③	1. 充填速度快 2. 设备成本较低,操作较简单 3. 充填精度比较高 4. 物料飞扬小
3	真空容器充填	定容积	非黏性的粉末状、细颗粒状物料 要求充填精度比较高或需要减少物料中的氧气含量、延长保存期的物料	①、②、③	1. 充填精度高;但受容器容积变化的影响 2. 防止粉尘逸散到大气中 3. 充填速度比较低 4. 充填系数高
4	真空量杯充填	定容积	同真空容器充填	①、②、③	1. 充填精度比较高;不受容器容积变化的影响 2. 计量范围大,从5 mg~5 kg,充填精度可达±1% 3. 防止粉尘逸散到大气中 4. 充填速度比较低

（续）

序号	充填工艺	计量方法	适合充填的物料	容器类型	特　点
5	计时振动充填	定容积	非黏性的粉末状、大小颗粒状物料及松脆物料等 价格较低的物料	①、②、③	1. 充填速度高 2. 设备结构简单,操作简便,价格低 3. 充填精度低,可作为称重充填的预充填
6	等流量充填	定容积	非黏性、半黏性粉末状、颗粒状物料 价格较低的物料	①、②、③	1. 充填速度高 2. 设备结构简单,价格便宜 3. 充填精度较低
7	倾注式充填	定容积	非黏性、半黏性粉末状和小颗粒状物料	①、②	1. 可实现高速充填 2. 设备简单,操作简便 3. 充填精度较低
8	净重充填	称重	非黏性的粉末状、颗粒状、片状及大块状物料 要求充填精度高及贵重物料 包装容器尺寸、质量变化较大的物料	①、②、③	1. 充填精度最高,不受容器皮重变化的影响 2. 设备复杂,操作要求高,价格最高 3. 充填速度低
9	毛重充填	称重	非黏性、半黏性、黏性的粉末状、颗粒状物料,易碎的物料 特别适于黏滞性、易结块的物料	①、②、③	1. 充填精度比较高,低于净重充填 2. 充填精度受容器皮重变化的影响 3. 设备复杂,操作要求较高,价格较高 4. 充填速度较低,但高于净重充填
10	长度计数充填	计数	有固定厚度、形状规则的扁平产品及包装件的二次包装	箱、盒、裹包	1. 充填精度高,误差几乎是零 2. 充填速度快
11	容积计数充填	计数	等径等长棒状及颗粒状物品;要求计量精度较低、价格低廉的物品	盒、罐、袋	1. 充填精度较低 2. 充填速度较快
12	堆积计数充填	计数	形状规则的几种不同品种或颜色、式样、尺寸有所差异的物品,按等数或不等数量装入同一包装容器	箱、盒、裹包	1. 充填精度高,误差几乎是零 2. 充填速度比较快
13	转盘计数充填	计数	形状规则的、量值相同的颗粒状物品	①、②、③	1. 充填精度高 2. 充填速度比较快
14	转鼓式计数充填	计数	长径比较小的、量值相同的颗粒状物品	①、②、③	1. 充填精度高 2. 充填速度快
15	履带计数充填	计数	形状规则的、量值相同的片状、球状物品	①、②、③	1. 充填精度高 2. 充填速度快

注:① 硬质容器:玻璃、陶瓷、金属瓶、罐等;② 半硬质容器:薄塑料瓶、杯等;③ 软质容器:纸、塑料、复合材料袋等。

（2）变换物料品种的灵活性

充填系统变换产品品种时的复杂性是不同的。一般而言，充填系统的生产速度越高，变换品种越费时，也越困难；如果充填的物料品种较少而且其物理特性相近，变换品种较易实现。

专家提醒 变换物料时，最简单的方法是把储料斗的物料用另一种物料来代替，也可能需要更换充填器具。螺旋充填机是最灵活的固体物料充填系统，它几乎可用于各种物料，其充填范围为 500 mg ~ 20 kg，但是在变换产品时常需要变换充填器具。

更换容器的时间对机器生产速度有很大影响，大多数间歇式充填系统使用连续传送带和气动定位销使容器定位，因此在更换容器时需要调节导轨和定位销的位置，并调节定时供料器。连续移动的旋转工作台系统则需要更换零件并需花费时间进行安装，这些零件包括主旋转台、装卸包装容器的星轮以及定时供料器等。

第7单元

现代商品包装技术

知识要点

- ·了解无菌包装技术的优缺点。
- ·熟悉常用的无菌包装材料。
- ·掌握常用的无菌包装的杀菌方法。
- ·了解防水包装的基本原理。
- ·了解常用的防伪包装技术及其应用。
- ·熟悉常用防锈包装材料的特点及适用范围。
- ·了解现代商品包装技术的发展趋势。

任务目标

- ·掌握无菌包装的操作原理及工艺过程。
- ·熟练掌握无菌包装技术的应用。
- ·熟练掌握防水包装的方法及工艺过程。
- ·掌握防潮包装技术在实际生活中的应用。
- ·熟练掌握防震包装技术的应用。
- ·掌握主要的防锈包装工艺过程。

模块一 无菌包装技术

无菌包装(aseptic packaging)是一种高技术的食品保存方法,是指产品、包装容器、包装材料与辅助材料灭菌后,在无菌的环境中进行充填和封合的一种包装技术。在大多数情况下,无菌包装并非把微生物全部杀死,只是要求产品经处理后,其中不含影响人体健康的任何致病菌,对人体健康无害的微生物还是允许的。无菌包装是一种有良好适用期的包装技术,可以在常温、冷藏或冷冻状态下流通食品。

无菌包装技术的主要对象是食品、饮料的包装,其次是对热敏感的某些产品(如医药等)的包装。对食品而言,今天的无菌处理和包装技术绝大部分还只能用于生产均质液态食品。含颗粒状食品的无菌处理和包装还有许多研究和开发工作要做,尤其是低酸性块状食品的无菌处理和包装系统还需要数年的时间才能在工业中应用。

一、无菌包装技术的优缺点

1. 无菌包装技术的优势

无菌包装与传统包装相比具有如下优势:

① 包装品质提高和储存期延长。

② 节省生产和存储成本。

③ 节省资源,保护环境。例如,利乐包装的无菌包装材料主要由白纸板(75%)、聚乙烯(20%)和铝箔(5%)组成,纸板、纸盒、聚乙烯可回收利用,有益于环境保护,符合环保包装潮流。

④ 无菌包装的食品安全卫生。因为食品、包装容器、包装环境等都经过严格的、对人体无害的灭菌处理,启封后即可放心食用,十分方便,如消毒牛奶、罐头食品等。无菌包装技术可以在室温状态下进行灌装,从而保留了产品的营养成分和风味特征,少用或不使用防腐剂,非常符合人们崇尚安全、健康饮品的心态。

⑤ 无菌包装食品的货架寿命长,保质期一般都能在半年到一年以上,而且在常温下就可以储藏,有利于远距离计划产销。

⑥ 省略了冷链储运,扩大了销售半径。无菌包装奶可以在常温下(15~25 ℃)保存,保质期为30~45d。因无需在冷链保护下运输和销售,从而扩大了销售半径,即使在乡镇或偏远山村的人群也能喝上新鲜、安全、高质量的牛奶,从而打破了鲜牛奶销售的区域界限,为企业增加产量创造了条件。

由此可知,无菌加工及无菌包装技术的开发,对产品生产、人类健康,以及环境生态均起着积极的作用。鉴于无菌包装的优点,该技术目前已在食品、饮料、乳制品和食用油以及酿酒、调味品、医药、化妆品等产品的包装上得到应用。目前发达国家的绝大多数牛奶和半数以上的果汁采用了无菌包装。

> **小贴士**
> 无菌包装的方便性还体现在,按包装容量可以分成大包装和小包装两种,前者包装容量为5~220 L,最大可到1 000 L,主要供食品厂家进行分类销售;后者包装容量为70~1 200 mL,供市场销售,直接供应销售者。

2. 无菌包装技术的缺点

无菌包装技术所采用的设备一般都比较复杂、规格也比较大、造价高,尤其是食品杀菌机和无菌包装机,设备投资大,成本较高。无菌包装技术在高黏度食品及固体食品上的应用有一定难度,一般只用于流动性较好的食品。操作管理要求方面十分严格,一旦发生污染,整个成批产品全部发生报废,损失很大。一般的设备专一性强,并都是高度自动化、系统化,不适应小规模的生产,广泛应用性差。

虽然无菌包装技术仍存在不足,但优势是十分明显的,因此近年来受到越来越多的消费者的欢迎,发展前景广阔。

二、无菌包装材料

无菌包装材料一般有纸基复合材料、无菌杯、无菌袋、玻璃瓶、金属罐、塑料容器、复合罐、多重复合软包装等几种。下面对其中的几种进行介绍。

1. 纸基复合材料

纸基复合材料容器由纸、聚乙烯、铝箔等多种材料组成。纸盒是纸基复合材料用得较多的一种形式,常用纸盒包装有屋顶包和砖形包两种,容量一般在 200～1 000 mL 左右,可包装奶制品、果汁、饮料等。厚约 0.35 mm 的复合材料由 8 层材料构成,对氧气和水蒸气的阻隔性极佳,而且印刷装饰效果也很好,饮用方便,产品的货架期长,是饮料无菌包装的理想材料。

纸盒无菌包装形式有预制纸盒和纸板卷材制盒两种。预制纸盒无菌包装形式主要是德国 PKL 公司的康美盒;纸板卷材制盒主要是瑞典利乐公司的纸盒。

(1) 康美预制纸盒包装材料

康美预制纸盒除广泛用于牛奶、果汁无菌包装外,还可用于糊状食品和含颗粒流质食品的无菌包装。康美盒的包装材料是 6 层结构的复合纸板,其基材采用高质量的漂白纸板、部分漂白或未漂白纸浆单层或多层加工,有时表面涂布黏土以增强印刷效果。纸板复合过程是:纸板外层用挤出法涂布 LDPE(低密度聚乙烯)以提供良好的印刷表面和热封性;纸板内表面再用 LDPE 与 6.5 μm 铝箔黏合;最内层用黏合剂与 LDPE 膜黏合,成为与食品接触的无毒层。整个复合纸板的 70% 为纸板,25% 是聚乙烯,5% 是铝箔。通常 1 L 的包装盒需要 28 g 复合纸板。康美盒无菌包装的产品对氧的阻隔性与用四旋盖的玻璃瓶包装产品一样好,在常温下的货架期质量稳定。

(2) 利乐包纸板卷制盒包装材料

我国自 1979 年引进利乐纸盒无菌包装机以来,已有 200 多台用于生产牛奶、果汁、乌龙茶等无菌纸盒包装,是目前我国应用最广泛的无菌包装形式。利乐包的纸包装材料以纸板为基材(占 80%),与多层塑料和铝箔复合,包括印刷的油墨层在内共有 7 层。纸板先印刷图案,再与铝箔、聚乙烯层合,最后分割成单个纸板卷材。利乐包的包装形式有菱形、砖形、屋顶形、利乐王等,其中菱形是早期采用的包装形式,目前多为砖形或屋顶形包装。

2. 无菌袋

无菌袋分为大包装无菌袋和小包装无菌袋,大包装无菌袋是铝塑复合材料,包装容量为 5～200 L,目前国内采用 20～25 L 的大包装无菌袋居多,用于一些饮料的底料、各种水果、蔬菜的原汁及浓缩汁的保鲜和包装。小包装无菌袋使用的材料为多层共挤无菌包装材料,其结构为 PP/PE/APH/PVDC 或 EVOH/APH/PS 等。袋包装的容量一般在 200～500 mL 左右,用于鲜奶等的保鲜和包装。

3. 塑料容器

塑料容器无菌包装有塑料杯或盒、塑料瓶、塑料袋、箱中袋或大袋四种形式。由于塑料易于加工成各种形状的容器,包装产品的形式多样化,而且容量可从几百毫升的小包装到 1 500 L 的大包装,所以塑料是无菌包装中发展最快、应用最广泛的材料,它的成本较低,形状多样化,机械适应性强,特别是近年来塑料薄膜的共挤复合以及容器成型技术的不断发展,塑料将成为无菌包装材料的主角。对于塑料包装材料的要求主要是具有对食品的保护保存性、适应流通的机械强度、包装机的适应性以及商品性等,尤其要求对氧气和水蒸气有较高的阻隔性,因此当前世界各国所采用的无菌塑料材料主要是复合薄膜。

法国 Erca 公司拥有埃卡杯 NAS(neutral aseptic system) 无菌包装材料,其 NAS 塑料杯无菌包装系统与其他塑料杯无菌包装系统的不同之处是采用无菌复合塑料片卷材,复合塑料片上有一层可剥离的无菌保护膜,塑料杯热成型后不需要再杀菌。NAS 的无菌包装材料分为杯材、盖材和商标材三部分,其结构和生产工艺要求比较复杂。NAS 塑料杯用的包装材料称为中性无菌包装材料,简称 NAS 片材。其特点是中性、无菌和高阻隔性。中性是指 NAS 片材适合包装属中性、低酸、低脂肪的食品。

4. 复合罐

复合罐一般是由两种以上材料组成的三片罐,即底和盖用金属罐,罐身用铝箔、纸板或聚丙烯(PP)等材料制成。复合罐的印刷装潢效果好,成本低,质量小,处理方便而不造成公害,但复合罐的气密性和耐热性较差,因此复合罐多用作为冷冻浓缩果汁的无菌包装容器。

5. 纳米抗菌包装材料

纳米抗菌包装材料近几年来已成为热门话题。纯天然的基础材料在纳米技术的改造下,能够发挥出惊人的杀菌效果。抗菌、无菌包装能使菌体变性或沉淀,一旦遇到水,便会对细菌发挥更强的杀伤力,且吸附能力强,渗透力也很强,多次洗涤后也还有较强的抗菌作用。目前应用较广的是抗菌薄膜。

三、无菌包装过程

1. 无菌包装的操作原理

食品无菌包装过程包括:包装机械及操作环境的杀菌,包装食品的杀菌,包装容器的预制成型及杀菌处理,定量灌装、封合、装箱打包运出等,各环节都要保证食品包装操作的无菌条件。无菌包装与传统的灌装工艺和其他所有食品包装的不同之处在于:食品单独连续杀菌,包装也单独杀菌,两者相互独立,这就比普通罐头制品的杀菌耗能量少,且不需用大型的杀菌装置。无菌包装可实现连续灌装密封,生产效率高。

> 注意事项:
> 进入无菌灌装系统的食品物料、包装容器、操作设备及环境都应是无菌的,任一环节未能彻底杀菌都将影响产品的无菌效果,因而进行无菌包装应注意各个环节的灭菌操作。

2. 无菌包装的过程

目前,无菌包装采用的一般过程如图 7-1 所示。

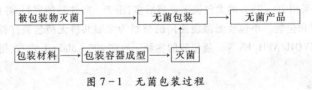

图 7-1 无菌包装过程

四、无菌包装的杀菌方法

工业上无菌的意义是指每克食品中含有的非致病菌数目在 10 个以下。只要避免食品中的非致病菌不再繁殖,在常温下或冷藏、冷冻条件下流通、保存食品,就不会发生食品变质的可能。细菌的繁殖除了与温度有关外,还同水分活性的多少有关。所谓水分活性是指密闭容器中,某些食品在某一温度下的水蒸气压力为 p,该温度下的饱和水蒸气压力为 p_0,则 p/p_0 是该种食品的水分活性。

1. 包装材料的杀菌

(1) 过氧化氢杀菌

包装材料的消毒主要是通过不断使过氧化氢流经过滤器和加热元件,保证浓度和温度分别在

35% 和 55 ℃ 的条件下来完成。材料被浸泡 10 min 后,两个模压滚筒会在箔片的每个表面留下固定厚度的过氧化物层。

（2）紫外线杀菌

紫外线能使微生物细胞内核蛋白分子构造发生变化而引起死亡。波长在 250～260 nm 左右的紫外线灭菌能力最强。使用时,只需将紫外线照射于需灭菌的物品表面即可,但需根据紫外线灯管的功率确定照射距离和时间。紫外线灭菌最为简单,无药剂残留、效率高、速度快,目前使用最为普遍。

（3）红外线杀菌

这是一种热线杀菌法,它靠波的频率引起包装材料和食品的共振摩擦产生热量,从而杀菌。一般把波长在 4 μm 以上的光称为远红外线,其杀菌效果同被辐射的食品和包装材料吸收红外线的能力有很大关系,吸收红外线能力越强,杀菌效果越好。把食品包装在塑料薄膜或塑料容器里后,再进行远红外线的辐照杀菌,效果较佳。透过包装材料的远红外线,部分被包装材料吸收起到杀菌作用,特别适用于对含有空气的食品包装进行杀菌。

（4）过热蒸汽灭菌

将温度为 130～160 ℃ 的过热蒸汽喷射于需灭菌的包装容器内,在数秒钟即完成灭菌操作,但这种方法仅适用于耐热容器,如金属容器、玻璃容器等。

（5）中性无菌系统

为了消除包装物上的残余化学物,Ercaa 公司研发出非化学加工工艺,即利用复合挤压多层材料过程中的时间—温度关系进行净化。

（6）臭氧杀菌

臭氧有极强的杀灭细菌的作用,如果单独使用臭氧,则要求过氧化氢的浓度较高,当过氧化氢的体积分数高达 20%～30% 时,表面印刷了的油墨在过氧化氢的作用下会发生脱色现象。这时,如果采用臭氧同紫外光结合在一起的方法对包装材料进行杀菌,则过氧化氢的浓度可以大大降低,只需使用体积分数为 5%～7% 的过氧化氢,即可有效杀菌。过氧化氢经消毒后,应使用干燥热空气把残留在薄膜表面上的臭氧吹掉,包装膜上臭氧残留量按美国 FDA 标准应在 0.01 mg/kg 以下,而进入食品中的 H_2O_2 量应在 100 mg/kg 以下。臭氧杀菌只能使用在包装材料下,不能直接使用在食品包装上,这是臭氧杀菌的缺点,它主要使用在 Fetrapak 公司的无菌纸/塑/铝多层复合软罐头饮料包装上。

（7）超高温短时间杀菌

此法常用于高黏度液体食品的杀菌上,如牛乳、番茄酱、糖酱等的包装。在一个不锈钢高压消毒容器中,在高压下使牛乳同 150 ℃ 以上的高压水蒸气混合 20 s 左右,进行杀菌消毒,然后进入抽真空室,把多余的水分蒸发出去,达到原先的牛奶浓度,再进入无菌室中,用无菌的包装材料包装起来。

（8）共挤出热杀菌

这种无菌包装方法是法国 Erca 公司发明的,它是利用生产共挤出多层薄膜过程中高度的热量,在无菌室中进行无菌包装时,把共挤出的内层面上相容性不好的二层剥离,露出清洁的无菌内层面来充灌食品成形密封成袋。

（9）微波杀菌

微波炉已广泛用于家庭烹调,微波同远红外线一样,是一种热线杀菌,适宜使用在可透过电磁波的塑料包装材料上,尤其适用于含有空气的食品杀菌包装,可以迅速加热到 140 ℃,短时间内杀灭细菌。

2. 内装物的杀菌

内装物杀菌目前常用的有巴氏灭菌（低温灭菌）和超高温瞬时灭菌（UHT）两种。

（1）巴氏灭菌

巴氏灭菌又称为低温灭菌，是将被包装物在 61～63 ℃条件下保持 30 min 而实现灭菌。这种灭菌方法可直接作用于产品，亦可将食品充填于蒸煮袋、玻璃罐等后浸渍于热水中，低温灭菌的缺点是包装容量不能太大，食品受热时间长，营养成分和风味损失大。

（2）超高温瞬时杀菌（UHT）

超高温瞬时杀菌是目前广泛采用的无菌包装技术，它是将食品在 120～140 ℃的高温下灭菌几秒钟，并很快冷却至室温，然后在灭菌区内灌装和封盖。牛奶的 UHT 灭菌参数是 135～140 ℃、3～4 s。瞬时高温灭菌的方法有以下几个优点：包装材料可以不耐高温，包装容量可大可小，受热都是均匀的；食品受热时间短，营养成分和风味损失较小。

（3）欧姆法加热技术

欧姆法加热技术在国外已经进入工业应用阶段，一些厂家已生产出可供食品生产厂家应用的欧姆加热器。其优点是可加工黏度较高或颗粒较大的液体食品，颗粒直径可到 2.5 mm。目前存在的主要问题是系统的预杀菌仍需采用过热蒸汽。因此，在无菌系统的配置时要配成混合式。目前，国内的研究开发工作已有一定基础。

（4）超高压杀菌

超高压杀菌是将产品置于 500 MPa 以上的压力下杀菌一段时间，杀死其中的大部分或全部的微生物，钝化本酶的活性，从而达到保存食品的目的。由于几百个兆帕的压力不会使食品的温度升高，因此没有色、香、味及营养成分的劣变，可以较多地保留食品原有的风味。

（5）微波灭菌

微波灭菌除了加热效应以外，还有相当的非热杀菌效应。生物体内的极性分子在微波场中产生强烈的旋转效应，这种旋转使微生物的营养细胞失去活性或破坏微生物的酶系统，造成微生物的死亡。

（6）放射线杀菌

将产品收入到由钴 60 为原料的放射室中，由其产生的 γ 射线进行杀菌。目前，这种方法主要用于无菌大包装袋的成批杀菌。由于放射线的方向牵制难度很大，防护技术要求很高，预计直接用在无菌包装生产线上的可能性不大。

（7）磁力杀菌

把需杀菌的食品放入 0.6 T 磁场的 N 极与 S 极之间，经过连续搅拌，不需加热，即可达到杀菌的效果，而对食品中的营养成分无任何影响。此种技术主要适合于流动性食品的杀菌。

（8）高压电场杀菌

将食品送入相互平行的两个脉冲管内，触点接通后电容器通过一对碳极放电，在几秒钟内完成杀菌，该技术可以克服因加热而导致的蛋白质变性和微生物破坏，可用于果品蔬菜的杀菌与贮藏保鲜技术。

（9）静电杀菌

食品不直接处在电场中，而是利用电场放电形成的粒子空气和臭氧处理，可以取得良好的杀菌效果，该技术可用于瓶装食品、罐装食品、糖谷类、果蔬类食品的杀菌与保鲜。

（10）膜分离技术

膜分离技术在水的净化、乳清的分离中已有广泛的应用。在食品加工中则是组合膜的开发和应用。主要用于浓缩果汁,可以浓缩到 600 Bx,方法是将水果原汁过滤得到澄清汁与果酱两大部分,前者成分为水、维生素 C、芳香成分等低分子物,后者成分为悬浮固形物、细菌、真菌等物,将澄清汁反渗透除去一部分水,将果酱杀菌后与脱去水的浓缩汁调配即得浓缩果汁。膜分离技术浓缩果汁产品浓度高,风味与营养成分损失很少,是果汁加工中有效的浓缩和杀菌方法。

五、无菌包装技术的应用

1. 纸盒无菌包装技术

以瑞典利乐公司的 Tetra Brik 纸盒包装机为代表的纸盒无菌包装技术具有劳动强度低、产品无菌可靠、并集成型、充填和封口为一体等优点。其包装材料中80%为纸板,并复合了几层塑料和一层铝箔。其在国内的应用范围一般为乳制品、纯果汁、凉粉等的包装,国外则将其推广至酒类、植物油和汤类等众多液体食品的包装。

2. 塑料袋、塑料瓶无菌包装技术

在国外以法国百利公司为代表的塑料袋无菌包装技术主要应用于牛奶包装,而在国内近两年才开始这方面的研究,如我国自行研制的五层复合塑料膜无菌包装 UHT 牛奶加工生产技术和软包装豆奶生产线,其无菌包装效果都达到了商业要求。

以波特派克(Bottle pack)为代表的集成型、充填、密封为一体的塑料瓶无菌包装技术近几年在国外较为流行,而国内此方面的研究还比较少,应用方面主要是靠引进进口设备用于乳制品、果汁等的包装。

3. 箱中衬袋无菌包装技术

箱中衬袋无菌包装是一种大容量的无菌包装方式,对于销售对象是商店、宾馆等的使用都是十分经济、方便的。因此国内近年来也开始了这方面的研究,并普遍应用于水果加工业上。我国自行开发的果汁自动灌装系统和芒果酱生产、灌装系统,代表了这一技术目前在国内的应用情况。

4. 八面体无菌棱柱形包装盒无菌包装技术

由加拿大的特茄帕克公司在本土的分公司拉松德推出的一款 1 L 容量的包装盒,这种包装盒除了造型别致外,还有一个设计独特的盒盖系统,是用来盛装果汁的新包装。目前这种新包装盒用于灌装阿伦牌果汁,包括100%纯苹果汁、纯橙汁、葡萄汁、桃汁及梨汁等,它开启方便,且盒口采用最新设计,倾倒时平稳顺畅。

专家提醒 我国对于无菌包装存在两个误区,首先是食品的保质期越长越好。其实经过无菌包装的产品,在保质期内尽管食品的卫生指标不会发生问题,但是有些产品的内在质量、风味、色泽及成分会随着保质期的延长而出现各种变化。因此,在欧美市场上,有经验的消费者在选择无菌包装食品时,对生产日期特别挑剔,往往倾向于购买新鲜食品,所以,从保持食品新鲜度和占有消费市场这两点来讲,并不是食品的保质期越长越好,特别是大城市的消费市场尤其如此。

另一个误区是趋同现象,这种现象在食品包装中表现得尤为突出。即使是再好的包装形式,如若大家纷纷效仿,一起跟风,势必使产品外包装雷同,毫无特色,并形成越来越激烈的竞争局面。有远见的经营策划者应独具慧眼,从众多的包装形式中为自己的产品选择新颖的、别具一格的包装形式,这样可避开无谓的竞争,增加占领市场的机会。

模块二 防水包装技术

一、防水包装的必要性

产品从生产厂家到使用者或消费者,就必须要经过各种流通环境、多次运输、搬运和储藏。为了满足运输和储藏的需要,产品在运输之前必须要进行包装。包装就要针对运输的气候条件而设计,并加以特别的保护,才能保证产品在运输、装卸、储存流通期间不受温度、湿度、雨水、太阳辐射以及其他自然因素的影响。因此为防止外界雨水、淡水、海水、飞沫等渗入包装内,影响内装物质量,必须采取防雨措施及防水包装,这是保护包装件在运输、储存环境中免受雨水的侵蚀,以及保护产品的价值和使用价值所必需的。

根据国家标准 GB/T 4122.1—2008《包装术语 第 1 部分:基础》,防水包装(waterproof packaging)是为防止因水侵入包装件而影响内装物质量所采取一定防护措施的包装。如用防水材料衬垫包装容器内侧,或在包装容器外部涂刷防水材料等。但根据实际情况,也有在包装容器的外层或内、外包装上都实施防水措施的,对防水要求不高的包装,有时只在内装物上施行简单的防水措施。

包装件在运输、储存过程中,有些是露天装卸的,在一些中转的车站、码头,中转货物大多也是露天存放的,因此会受到雨、雪袭击而遭受浸淋。当地面排水不畅时,还会受到地面积水的浸泡,使包装受损。在某些特殊情况下,如运送军用物资或空投救灾物资时,包装件可能需要浸泡在水中一定的时间,这时就需要包装件能具有承受一定的浸水的能力。有些陆运工具是敞篷货车、卡车,有些轮船运输是将货物装载于甲板之上,或是无篷船舱内,这些情况都不可避免地会使包装件遭到雨淋或水泡。因此对一些运输包装件需要采用防雨或防水包装,以防止雨水,江、河、湖水,海水,飞沫等对包装物的损害。

另外,雨水侵入包装件后,不仅影响包装物的性能,使某些材料受潮变质损坏,而且雨水一旦渗入包装件内,可能使内装产品受潮变质、锈蚀和长霉。同时雨水中常含有各种阳离子和阴离子,如 Cl^-、SO_4^{2-}、NH_4^+、Na^+ 等,这些离子会转化成酸、碱和盐类物质,它们是促使内装物发生腐蚀、变质的重要因素。

因此,对运输包装件的外包装采取防雨水措施及防水包装是十分必要的,它是避免包装件在运输储存环境中遭受雨水的侵蚀,以及保护产品性能和使用价值的必要措施。

二、防水包装原理

1. 防水包装的基本原理

为使包装在运输、装卸、储存过程中防止外界雨水、淡水、海水、飞沫等渗入包装内影响内装物的质量,而采用某些防水材料作为阻隔层,并用防水黏结剂或衬垫密封等措施,以阻止水分侵入包装内部,这就是防水包装的基本原理。一般说来,大多数产品被雨水润湿后,就可能降低或失去其商品价值和使用价值。要防止雨水、海水等对产品的侵害,在包装上可以从不同的角度去考虑采取防护措施。一是从产品的内包装上采取措施,以防止水渗入其内而影响产品质量;二是从运输的外包装上采取相应的措施,防止水渗入外包装容器内,从而保护内装产品免受水的侵袭和损坏。

2. 防水包装不宜用内包装和其他防护措施来代替

从产品的内包装(或单元包装)来说,其包装的目的通常不是为了防止雨、水对产品的侵害,而是为了防止潮气的影响(防潮),防止金属的氧化(防锈),或是抑制或防止霉菌孢子的发芽与生长(防霉)。但从这些包装措施工艺来说,是能够完全或部分起到防止雨水的侵蚀影响的。但是,它们不是从防水目的出发的,故不应把它们作为防水包装来考虑。另外,若为了防水目的,而应用防潮、防锈、防霉的工艺措施,虽然在技术上是可靠的,但在经济上就是浪费了,必然会出现过包装的情况。

其次,若用内包装来作为防雨防水的主要结构,简化外包装的防护功能,这在客观上容易造成包装不良的视觉印象,从而在扩大产品销售上会引起不利的心理影响。虽然内包装可防止雨水对内装产品的影响,但外包装不防雨水的渗入和侵害,人们就可能认为包装是欠佳的,不能起到防止雨、水渗入和侵害的作用,这甚至可能遭到运输部门的拒运,或者是需要承担额外的保险费用。

一些具有防护性的内包装,例如防潮包装、防锈包装、防霉包装、防震包装等,可以与防水包装综合考虑,但不能代替。一般外包装采用防雨水结构,而内包装采用防潮、防锈或防霉等结构。虽然液态的雨水和气态的水蒸气(即潮湿空气)的物理化学性质完全相同,但它们对包装件的侵袭方式和现象是不尽相同的。所以,防雨水包装结构不一定能兼有防潮包装的作用。因为防雨水包装仅单纯是为防止外界雨水(包括雪、霜、露等)渗入包装内而侵害内装物,而对外界潮湿空气的侵蚀影响是防止不了的,也不能起阻止作用,除非是采用气密性容器作为防水包装容器。防水包装对包装内的残存潮气及内装物蒸发出来的潮气的影响一般都不加考虑,而是由防潮或防锈、防霉包装来解决。

另外,防潮包装、防锈包装、防霉包装所用的阻隔层材料,虽然与防水包装相接近,甚至部分相同。但其包装的工艺措施是完全不同的,所以防水包装不能代替防潮包装。相反,防潮包装或防霉包装虽可防止雨水的侵入,但它不能防止储运过程中过分的机械力的作用,当遭到机械损伤后,将降低或破坏其防潮、防霉性能而失去其作用。因此对防潮包装或防霉包装要求防水时,其外包装仍应采用防水包装。

因此,防水包装通常是指运输产品的外包装,不宜用内包装的其他防护措施来代替。但必要时,也可在内包装上采取防水措施,如在花格木箱的内装产品上罩以防水塑料袋以防雨水的影响等。

三、防水包装材料

防水包装容器使用的材料通常分为外壁框架、壁板材料、内衬防水材料及防水黏结剂等。

1. 包装容器的外壁框架和壁板材料

外壁框架材料可以用金属或木材,壁板材料可以是木板、金属板、瓦楞纸板,其他还有硬质塑料板、钙塑瓦楞板、玻璃层压板(玻璃钢)、菱镁混凝土板、竹胶板等。其要求是应具有一定的机械强度,能承受被包装产品的自重及装卸、搬运和运输、储存过程中所遇到的各种机械应力而不损坏,当其受到外力作用时,仍能保持其刚性,不影响内装物的质量,特别是在受潮后仍应具有一定的机械强度,刚性不会明显降低。

(1) 木材

只要材质符合有关标准中对制箱材质的要求,均可用来制作防水包装用的木箱容器。如落叶松、马尾松、紫云杉、白松、榆木等及与其物理力学性能相近似的其他树种。也可用针叶树材胶合板、阔叶树普通胶合板或硬质纤维板来制作防水包装容器。这些材料用作防水包装容器时,可以预先作防水处理,也可以不经防水处理,具体应根据内装产品的特点和防水包装的等级来确定。

（2）金属板

金属包装箱的材料多采用低碳钢角钢、镀锌薄铁板,也可采用铝或铝合金材料,以此制成的金属箱均可作为防水包装的容器。

（3）瓦楞纸箱

制箱用的瓦楞纸板的面纸应是牛皮箱板纸,其质量要求应符合国家标准 GB/T 13024—2003《箱纸板》的规定。一般宜采用双瓦楞纸箱制作防水包装容器,且箱面应采用防潮油等作防水处理。只有质量小于 25 kg 的小包装件,可采用耐破度不小于 2 MPa 的单瓦楞纸板来制作包装箱。

（4）竹胶板

竹胶板是用竹材劈成竹片编成竹篾后再加树脂压制而成,具有防水、防虫的特点,是近年发展起来的新型包装材料。竹胶板的静曲强度在 47 MPa 以上,在 100 ℃ 水中浸泡 4 h,在 60 ℃ 烘箱中放 4 h,均不会脱胶和产生分层现象。它不漏水,重量轻,不变形,别致美观,可用来制作防水包装容器。

（5）钙塑纸、钙塑瓦楞板

钙塑纸是用大量的碳酸钙填充低压聚乙烯后用压延法（或挤出法）生产。其低压聚乙烯的质量分数通常在 55% 左右,以保证钙塑纸的物理力学性能。可用热黏合机将二层钙塑纸和一层钙塑瓦楞纸热黏合成钙塑瓦楞板。

钙塑纸及其瓦楞板的优点是:美观耐用,无毒,防潮,防霉,防虫蛀,重量轻,强度高,在 - 40 ℃ 的严寒地区仍可使用。可用作防水包装材料或制作防水包装容器。

（6）菱镁混凝土（菱苦土）

菱镁混凝土是由菱苦土、卤块（卤片、卤粉、卤水）、筋料、填料等原料制作而成。可以做成板状、木方、枕木状。用以代替木材,具有良好的防水性能。可用来制作重型机电产品的防水包装容器。

防水包装箱除用上述材料制作外,也可采用经过试验证明性能可靠的其他材料或采用两种或两种以上防水材料组合制作。但不管使用何种材料,都应确保防水包装箱的强度,并符合储运与装卸的要求。

2. 内衬材料

防水包装容器的框架及壁板材料多数是为了确保防水包装的强度,为确保防水性能,除金属箱外,必须在箱板内侧衬以其他的防水包装材料。常用作防水包装容器内衬的材料主要有下列几类。

（1）纸类

包括各种防水包装用纸,如石油沥青纸、防潮级柏油纸、蜡剂浸渍纸、石蜡纸及石油沥青油毡等。

（2）塑料类

各种塑料薄膜以及涂布的、复合的薄膜均可用作防水包装箱的衬里。常用的塑料薄膜有LDPE、HDPE、PVC、PS、PU、PVA、CPP 等以及塑料瓦楞板、泡沫塑料板等。

（3）复合材料

可用于防水包装容器内衬材料的复合材料有铝塑复合膜、塑纸复合材料、塑布复合材料等。

（4）金属薄膜

主要是铝箔及各种复合膜。

3. 密封材料

防水包装容器用的密封材料有密封用橡胶垫、压敏胶带、防水胶黏带、防水黏结剂等。

密封橡胶垫多用于金属箱、罐等刚性容器的密封。压敏胶带常用于瓦楞纸箱盖和接口处的密封。防水包装用的压敏胶带、防水胶黏带、防水胶黏剂等应具有良好的黏结性和耐水性。遇水后其黏结性能不应显著下降,结合部位不应产生自然分离现象。

4. 防水涂料

用于纸箱、胶合板箱等表面防水处理的防水涂料主要有石蜡、聚氨酯清漆等。

5. 覆盖材料

覆盖是包装容器顶盖部位和侧面的材料,除应具有一定的强度和耐水性能外,还应具有耐老化,耐高温、低温和日晒等性能,如采用聚乙烯塑料薄膜及塑纸复合薄膜、石油沥青纸等。

四、防水包装方法

1. 防水包装等级

防水包装的等级是根据包装储运的环境条件及包装件耐受防水试验的等级来划分的,有浸水和喷淋两类 6 个等级,具体见表 7 - 1。

表 7 - 1　防水包装等级

类　别		储　运　条　件	试　验　条　件	
			试验方法	试验时间/min
A 类浸水	I	包装件在储运过程中容易遭受水害,并沉入水面以下一定时间	将包装件以不大于 300 mm/min 的下放速度放入水中,当包装件的顶面在水面以下 100 mm 时进行浸泡	60
	II	包装件在储运过程中容易遭到水害,并短时间沉入水面以下		30
	III	在储运过程中包装件的底部或局部短时间浸泡在水中		5
B 类喷淋	I	在储运过程中包装件基本上露天存放	以 (100 ± 20) L/(m² · h) 的喷水量均匀垂直向下喷淋包装件,喷出的水均匀,喷水装置离开箱顶面的距离不小于 2 m	120
	II	在储运过程中包装件部分时间露天存放		60
	III	包装件主要在库内存放,但在装运过程中可能短时遇雨		5

注:如有必要,包装件在进行浸水或喷淋试验前做垂直冲击跌落试验。

喷淋试验就是模拟包装件在流通时露天存放受到雨淋的过程,该试验用于评定包装件对雨水的抵御性能及包装对内装物的保护能力。

浸水试验是将试样完全浸入水中,保持预定的时间以后,缓缓提起。在预定的大气条件和时间内进行沥水和干燥。该试验用来检验防水要求很高货物的包装件承受水浸害的能力,或用来检查某些容器的密封性能。

2. 防水包装的一般方法

（1）防浸水的防水包装

包装容器装填产品后应封严密。特别是Ⅰ级、Ⅱ级的A类防水包装，这类包装容器宜用金属材料制作，因为金属一般不渗水且刚性好，也可采用硬质塑料或玻璃。这类容器不但具有一定的刚性，且易于密封。若能保证接合处不渗水，可考虑用胶合板箱或是榫槽接缝的满板箱，可在接合处涂嵌防水胶合剂，在内壁应有封合良好的防水内衬材料（或容器），以保证水不会透过包装而损害产品。防浸水Ⅲ级的A类包装，可采用类似B类防喷淋的防水包装措施。

（2）防喷淋的防水包装

一般可采用普通木箱，但在其内部应视内装产品的性质、精密程度及储运的环境选用合适的防水阻隔层材料加以衬贴。当外包装选用花格箱时，应保证内壁的防水层不会在运输途中受到损坏，否则应在产品上或其内包装上采取相应的防水措施，如在产品上罩以塑料套等。

（3）包装箱内壁铺衬方法

包装箱内壁铺衬防水材料时，应使之平整完好地紧贴于容器内壁，不得有破碎或残缺。每一侧壁应尽量选用整张的防水材料铺衬，特别是箱顶盖板的里侧，应尽量使用整张的防水材料。若使用塑料薄膜，在接缝处应焊合或粘接，四周可以拼接。拼接方式可采用焊合、粘接或搭接等，搭接处的宽度不得小于60 mm，搭接方式应便于雨水外流，并用压板压紧钉牢，如图7-2所示。图7-2a所示常用于侧壁，图7-2b所示多用于箱顶或箱底，也可用于箱侧面。

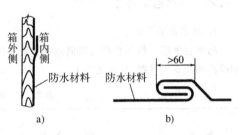

图7-2 防水材料的搭接方式

在铺衬顶盖时，应以中幅覆盖侧幅，箱壁四周则应以上幅覆盖下幅，不可左右互相覆盖。箱型尺寸较大的大型框架滑木箱顶板上的防水材料应在中间加压板，或是将顶盖采用双层木板结构，将防水材料（如石油沥青油毡或石油沥青油纸）夹于其间，以防积水渗入后使里衬下陷。为了提高防水效果，也可敷设双层防水材料，如一层石油沥青油毡（或油纸）和一层或两层塑料薄膜。当箱顶盖采用双层防水材料时，外层防水材料应伸出箱边并加压板固定，伸出箱边的长度不小于100 mm。如图7-3所示。

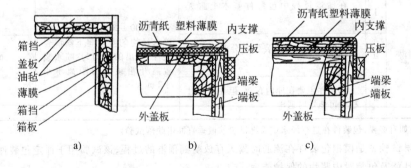

图7-3 防水材料的敷设方式

当在箱板内壁敷设石油沥青油毡（或油纸），需要用钉子钉衬时，为防止钉钉处渗漏水，一般应使用密封垫垫衬，如图7-4所示。

对于为防止在运输中发生移位或窜动，而用螺栓固定于箱底板上的内装物，在螺栓穿过防水材料层的穿孔处，也应采用衬垫密封材料进行密封，以防地面积水由此渗入，如图 7-5 所示。

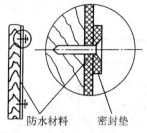

图 7-4　钉钉处密封垫示意图

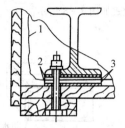

图 7-5　底脚螺栓密封情况示意图
1—防水材料　2—垫片　3—防水密封垫

（4）通风孔或窗

对于要求防水保护的较大型包装箱（容积在 1 m³ 以上），一般开有通风孔或通风窗，当外界温度发生变化时可以进行通气，避免潮气在产品上凝露而腐蚀损坏产品。

通风窗一般面积较大，其结构如图 7-6a 所示。为了防止昆虫及其他小动物由窗孔进入包装箱内，应在通风孔处加设铁丝或塑料网予以阻挡。

通风孔一般面积较小，可在箱的两个侧面相对应地开一个或两个，也可在一侧开于箱壁的上部，另一侧开在箱壁的下部，以利于空气的对流。通风孔可以开成多个小孔，并用遮雨盖遮盖，以防外界飘雨进入箱内，如图 7-6b 所示。或是开成一个稍大的圆孔，用塑料压制的百叶窗式的成型件钉于其上，如图 7-6c 所示。

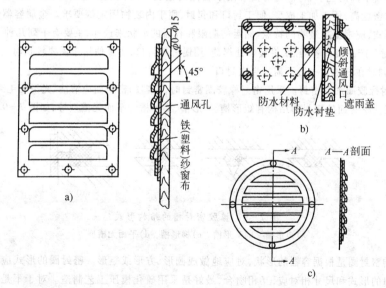

图 7-6　通风窗、通风孔结构示意图
a）通风窗　b）遮雨盖式通风孔　c）百叶窗式通风孔

（5）用纸箱作防水包装

普通瓦楞纸箱不宜用作防水包装，当需要使纸箱包装能短时耐水时，应对纸箱表面进行防水处理，如在纸箱外表面涂蜡或涂防水清漆等，或在瓦楞纸板生产过程中于表面覆盖聚乙烯等塑料薄膜。当用瓦楞纸箱或钙塑箱作防水包装容器时,应在其接缝处用防水胶带进行密封。采用摇盖箱包装时,其用防水胶带封箱的防水方式如图7-7所示。采用天地盖箱包装时,其用防水胶带封箱的防水方式如图7-8所示。

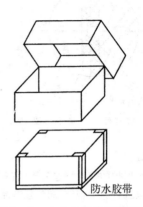

图7-7　摇盖箱的封箱方式　　　　图7-8　天地盖箱的封箱方式

另外,在进行外包装时,包装环境应清洁、干燥,无其他有害物质,对被包装物品应给予适当的固定或卡紧,防止在运输过程中由于颠震和装卸冲击导致产品发生移动而损伤防水包装材料。

3. 防水包装的密封方法

(1) 金属容器的密封

对防水要求高的包装,特别是对要求耐水浸泡的包装一般应选择金属容器,在设计金属容器时应满足水密性高,便于加工成型,便于封口和起封,便于内装物固定等要求。金属容器的密封方式有多种形式,应根据内装物的特点、储运的期限和容器的形状来选择,主要有下列几种。

① 焊封。产品装入容器后,将接口处焊缝,用锡钎焊封口,主要使用于需要较长时间封存的产品的包装,同时在开封后一般不需要再次封口。

② 密封橡胶圈加盖密封。采用密封橡胶圈密封时,容器的密封面应清洁、光滑无毛刺、无缺边及无腐蚀层。密封面处密封槽结构有矩形槽、V形槽、梯形槽和平面无槽型等,如图7-9所示。

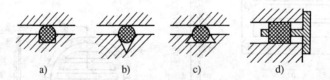

图7-9　橡胶密封槽的结构形式
a)矩形槽　b)V形槽　c)梯形槽　d)平面无槽型

常用的密封圈是根据容器的形状,对应地做成圆形、方形或矩形。密封圈的形式应与防水包装容器封口的形式和尺寸相对应,互相吻合,最好是采用硫化模压工艺制造。对于不是通过硫化模压工艺制成的橡胶密封圈,可用胶水来粘接。也可用厚度合适的橡胶板,按照封口的形状和需要,用划刀在钻床上划制。

③ 紧箍式或杠杆式密封。对一些桶形金属容器的防水包装,其密封结构可采用紧箍式或杠杆式压紧式的密封结构,在其间衬以密封材料加以紧固,这种密封结构应能承受0.5 MPa的水压试验而不产生变形。

金属桶口用紧箍压紧密封的形式如图 7-10 所示,桶口用杠杆压紧式密封的形式如图 7-11 所示。

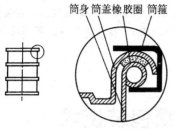

图 7-10　金属桶口用紧箍压紧密封的结构　　图 7-11　桶口用杠杆压紧式密封的形式

(2) 桶罐类非金属容器的密封

具有水密性的并有一定刚性的非金属材料亦可用来进行防水包装,如硬质塑料、陶瓷、玻璃和玻璃钢等,这类包装容器可用旋塞加密封垫来密封,也可采用防水密封胶或用双层密封盖等措施来加强密封。桶形非金属容器的密封如图 7-12 所示。

(3) 箱形刚性容器的密封

箱形刚性容器的密封,可在接合处加橡胶密封垫铰链搭扣箍紧,其密封结构如图 7-13 所示。

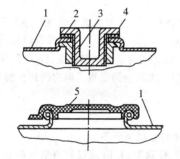

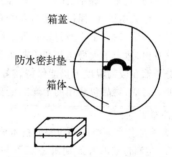

图 7-12　桶形非金属容器的密封

1—桶顶　2—桶塞　3—螺圈　4—密封圈　5—塑料盖

图 7-13　箱形刚性容器的密封

(4) 蜡封防水密封结构

对于小型产品、零部件或附件的防水包装常采用纸或纸盒、纸箱包装,再进行蜡封处理,这种处理方式的防水性能相当可靠,可使内装物在长期储运中不渗水、漏水。蜡封的包装件可浸水 24 h 无渗漏水现象,同时可在温度为 40 ℃、相对湿度为 95% 的湿热气候条件或 -40 ℃ 的低温条件下不受潮、不长霉、不开裂,保证内包装及内装物的完好无损。但蜡封包装强度较差,在搬运中不能承受过分的外力作用,若遭到损伤,其防水性能将降低,故对蜡封包装应配以木箱、花格箱或瓦楞纸箱等外包装来提高其储运、装卸时对机械作用力的耐受程度。

(5) 软包装容器的防水包装

粉状、颗粒状物品(化肥、水泥、工业药品等)的包装主要采用袋包装,实施这类防水包装的方法,在使用多层纸袋时,通常是在纸袋的最外层使用树脂加工纸(如聚偏二氯乙烯加工纸、聚乙烯层压纸、三聚氰胺加工纸等)。此外,近年来聚乙烯薄膜多层叠合袋、聚丙烯(纸布塑)三合一复合包装袋等新型防水包装袋的生产和使用有很大的增加。

(6) 其他防水包装方法

随着集装箱运输的不断发展,把集装箱作为特殊防水包装的防水工具越来越受到重视。实际上,集装箱多用金属(主要是铁、铝)作为材料,本身就具有防水性能。近年来出现了用防水性材料制造的集装箱,如涂以防水涂料的木制集装箱,用强化塑料制造的集装箱,以及收缩货架式集装包装等,都可以起到在流通过程中的防水包装作用。另外,托盘 LLDPE 冷收缩膜防水包装技术在欧美国家已开始使用,这种新技术与传统的托盘套袋热收缩或 PE 拉伸膜包装工艺相比,在包装成本、包装速度和防水效果上都具有极大的优越性。

模块三 防潮防霉包装技术

一、防潮包装

防潮包装就是采用具有一定隔绝水蒸气能力的防湿材料对物品进行包封,隔绝外界湿度变化对产品的影响,同时使包装内的相对湿度满足物品的要求,保护物品的质量。其原理是根据流通环境的湿度条件和物品特性,选择合适的防潮包装材料和合适的防潮包装结构,防止水蒸气通过或者减少水蒸气通过,达到物品防潮的目的。一般采用合适的防潮材料,设计合理的防潮结构或采用附加物(例如干燥剂、涂料、衬垫等)。

除去包装内潮气,保持干燥的方法有两种,即静态干燥法和动态干燥法。静态干燥法是采用干燥剂除湿法,适合于小型包装和有限期的防潮包装;动态干燥法是采用除湿机械将包装内的潮湿空气吸出,适合于大型包装和长期储存包装。一般常用的干燥剂有硅胶、分子筛、铝凝胶和氯化钙。分子筛在较高温度下仍能保持较好的吸湿效果,这是它的优点。但它的再生温度很高,使用不方便。目前,物品包装用的干燥剂主要是硅胶。

注意事项:

为满足各个等级防潮包装的技术要求,应特别注意以下事项:

① 防潮包装的有效期限一般不超过两年,在有效期内,防潮包装内空气的相对湿度是在25℃时不超过60%(特殊要求除外)。

② 产品以及进行防潮包装的操作环境应干燥、清洁,温度不高于35℃,相对湿度不大于75%,且温度不应有剧烈的变化,以免产生凝露。产品含水多,可在(35±3)℃以及小于或等于35%相对湿度的条件下干燥6 h 以上(干燥食品除外)。

③ 产品若有尖突部,应预先采取包扎等措施,以免损伤防潮包装容器。

④ 防潮包装操作应尽量连续进行,一次完成包装操作,若需中间停顿作业时,应采取临时的防潮措施。

⑤ 产品运输条件差,易发生机械损伤,此时应采用缓冲衬垫卡紧、支撑或固定,并尽量将上述附件放在防潮层的外部,以免擦伤防潮包装容器。

⑥ 包装附件以及产品的外包装件等也应保持干燥,并充分利用它们来吸湿。碎纸或纸箱的含水率不得大于12%,刨花、木材或木箱的含水率不得大于14%,否则应进行干燥处理。

⑦ 尽量减小防潮包装的总表面积。

二、防潮包装的应用

1. 食品包装

食品分天然食品和加工食品两大类。天然食品是未经再加工的鲜活与生鲜类食品,加工食品则是以天然食品为原料经加工处理而得到的产品。生鲜食品包括瓜果蔬菜等。加工食品有成品粮、糕点、罐头、饮料、烟、酒、糖、茶、肉食品、乳制品、水产品、调味品等。它们的包装都需要考虑防潮问题,对于含水量大的食品要防止失水后的感官和品质问题,对于含水量小的食品(如面粉等)要防止吸潮、结块。同时水分存在为微生物的生长繁殖提供了场所。食品的防潮包装要与气调等包装方法结合起来。

2. 药品包装

药品分针剂、水剂、粉剂、片剂、膏剂等。片剂有普通药片和糖衣片。包糖衣后能起一定的防潮作用,但由于糖衣含有大量的糖粉和滑石粉,使一些患者特别是中老年、糖尿病患者不宜长期服用,另外由于糖衣层不稳定,很容易出现裂片、吸潮、变色等质量问题。随着各种新型高分子聚合物的诞生,使包衣技术迅速发展,就国外目前的西药品种而言,95%以上都已采用薄膜包衣新技术与新材料,以达到具有抗湿、避光、遮味、肠溶等作用。药片的泡罩包装外包装要考虑采用防潮性铝塑复合材料,层压密封要严密,防止缝隙透湿。药品的包装趋势已由不透湿的玻璃容器向塑料容器过渡,塑料材料的阻湿、阻气性需要研究。

3. 化学危险品包装

化学危险品指具有易燃、易爆、剧毒、强腐蚀性和放射性等性质的物品。如火药包装内湿度过高,就会吸潮结块造成火药点火困难而失效,有些危险品遇水会发生化学反应,放出大量气体、热量,发生爆炸等。因此化学危险品的防潮包装也非常重要。

4. 精密仪器包装

金属制品其表面易吸附大气中的水分而形成水膜,在适当的相对湿度条件下,水膜达到一定厚度,金属开始生锈腐蚀,因此金属制品的防潮包装要把包装内的湿度控制在金属临界腐蚀湿度以下。

对于电子设备,如果电路板上吸附一定水分,会产生导电作用而使设备短路。湿度过大还会使光学玻璃表面生斑、发霉,影响使用。

其实,需要防潮包装的不仅是上述领域,像纺织品、木材、书籍等与生活息息相关的物品都要考虑防潮包装。

三、防潮包装的发展趋势

防潮包装的发展将会随着新材料、新技术、新工艺的层出不穷而日新月异。例如美国 Tekntplex 公司最近研制出一种含有防潮层的 Novinex 的多层薄膜,目前已获得美国 FDA 的同意,允许该材料直接用于各种食品的接触性包装,同时还获准用于药品的包装。Novinex 薄膜以一种被称为"Topascos"的塑料原料为内层,与外层聚丙烯同时压制而成,在性能上与 PVDC/聚合物多层薄膜相比具有更强的防湿性和透明性。俄罗斯实用物技术研究院最近开发出了可吸水、杀菌并能多次使用的食品包装袋,使奶酪、香肠等容易变质的食品能保存较长时间。在食品包装聚合物中添加了脱水的多种矿物盐和酶等物质。富含这些物质的包装袋内表面可吸收多余水分、杀死细菌,从而改善了包装袋的内部环境。

食品和药品、精密机械、电子产品等在使用前,为确保其质量,一般采用高阻挡性材料制成的薄膜密封袋和容器。但如果内装物吸潮性很强,或对保持内装物的质量要求很严,现有的防潮能力仍达不到要求,就在包装袋内加入防潮剂(如硅胶、沸石或生石灰)。然而,加入防潮剂后,如因某种原因被打开,就可能造成误食。如果同内装物混淆,还会使内装物变质。另外,干燥剂和干燥剂的放入,是使成本增加的主要原因。日本东洋铝株式会社研制的"Toyal Dry"防潮包装材料的内侧有一层吸潮层。来自外部的潮气由阻挡层隔开,吸潮层只吸收内侧的潮气。吸潮树脂层会有大约30%的吸潮性,无机填充剂可吸收与其质量相同的水分。最内层是树脂层,可调节吸潮能力,并可防止吸潮性填充剂脱落。

防潮包装设计需要大量的信息和数据,需采用计算机技术储存、积累资料,如各地区气候条件资料、包装材料性能资料(力学性、加工件、渗透性)、食品稳定性资料、包装食品允许的质量损失、经济信息资料等。借助计算机模拟气候条件参数,并利用包装材料阻隔性方面的数据资料和产品稳定性资料进行计算,预测包装有效期进行防潮包装设计,并与实验相结合,验证理论预测的商品保质期与实际测定效果是否符合。

合理的防潮包装设计,能够预测所用的包装在有效期内能否达到各项指标,如果有过分包装或欠包装情况,防潮包装设计能够进行反馈,改进包装设计,直至合理,尽量减少过分包装。

四、防霉包装

防霉包装是防止因霉菌侵袭内装物长霉影响内装物质量所采取的一定防护措施的包装。为保护产品免受损害,大多数仪器、仪表、化工产品、食品等都要进行防霉包装。

商品霉腐是由微生物的作用引起的,它能够使商品的使用价值受到不同程度的影响。据有关部门统计,国内仅纺织品的霉烂损失每年就达数百万元。防霉包装在军事上也有举足轻重的地位。在某反击作战中,运用的部分常规武器,由于保管不善致瞄准镜长霉,造成准确性差,严重影响了战机。影响商品质量的微生物主要有细菌、霉菌、酵母菌和部分放线菌,它们在一定的条件下都能使商品发霉、腐烂。也就是说,能够在商品上发育、生长、繁殖。那么微生物要在怎样的条件下才能发生这些生理作用呢?那就是要有一定的营养条件和外部环境条件。

1. 微生物的营养条件

微生物生长的基本营养是水、碳、氮、微量元素等。碳元素的来源主要是淀粉、脂肪、纤维素、葡萄糖等有机化合物。氮素的来源主要是蛋白质、氨基酸、尿素、铵盐。水的来源是商品体内所含的水和空气中所含的水。微量元素来源于土壤、空气。

2. 微生物的环境条件

微生物的环境条件有温度、湿度、pH值、日光、氧气。温度对微生物的生理作用影响很大。根据各类微生物对温度的不同要求,可把微生物分成低温型、中温型、高温型,见表7-2。霉腐微生物大部分属于中温型,它们主要分布在土壤和空气中。湿度不仅影响商品的含水量,而且对微生物也具有很强的作用。湿度过低,微生物缺乏水分而不能进行生命活动;湿度过高,一定条件下,微生物生长繁殖就会旺盛。霉腐微生物最适宜的相对湿度为80% ~90%。

表7-2 微生物生长温度范围 （单位:℃）

类 型	生长温度范围		
	最低	适宜	最高
低温型	-5 ~0	10 ~20	20 ~30
中温型	10 ~20	18 ~28	40 ~45
高温型	25 ~45	50 ~60	70 ~85

3. 微生物对商品的影响

微生物对商品的影响主要是对棉织品、皮革制品、橡胶、机电仪器产品的危害。其表现如下:

① 对棉织品产生影响的微生物主要是霉菌、细菌。它们对编织品的破坏一般是从棉纤维的外部先开始,逐渐向内发展。主要是引起纤维素的水解作用,使商品强力下降30%,霉腐对质量的影

响极为明显,甚至可以使产品成为废品。

② 对皮革制品产生影响的微生物是霉菌。皮革制品极易被霉菌破坏。在破坏时,皮革中的胶原蛋白质大部分被水解,聚合度降低。随着分解物的产生,皮革发生腐臭气味,使皮革制品表面光泽暗淡、强度下降,严重时,用力拉扯容易撕裂。

③ 对橡胶和塑料制品产生影响的微生物主要是霉菌。它能使橡胶制品加速老化、力学性能变坏。胶面的光泽减弱,出现龟裂。对塑料制品主要是破坏商品的组织结构、造成制品变色、物理力学性能降低,并加速老化。

④ 对机电仪器产品的影响。机电仪器产品或其包装受霉菌侵蚀后,会导致其机械强度降低和其他物理性能的变化,并引起金属、非金属材料表面保护层的破坏、开裂、变形,使其不能正常工作。另外,长霉后由于网状的菌丝体含有大量的水分,增加了材料的吸湿性,提高了其含水率,导致受潮变质损坏。严重时会导致机能故障或损坏。如光学仪器镜头严重长霉时,影响成像,甚至报废。

⑤ 平板玻璃在储存、运输和使用过程中,由于玻璃间的接触及玻璃表面颗粒附着物的存在,容易发生擦伤。同时由于玻璃表面的物理变化和化学变化在不同的生物区,在受到外界高温、高湿气候条件的影响下,产生彩虹、白斑、不透明及粘片等霉变现象。

4. 防霉包装材料

防霉包装就是从包装的角度出发来解决内装物在储存运输期限内的长霉问题。可控制霉菌生理特性,通过改进包装结构和工艺达到保护内装产品、防止商品生霉。对产品进行良好的包装是十分重要的。人们利用控制温湿度、营养成分、氧气等霉菌生长要素中的任何一个因素,就可以控制霉菌生长这一特性,选择合适的包装材料和容器,再辅以良好的包装工艺方法,来解决储存运输期限的长霉问题。合适的包装材料就是抗霉性好的包装材料。包装材料品种繁多,可分为外包装、内包装和衬垫材料三种。它们的抗霉性有很大的差异。根据材料抗霉能力的不同,可分成下列几种类型。

（1）抗霉性较好的材料

金属材料和部分非金属材料抗霉性好。金属材料以钢、铁、铝为主。用金属制成的包装容器比任何其他材料制成的容器更能耐霉耐湿、密封性好。非金属材料主要是钙塑瓦楞纸箱。它是以聚烯烃树脂为基料、轻质碳酸钙为填料,加以少量助剂组成,其抗霉性、防潮性均较好,但耐老化性能差,且表面光滑,不利于堆码。

（2）半抗霉性材料

半抗霉性材料大多数是一些塑料及复合材料。复合材料是由两种或多种不同薄膜材料相层合的包装材料。如铝塑复合薄膜是由铝箔与塑料薄膜复合而成。由于铝箔的阻隔性强,且有较好的防霉防潮性能,但铝箔不耐折叠,并常易出现针孔,会降低防潮防霉性能。另外,塑/纸或铝/塑/布等复合材料也含有有机纤维材料。抗霉性较差的纤维材料最好经过防霉处理后使用。用来制作防霉包装容器的材料应具有良好的阻隔性。能阻隔外界潮湿大气的侵入或具有阻隔氧气渗透的能力。利用阻隔层的这种特性,用干燥剂来控制包装容器内的湿度。或用除氧剂来控制容器内氧的浓度,从而使其包装的产品处在低湿度或氧浓度低的容器内达到防霉目的。

（3）抗霉材料

纸、纸板、油毛毡、木材、棉麻纤维织物,经加工后的材料表面往往又涂覆有涂料、油墨、颜色等。使这些材料沾有更丰富的营养物质,如多糖类、蛋白质、油脂等,将有利于霉菌的生长。这些材料除非经干燥处理后,在包装容器中使用,或包装采取防霉措施,否则必须经防霉处理来提高其抗霉性能。不抗霉材料进行防霉处理时,最好在材料的生长环境、工艺过程中把防霉剂直接加入制成防霉材料后使用。

5. 防霉包装方法

防霉包装方法大致有两类,一类为密封包装,另一类为非密封包装。

(1)密封包装

密封包装有以下四种方法:

① 抽真空置换惰性气体密封包装。这种方法采用密封包装结构,在容器内抽真空,置换惰性气体。产品在惰性气体为主的微环境下,不会受到霉菌的感染,也不会萌发生长。此方法可作为长期封存的包装措施。

② 干燥空气封存包装。选择气密性好及透湿度低的各类容器或复合材料进行密封包装。在密封容器内放干燥剂及湿度指示纸,控制包装容器内的相对湿度小于或等于60%。

③ 除氧封存。选择气密性好、透湿度低、透氧率低的复合材料或其他密封容器进行密封包装。在密封包装容器内放置适量的除氧剂和氧指示剂。除氧剂可把包装容器内的氧气浓度降至0.1%以下,实现除氧封存来防止商品长霉。

④ 挥发性防霉剂防霉。根据产品的具体情况,在密封包装容器内放置具有抑菌的挥发性防霉剂进行防霉包装。

(2)非密封包装

非密封包装有以下两种方法:

① 产品经有效防霉处理。对易长霉的产品及零件有效防霉后,外包防霉纸然后再包装。

② 包装箱开通风窗。对属于长霉敏感性较低或吸水率低的产品,同时包装箱的体积较大,可在包装箱两端面上部开设通风窗,以控制包装箱内的含湿量。通风窗的作用是防止由于温度升降在产品上产生凝露,致使产品长霉。一般已经有效防霉处理的产品或对长霉敏感性较低的产品,可以采用非密封包装。

模块四　防伪包装技术

一、包装结构防伪

1. 外包装防伪

采用精美的特殊纸类或塑料类等材质,经过特殊工艺制成包装盒,难以仿制。如烫金纸、压纹纸、压花纸、磨砂纸等防伪包装材料,含有全息图文、缩微印刷、荧光字符、密码等的一次性防伪封口标识、易拉线、防伪封箱胶带等。以下是外包装防伪技术的一些实例。

(1)包装盒上加贴防伪标签

包装盒上的防伪标识包括激光全息防伪标识,各种防伪油墨印制的防伪标识,荧光防伪标识,热敏防伪标识,电话防伪编码标识等。几乎所有具有防伪功能的标识、标签均在包装上有所应用。

(2)包装盒上加贴防伪防揭封条/封口签

在包装盒上加贴防伪防揭封条/封口签,也是一种包装防伪方法,如国内特快专递 EMS 的封口带、乐百氏封箱带、清华同方电脑的封口标签、中国体育彩票发行设备的包装箱封口签等。

（3）包装盒外使用激光全息薄膜封装

采用大幅面印制的防伪全息图像或一般专用图像的激光全息薄膜作为包装材料，或复合在纸张表面，如飞利浦灯泡包装、联合利华的高露洁牌牙膏、爱普生公司的墨盒包装等均采用激光全息薄膜。

2. 内包装防伪

内包装容器可选用独特的材料、形状、颜色及隐含的暗记。其中封口技术基本与外包装相同。酒及饮料类包装容器常采用一次性包装，如破坏性酒瓶，采用塑料扭断盖、铝制防盗盖等。另外，迷宫式瓶嘴也具有防伪功能。烟酒类包装盒防伪功能是采用破坏性盒盖和盒底实现，如插入式、插卡式、锁口式、插销式、摇翼连续折插式和掀压封口式盒盖，插口封底式、插舌锁底式、摇翼连续折插式、锁底式、连翼锁底式、自动锁底式、间壁封底式、间壁自锁封底式、粘合封底式和掀压封底式盒底。

3. 喷码防伪

用喷码机在内包装、外包装、标识、标牌或包装容器的封口处喷上代码或生产日期。喷码有明、暗两种，明码肉眼可见，暗码只能在紫外线照射下显现。

二、条码防伪

条码是一组宽度不同的平行线条按特定的格式与间距组合而成的符号，代表各种数字和文字信息，可包含商品的类型、代号、规格和生产厂家等信息，具有输入和识读速度快、数据准确可靠和保密性强等优点。在国际市场上和发达国家的超市中没有条形码的商品是不能进行销售的。具有防伪功能的条码技术有以下几种：

1. 隐形条码

该类条码可"消失"于商品包装图案之间，既不破坏商品包装装潢的完整性，又不影响条码特性。隐形条码主要有覆盖式隐形条码、光化学处理的隐形条码和隐形油墨印刷的隐形条码。覆盖式隐形条码采用特定的膜或涂层覆盖普通的可视条码，人眼及一般的条码识读设备无法识别。利用光化学法处理普通的可视条码，人眼很难发觉其痕迹，用普通光甚至特定光也不能对其识读。隐形油墨印刷的隐形条码成本低，但需要隐形油墨，很适合商品的防伪包装。

2. 金属条码

该类条码由金属箔经电镀制成，一般需在条码表面再覆盖一层聚酯薄膜。金属条码具有耐风雨、耐高低温、耐腐蚀、抗老化等特性，由专用的金属条码识读器判读。另外，金属条码已可制成隐形条码。

专家提醒 在设计与制作防伪包装时，可根据条形码的有关标准、选择条形码的印刷位置和选用不同的油墨等来达到防伪目的。

条形码常用标准有条形码的符号标准（包括条形码符号的编码规则和条形码符号尺寸）、条形码的使用标准、条形码的印刷质量标准（包括宽度公差、污点、孔隙及边缘粗糙度、反射度和对比度），我国的条形码已有 5 个标准草案，即《条形码通用术语》、《通用商品条形码》、《39 条形码》、《库德巴条形码》、《中国标准书号条形码》。在设计商品包装时用到的主要是《通用商品条形码》和《39 条形码》。

三、电码电话防伪

电码电话防伪由电码防伪标识物系统和电话识别网络系统组成,属于计算机网络防伪技术。电码电话防伪包装技术是将包装信息网络化的一种防伪包装技巧。它将消费者与有关机构或系统联系在一起,使消费者有了可以信任的"防伪护身符"。电码电话防伪标识是一种在每件商品包装或标签上设置有一个顺序编码和一个随机密码的标识物,其具有使用一次性、数码唯一性和保密性。电话识别网络系统由大型计算机中心数据库、联网计算机组成。当消费者购买具有电码电话防伪包装的商品后,打开商品包装或刮掉标识上的覆盖膜,即出现电码电话防伪标识,然后拨通系统查询电话,并按电话语音提示依次键入数码、密码,便可确知该商品的真假。

外包装(运输包装)、中包装(销售包装的组合包装)、小包装(销售内包装)上均可设置电码电话标识。特别是销售包装上更不可少,以便于在市场上选购识别。但运输包装与销售包装上的电码(明码与暗码)不应相同。电码电话防伪是最利于消费者识别的防伪包装技术,当消费者对所购商品(该商品有电码防伪)的真实性有怀疑时,只要揭开防伪密码,打通咨询热线(网络系统)就能得到准确答案。电码电话防伪是一种高新技术,具有不可伪造性,制假者无法将伪造的产品编号档案送到防伪中心存入数据库中。识别时,用户不必求助他人,只需拨电话便可完成识别过程。所需电话费用生产商已预付,每件产品的每个号码均由厂家通过邮电部门协商。因此,这是一种高技术的二线防伪。它将广大消费者带入打假行列,将打假变为全民的自觉行动。

目前,美国、英国、法国、德国等发达国家高度重视防伪技术的网络化和信息比,从政府部门管理的货币、证件、文件,到第三产业使用的各种票证,金融行业使用的各种有价证券以及各种商品包装,已广泛使用电码电话防伪技术。我国已开始将电码电话防伪技术用于商品包装防伪。

四、激光全息图防伪

激光全息图防伪是利用激光彩色全息图制版技术和模压复制技术制成的激光彩虹模压全息图文,可以在产品上制成可见的或不可见的图文或信息。由于全息图中的色块组合是随机编码,即使使用同一设备也难复制出完全相同的母版,故彩虹全息图可用作防伪标识,也可将其直接转印到纸品或证件上,纸全息标识是具有环保和防伪等多项功能的绿色包装产品。

激光模压全息防伪标识有单一彩虹色、多种彩虹色、真彩色及黑白(消色)四种,其图原有二维、三维、多重与动态成像,还有烫金全息图和透过式全息图。透过全息图可同时看见其下被掩盖的图文,又称为透视全息图。还有一种透过式全息图,在全息图条纹上镀上多层透明介质,使其只能在一定的角度上看到全息图,换个角度则几乎成一透明膜,并显现出下面被掩盖的图文,其性能更优于前者,多用于身份证、驾驶证等证卡上。

我国自20世纪80年代引进激光全息图像生产线以来,激光全息防伪标识在防假上发挥了一定作用。但近年来,由于管理失控,一些低劣的激光全息标识和仿真的标识混进市场,加之相应的宣传不到位,消费者不会识别真假标识,结果是真的不真,假的不假,败坏了激光全息防伪标识的名声。如能加强管理、提高技术水平,生产高质量的三维激光全息标识,同时加强宣传,传授识别真假防伪标识的方法,仍不失为一种适用于低价商品的简便防伪方法。

五、防伪包装的应用

1. 酒类产品的防伪包装

酒类产品的防伪包装手段很多,设计防伪包装时一般应考虑满足的要求是:难以仿造的原则;

要满足包装自身特点的原则。

目前,主要应用的防伪技术为激光模压全息技术、一次破坏性防伪包装结构及激光编码封口技术等。

(1) 激光全息技术

激光全息技术是利用全息印刷技术做成防伪标识附着于包装盒表面的一种技术,可用于白酒外层防伪包装。它由于具有每版不易复制、色彩变幻无穷(可得到三维图像)及易识别等特点,成为当前应用广泛的防伪手段之一。但由于我国对该项防伪技术缺乏有效管理,初期产品技术含量不高及标识基材镀铝膜较易得到等原因,致使目前这项防伪技术失去了应有的防伪功能。

为了增强激光模压全息技术的可靠性,从技术的角度可采取的方法有微缩全息加密技术,一、二维光栅加密技术,数字全息技术等。

(2) 一次破坏性防伪包装结构

为了防止不法分子通过回收旧瓶灌入劣质酒坑害消费者,许多厂家采用了一次破坏性防伪包装结构,即包装一旦被开启就被破坏,无法重复使用。目前主要采用的形式有以下几种:

① 防盗盖结构。我国名优酒较早采用这种形式。它的结构特点是盖坯上滚压出防盗扭断线,滚压盖与防盗环通过扭断线上的"桥"连接,防盗环紧紧箍在瓶颈加强环上。当打开瓶盖时,必须断开扭断线上的连接点"桥",当"桥"扭断后,瓶盖才能脱离防盗环旋下,防盗环一直留在瓶颈上,显示瓶已被打开。

② 单向保护阀门结构。该结构是将瓶盖设计成带有单向保护阀门的结构,确保成品酒的酒液只能倒出瓶口而不能再次灌装,以防止造假者利用旧瓶制假。

③ 一次破坏性防伪酒瓶。目前已采用的或已申请专利未被采用的破坏性防伪酒瓶种类很多,如定位防伪玻璃瓶、夹层防伪玻璃瓶等,它们的特点是瓶子一经打开,瓶口或夹层即破坏,瓶子不能重复使用。

(3) 激光编码封口技术

激光编码封口技术是一种较好的容器结构防伪技术。它是在酒液被充填完并封口加盖后,在盖与容器接缝处进行激光印字,使字形的上半部分印在盖上,下半部印在容器上。当消费者打开瓶盖后(瓶盖可采用防盗盖结构),瓶盖上的印字被破坏,而酒瓶上的印字完整无损,要想利用该酒瓶造假,必须采用新盖包装。由于新盖与旧容器相配字迹很难对齐,所以具有易识别的特性。

又由于激光器价格昂贵,一般的不法分子不愿投巨资购买设备,另外企业又可任意更换印字模板,具有一定的隐蔽性,故造假者更难以仿制。

(4) 以底纹防伪技术为基础的综合性防伪设计

以中高档系列白酒"津酒"的全套标签防伪解决方案为例,产品防伪标签的设计主要以底纹防伪技术为基础,结合了专色印刷、隐含图像、荧光油墨防伪技术等五种防伪技术。

其底纹防伪设计分别使用了团花、线宽变化、缩微字、互补色等模块相结合,即使使用超高精度的扫描仪、电分机或照相制版设备,也难以再现底纹的线条形态,充分体现了设计的唯一性。标签全部采用专色印刷,通过扫描等手段复制时,输出分色后专色线条会变成四色网点,色彩产生极大偏差,且线条粗细发生变化,用肉眼就可以轻易识别。采用双向可逆温变油墨印刷,如用手接触标签中的"津酒"二字,字迹会立即消失,停留片刻又会再现;采用湿敏油墨印刷的标签上的白色区域,若遇水也会立即消失,水迹干后又会再现。多层隐含图案是相对较高级的防伪技术,通过网点的随机变化产生特殊光纹效果,只有覆盖一张与其光纹相对应的蒙片,才能看到隐含的图文内容,并且随着蒙片角度的变化,会分别显示 2~3 种文字效果。

2. 香烟的防伪包装

相对于一般产品所应用的防伪技术而言,烟包对防伪技术有更高的要求。烟草企业一方面在包装材料的生产过程中掺入具有防伪特征的物质,另一方面是在印刷过程中采用防伪印刷技术。

专家提醒 无论采用何种方式,香烟防伪包装应满足以下三个基本要求:

① 难仿制性。要求防伪技术所涉及的设备技术含量高,工艺复杂,具有一定的时效性,避免香烟包装被仿制或被造假者再次利用。

② 易识别性。要求识别香烟包装真伪的方法简单快捷,适应于广大消费者借助视觉、手感等即可识别。

③ 防伪成本适度。

目前,激光全息和油墨防伪是最常见的防伪技术。用于烟包的全息产品主要有激光全息防伪标识、激光全息包装材料和激光全息烫印材料。烫印全息效果图案是已相当成熟并被广泛应用于烟包上的防伪方式之一。将三维全息技术与二维印刷技术完整地结合起来用于包装印刷的整体设计,将是烟草包装发展的一个趋势。

国外烟厂的防伪一般都大量使用防伪专用型 BOPP 烟膜。它用普通油墨印刷定点简单图案并定位包装,使烟膜图案覆盖烟盒图案,达到更好的防伪效果,并降低防伪成本。

浮凸印刷可以改善烟盒内衬的外观,质量优良的浮凸印刷难以复制,成为抵制假冒烟的防线。

特殊荧光化合物涂料的防伪方式,可应用于墨水和颜料中,并在各种印刷程序中运用,印品完成后借助专用工具可辨别其真伪。它的另一个特点是可与喷码设备结合而具备物流管理的功能。

下面介绍将纸张水印及安全线防伪技术与 UV 荧光材料防伪技术综合使用的烟包实用综合防伪方案。

(1) 烟用防伪封箱胶带

以一层带荧光纤维的水印纸为基材,经复合聚乙烯膜和涂布强力压敏胶可构成烟用防伪封箱胶带,用于烟箱外包装防伪。

(2) 烟用防伪拉线

在烟用拉线上涂布双波长荧光压敏胶和印刷双波长荧光油墨,在不同波长的紫外光照射下显现不同的光色,用于烟硬盒和烟条盒的防伪。

烟包拉线电码防伪技术是利用了现代计算机、网络通信、信息编码和高科技印刷技术及现代化管理等先进手段,进行烟包防伪的综合防伪技术。采用了数码加密技术,数码的生成由产品编码、密钥、防伪密码及校验位组成,保证了数据生成管理的安全和单一性。拉线数码印刷制作采用高科技数码印刷技术,实现了可变数码的连续印刷和单一显示功能,具备批量生产能力。查询识别系统由唯一的中央数据库构成查询网络,实现电话、互联网、手机短信息、触摸屏等查询方式,系统安全、可靠。

该技术结合烟草行业的特点,在不增加生产设备、不改变生产工艺、不降低生产效率的前提下,突破了传统烟草防伪产品易被批量仿冒的局限性,具有数码与产品唯一对应性及一次查询的特点,使造假者难以批量仿造。经初步实验研究和卷烟厂的批量试验验证,它是一种有效的防伪技术。适用于烟草行业卷烟的烟包、条包、箱包等包装产品的各种拆封拉线。

（3）防伪烟标条盒和封签

在烟商标、条盒和封签上印刷无色荧光防盗版图文，以防盗版、防复印。用于商标、条盒和封签的防伪。

（4）烟用防伪纸封签

用含有荧光纤维的防伪纸印刷烟盒封签，用于软包装防伪。

（5）烟草专用防伪准运证

采用荧光纤维、安全线和专用水印纸张，并在印刷时采用无色荧光油墨印刷手写文字等综合防伪技术，用于烟草行业专用准运证的防伪。

3．其他产品的防伪包装

（1）新型食品的防伪包装

日本三菱燃气化学公司研究成功食品新型防伪包装。这种防伪包装可广泛应用于粒状、粉状、焙烤和罐装食品。这种新型防伪包装有两种，一种是由信号显示，即在原封不动时呈绿色，一旦开封即变成红色；另一种是将氧化亚铁放在包装内，将氧气指示图形标志安装在透明盖内，一旦开放，包装内进入氧气，能使氧化亚铁转变成氧化铁，原来的圆形标识则会变色。

（2）酱油、醋的防伪包装——PET 塑料防伪瓶

PET 塑料防伪瓶的瓶身、瓶盖均有厂家商标或其他防伪标识，为防假冒，提高厂家信誉，从根本上杜绝假冒伪劣酱油、醋的生产，保护消费者权益提供了有利条件。

（3）茶叶的防伪包装

① 盒装茶叶的防伪包装。盒装茶叶一般有三层包装，其内包装是密封的塑料袋，以确保茶叶的密封；中包装大多是纸盒，其上一般印刷有漂亮的图案和文字说明，外包装一般是透明塑料纸或热收缩膜，起到强固纸盒和美观的作用。

对于普通盒装茶叶来说，热收缩膜是包装的最后一道工序，为了防伪可增加一道工序，就是在热收缩膜上烫印激光全息标识的工序。由于是包装的最后一道工序，那么购置必要的烫印设备是必需的，而这对于大部分制假者来说是不情愿的，这样企业就达到了防伪的目的。由于热收缩膜固有的特性，它的收缩比例是由包装物的形状和加热的温度决定的，利用预先印制的方法不能实现其上图案的完整，这样就能达到较好的防伪效果。

利用印刷品的分辨率也可以达到防伪的目的。一般印刷包装盒的分辨率越高，那么就需要高级的印刷机来印刷，低级的印刷机很难印刷出高分辨率的包装盒。企业如果在包装盒的某一部位印出密度最大的一组线条，并且标明：本组线条清晰易辨者为真品，否则为假冒品，那么也会起到一定的防伪作用。

② 袋装茶叶的防伪包装。解决塑料袋包装防伪的有效方法目前尚不多见，虽然有许多高新技术在袋装食品上使用，希望达到包装防伪的目的，但结果不甚理想。可以考虑将激光光刻机用于袋装茶叶的包装，激光光刻机价格昂贵，购买成本较高。激光光刻机的使用比较简单，就是在茶叶装袋封口以后用激光光刻机进行刻字，关键是要选用正确的刻字位置。按照经济防伪包装理论的三防设计原则，就要求将字刻制在横封与纵封的结合处并且保证字符骑缝。这种刻字方法事实上要求刻字必须在包装以后完成，也就是保证不购买激光光刻机就不能完成这道工序，从而保证防伪的效果。骑缝刻字后可以达到防旧、防新、防大的三防目的。

③ 听装茶叶的防伪包装。对于听装茶叶来说，可改变一下装潢印刷的次序，方法是先将茶叶装入筒内，盖好盖，而后再进行印刷，这样不仅保证了筒身和筒盖一体的装潢效果，而且因为印刷需要特定的设备投资，从而可以达到经济防伪包装的效果。

模块五 防震包装技术

一、防震包装方法

防震包装方法主要分为四种,即全面防震包装、局部防震包装、悬浮式防震包装和联合式防震包装。这里的防震主要以缓和冲击为目的,缓冲衬垫作为内装物和包装箱的中间介质,它的作用是吸收冲击能量,延长内装产品承受冲击脉冲作用的时间。这四种不同类型的防震包装方法,其特点和使用范围各异。

1. 全面防震包装

全面防震包装是指内装物与外包装之间全部用防震材料填充固定,对产品周围进行全面保护的方法。全面防震包装结构示意图如图 7-14 所示。根据所用防震材料或工艺方法的不同又可分为以下几种。

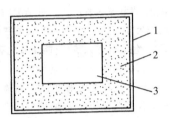

图 7-14 全面防震包装
结构示意图
1—外包装容器 2—防震材料
3—内装物

(1) 压缩包装法

压缩包装法又称为填充式包装法,是用弹性材料(如丝状、片状、粒状及小块状等)把易碎物品填塞起来或进行加固,达到吸收振动或冲击能量的目的。

(2) 裹包包装法

裹包包装法是采用各种类型材料的片材把单件内装物裹包起来放入外包装箱内。这种方法多用于小件物品的防震包装上。

(3) 浮动包装法

浮动包装法是用小块可以位移和流动的衬垫,有效地充满内装物直接受力部分的间隙,从而分散内装物所受的冲击力。这种方法与压缩包装法基本相同。

(4) 模盒包装法

模盒包装法是利用模具将发泡聚合物防震材料做成和产品形状一样的模盒包装制品达到防震作用的方法。这种方法多用于小型、轻质制品的包装。

(5) 现场发泡包装法

现场发泡包装法是在产品和外包装箱之间用特殊装置(如喷枪)充填发泡材料(以液体状态注入),并很快(10 s 后)发泡膨胀(不到 40 s 即可发泡膨胀到本身体积的 100~140 倍)、固化形成泡沫聚合物防震材料的包装方法。这些泡沫体对任何形状的物品都能包住。具体流程如图 7-15 所示,操作步骤如下:

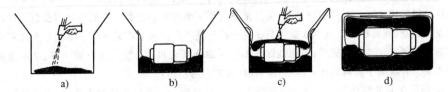

a)   b)   c)   d)

图 7-15 现场发泡包装法

① 用喷枪将异氰酸酯和多元醇树脂的混合物(聚氨酯)喷入包装箱底,待其发泡膨胀成面包状。

②　在继续发泡膨胀的泡沫体上迅速覆盖一层 2 μm 厚的聚乙烯薄膜,并将内装物放在泡沫体上成巢形。

③　在内装物上再迅速覆盖一层 2 μm 厚的聚乙烯薄膜,再继续喷入聚氨酯化合物进行发泡。

④　当泡沫塑料填充满包装箱后将箱封口。

2.　局部防震包装

局部防震包装是对被包装产品或内包装件的拐角、侧面或局部地用防震材料进行衬垫的方法,如图 7－16、图 7－17 所示。它的类型有面支承包装、棱支承包装、角支承包装、混合支承包装等。所用防震材料主要有泡沫塑料成形防震垫、充气塑料薄膜防震垫和橡胶弹簧等。

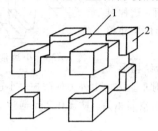

图 7－16　角衬垫式

1—内装物　2—角衬垫

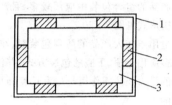

图 7－17　侧衬垫式

1—外包装箱　2—侧衬垫　3—内装物

这种方法可根据包装产品的特点,在最适合的部位进行防震,用最少的防震材料取得最好的防震效果,降低包装成本。它还可以把防震材料预先放在或黏结在包装箱内的适当部位,装入比较方便,因此本法适用于大批量物品的包装,是目前应用最广泛的一种包装方法,如电视机、洗衣机、仪器仪表等的包装。

3.　悬浮式防震包装

悬浮式防震包装是用带子、绳子、吊环或弹簧等把被包装物品悬吊在外包装容器内,使产品不与四壁接触,吊在外包装箱中,可使包装件在遭受外力作用时,产品在各个方向都能得到防震保护,如图 7－18 所示。

这种包装方法特别适用于精密、贵重、易损产品的包装,如大型电子计算机、大型电子管、制导装置等的包装。

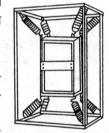

图 7－18　悬浮式防震包装

4.　联合式防震包装

缓冲包装在实际应用中常把两种以上的防震方法配合使用,有时还把异种材质的缓冲材料组合起来使用,使产品得到更充分的保护。如既加铺垫,又填充无定形缓冲材料的防震方法,将厚度相等的异种材料并联使用的防震方法等。这些都称为联合式防震包装。

二、防震包装应用实例

1.　纸浆模制品防震结构的主要形式

(1)　无边沿结构

边沿是指纸浆模制品模体结构在与成型模板工作面平行的表面上,结构体的最外缘周围边到结构体侧壁面之间的结构组成部分。边沿尺寸是指该结构组成部分的宽度值。在无边沿结构形式中,实际最小边沿尺寸均小于 2 mm。结构形式见图7－19。

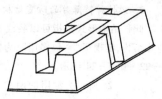

图 7－19　无边沿结构示意图

无边沿结构形式的纸浆模制品防震包装垫主要用于端部防震包装设计中,且以对称结构的包装形式居多。它可有效地控制结构变化对防震作用的影响,减少边沿受力变形后产生的局部变形及产品在包装内固定失效等问题。无边沿结构在侧向的防震作用主要来自整体结构中周边结构形状的选择与处理。周边结构的侧向壁面可以倾斜于或垂直于载荷方向,并且可以通过这一角度的调整获得需要的防震效果。

（2）小边沿结构

小边沿结构形式中,边沿尺寸通常为 8~15 mm,并且多以产品盛放的包装方式为主。在大多数应用中,产品的顶面通常与纸浆模包装结构的开口端表面平齐或略低于上端面。这种包装形式在成套产品的组合包装中应用较多,且产品形体尺寸相对较小。其结构形式见图 7－20。

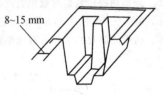

图 7－20 小边沿结构形式

作为防震垫用于较大产品的防震包装时,小边沿结构形式的纸浆模制品多应用上顶、下底的包装方式,并注重对垂直方向上外力的防护。小边沿结构形式在边沿方向上的受力及防震作用与边沿长度和可变形空间相关。防震作用是通过边沿及侧壁的变形同时实现的。

（3）翻沿结构

翻沿结构形式中,边沿结构向外侧延展并形成裙状外翻,使纸浆模制品模体结构在外观上形成较为完整的外侧壁。其结构形式见图 7－21。

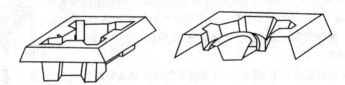

图 7－21 翻沿结构形式

翻沿结构形式虽然注重包装性能及整体美观性,但会在结构设计和模具加工上增加一些复杂程度,特别是当包装箱的内部尺寸已有限定的情况下,纸浆模模体的结构防震有效尺寸会因翻沿结构而在与工作模平行的表面上受到限制,增加模具在工作模板上的安装尺寸。

翻沿结构形式在边沿方向上的承载与变形不仅与边沿长度和可变形空间相关,还与翻沿结构中侧向结构体的变化密切相关,翻沿侧向结构体的变化决定着这种结构形式在侧向承载与防震性能方面的性质。尤其是侧向结构可选择的变化形式多,对调整这一方向的防震性能有很大灵活性,为防震设计提供了方便。

另外,还有腔室结构及组合结构形式、重载荷结构的纸浆模制品防震结构。

2. 弹性材料薄片的防震结构形式

此种结构形式是指可以装放不同规格、不同品种商品的一种防震包装,此设计采用弹性材料薄片结构,实现了"一包多用",为实现包装生产的批量化、降低成本创造了条件。其基本结构如图 7－22～图 7－24 所示。

图 7－25 所示为常用的两组弹性薄片对置的结构,可以使物体定位,进而实现防震缓冲保护。

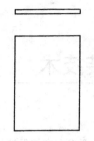

图 7-22　弹性薄片　　图 7-23　条形分割、弯曲状态的弹性薄片

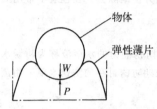
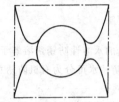

图 7-24　弹性薄片托卡物体的状态　　图 7-25　两组弹性薄片对置的结构

设计结构可分为 4 种形式,即一片式、双片式、三片式和四片式。

一片式(见图 7-26)即由一个弹性片与四条绳子组成,物体被弹性片托起,再由四条绳子绑住固定,其特点是操作简便、稳定、安全。

双片式(见图 7-27)即由两个弹性片组成,两个对置弹性薄片托起并固定物体,其特点是结构简单、成本低。

三片式(见图 7-28)即由三个弹性片组成,三个弹性片均布配置,托起并固定物体,其特点是适合于三角形外观的包装盒。

四片式(见图 7-29)即由四个弹性片组成,四个弹性片均布对置,托起并保护物体,其特点是可承受较大的作用力,提高安全性,但对比前三种结构,它结构复杂、成本高。

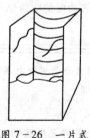
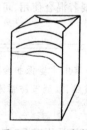
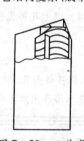
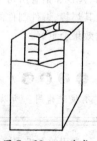

图 7-26　一片式　　图 7-27　双片式　　图 7-28　三片式　　图 7-29　四片式

专家提醒 防震包装设计的目的是为了保护产品,避免内装物受到冲击振动而发生破损。在实践中,防震包装设计要解决以下问题:

① 选择适当的缓冲材料并确定其尺寸。

② 对指定的材料确定其形状和尺小。

③ 比较若干不同品种材料防震效果的优劣。

④ 判断现有包装结构的合理性和可靠性。

模块六　防锈包装技术

一、防锈包装材料

对于防锈包装材料,除了要求它有较强的防锈能力外,还要求它在被保护的金属制品经过储存、运输、销售等环节到达消费者手中使用时,防锈材料能方便地除去。在包装中常用的防锈材料有以下几大类。

1. 防锈水

将一定量的水溶性防锈剂溶解于水中所得到的具有防锈能力的水溶液称为防锈水。根据防锈剂的不同,防锈水可分为有机防锈水和无机防锈水。长期防锈封存的防锈水要采用蒸馏水或去离子水作原料。

防锈水对金属的保护原理,可分为以下三种情况:

① 防锈剂与金属作用,在金属制品的表面生成不溶性的致密的氧化膜,抑制了金属的锈蚀,使其在金属制品表面形成完整的氧化膜,否则未被遮盖的部分锈蚀电流增大,会引起局部锈蚀加重,所以这类防锈又称为危险防锈剂。亚硝酸钠、重铬酸钠就属于这类防锈剂。

② 金属与防锈剂作用生成难溶性盐类,将金属与锈蚀介质隔开,从而达到保护金属的目的。碱金属的磷酸盐、硅酸盐对钢铁的防护作用就属于此类型。

③ 金属与防锈剂生成难溶性络合物,覆盖于金属表面,达到防锈的目的。苯并三氮唑对铜的保护即属于此类型。

用于防锈水的无机水溶性防锈剂常用的有亚硝酸钠,用于铁的防锈;铬酸盐及重铬酸盐,用于铜、铝、锌、镁及其合金制件的防锈;水溶性磷酸盐如六偏磷酸钠、磷酸钠、磷酸二氢钠等,对钢、铸铁和铝有防锈作用,但对铜等却有促进锈蚀的作用;硅酸钠用于钢、铸铁、锡、锑、铝等金属及其焊接、铆件制件的防锈。以上几种无机防锈剂若混合使用,可以达到多功能的防锈作用,防锈效果会更好。

专家提醒 大多数无机防锈剂只有在碱性介质中才能保护金属,在酸性介质中则对锈蚀有促进作用。所以,应在水溶液中加入少量碳酸钠,以调节防锈水的 pH 值。

常用的有机水溶性防锈剂有苯甲酸钠、苯甲酸铵,适用于钢、铁、铜的防锈;单乙醇胺和三乙醇胺,适用于钢铁的防锈;尿素也适用于钢铁的防锈。它们也可以互相配合使用。

2. 防锈油脂

普通矿物油常用来作为金属制品的暂时性防锈涂层,由于空气中的水分和氧气会透过油层而锈蚀金属,所以一般工业用的凡士林若涂 0.5 mm,防锈期仅有 6～12 个月,但若在油脂中加入少量防锈添加剂,便可大大提高防锈能力。防锈油脂就是在矿物油中加入油溶性防锈剂及其他助剂制得的一种防锈材料。防锈油脂取材容易,防锈效果好,成本低,是使用最广的一种防锈材料。各国对防锈油脂都非常重视,开展了大量的研究工作,如美国的防锈包装标准 Mil－P－116 中包括 20多种防锈材料,其中 18 种为防锈油脂;英国 BS 1133 中的 8 种防锈材料中,也有 6 种是防锈油脂,由此可见防锈油脂应用的广泛性。

防锈油脂的防锈作用是由防锈剂和基油两部分共同作用的结果。油溶性防锈剂的分子由两部分组成,一部分是长链烃基,它能使整个分子溶于基油;另一部分是使化合物具有保护性的官能团,如硝基、磺酸基、氨基、羧基、酯基等。油溶性防锈剂的保护性基团在金属表面被吸附,使金属的离子化倾向下降,从而减少了电化学锈蚀。另外,吸附层能使侵蚀介质与金属表面隔离,而基油在油溶性防锈剂吸附少的区域也进行物理吸附,并深入到油溶性防锈剂中间去与之一起形成完整的吸附膜,使吸附不牢的防锈剂分子不易脱落,基油还能与防锈剂一起形成缔合物,保障吸附膜具有一定的厚度。

目前,国内常用的防锈油脂的品种繁多。按油脂状态及用途可分为以下几种。

（1）置换型防锈油

置换型防锈油常用具有强吸附性的磺酸盐作为主要的防锈剂。它能牢固地吸附于金属制品的表面形成保护膜,防止外界锈蚀介质的侵入。同时,还具有置换性能,能置换金属表面上已沾附的水分和汗液,防止手汗对金属的锈蚀。置换型防锈油由于具有防锈、置换水分和汗液的能力,因而广泛用于机械加工的工序间断期防锈和长期防锈前的表面预处理。该类防锈油在使用时溶剂易挥发,应注意安全防火问题。常用的置换型防锈油有 901、72 - 1、72 - 2、661 等。

（2）溶剂稀释型防锈油

在防锈油中添加溶剂而制得的防锈油,称为溶剂稀释型防锈油。溶剂稀释型防锈油分为软膜油和硬膜油两种。这类防锈油由于含有易挥发的石油溶剂,当它涂敷在金属制品表面后,溶剂便自然挥发,在金属制品表面形成一层均匀的保护膜。

硬膜防锈油使用的成膜材料是沥青、树脂,溶剂挥发后形成不粘手、不粘灰尘杂质或不透明的薄膜。这类油品的防锈能力好,它实际上是一种能与汽油等石油溶剂溶解的自干性清漆。一般用于大型机械设备的表面防锈。常用的硬膜防锈油有硬 - 1 号和硬 - 2 号。

软膜防锈油使用的成膜材料为油脂,如羊毛脂及其衍生物、蜡、凡士林等,由于溶剂挥发后形成软膜,故称为软膜防锈油。这种防锈油有较好的防锈性能和成膜性,主要用于机床、导轨、工具、轴承等钢铁材料的防锈封存,有效期为 2～4 年。常用的型号有 2 号软膜油、7424 防锈油。

（3）封存防锈油

封存防锈油是液体防锈油的一种,分全浸型和涂覆型两类。

沪石 101 防锈油属于全浸型,它是以黏度比较低的变压器油为基油,添加少量石油磺酸钡、环烷酸锌等防锈剂制成的,主要用于精密轴承的全浸防锈封存。

涂覆型封存防锈油习惯上又称为薄层防锈油,这是相对于凡士林厚膜防锈油而言的。如 901、BM - 16、532 等,这类防锈油具有防锈时间长、油膜薄而透明、用量少等优点,主要适用于黑色、非铁金属制品的防锈封存,如轴承、工具、军械等的室内外长期封存。

（4）气相防锈油

气相防锈油又称为挥发性防锈油,是将油溶性气相缓蚀剂溶于矿物油而制得的防锈油。它既有良好的接触防锈性能,又有良好的不接触防锈性能。主要用于发动机、传动装置、齿轮箱、空压机以及各种金属容器的密封装置内腔金属表面的防锈。常用型号有气相防锈剂 1 号和 2 号。

（5）防锈脂

防锈脂是一种在常温下呈脂状的防锈材料。它主要是由润滑油和凡士林组成成膜材料，另外加入少量防锈剂、抗氧剂、分散剂等构成。防锈脂分为热涂型和常温涂覆型两种。目前常用的防锈脂有 210 脂、905 脂、501 脂等，主要用于轴承、工具、机械等金属制品的长期防锈。

（6）水溶性防锈油

水溶性防锈油是一种含有防锈剂、乳化剂的油品，使用时用水稀释变为乳化状，故又称为乳化型防锈油。它具有成本低、使用安全等特点，主要用于工序间防锈，也可作为封存用油。常用型号有跃进 22 号和备战 1 号等。

乳化型防锈油常用水稀释成乳化液使用。在乳化液中，既含有大量的水，又含有不少的油，油与水一般互不相溶，为了使它们形成稳定的乳化液，需要加入表面活性剂吸附在两界面上，形成吸附层。吸附层的分子具有一定的取向性，其极性基团朝水，非极性基团朝油。这样使油-水界面张力下降，使表面自由能下降，从而减少油滴自动聚结的趋势。与此同时，乳化剂分子又在弥散相液滴周围形成坚固的保护膜，这层保护膜具有一定的强度，当弥散相液滴碰撞时，保护膜能够阻止液滴的聚结，使乳化液稳定。

3. 气相防锈剂

气相防锈剂（vapor phase inhibitor, VPI）又称为气相缓蚀剂或挥发性缓蚀剂，它是一种在常温下自行挥发的物质。当挥发的气体充满密封的包装空间，并吸附在金属制品表面上时，形成一层连续的对金属有缓蚀作用的薄膜，从而达到抑制大气对金属的锈蚀作用。

（1）气相防锈剂的优点

① 由于气相防锈剂无孔不入，所以对那些形状复杂，有缝隙、小孔的金属制品特别适用。

② 封存工艺简单，包装时不需要特殊的工艺设备。

③ 长、短期防锈均可，防锈效果好，包装成本低。

④ 使用方便。例如用于武器的封存，启封后可以不进行特殊的勤务处理就能投入使用。

（2）气相防锈剂的种类

① 无机化合物。例如氨水、碳酸铵、碳酸氢铵、铬酸铵等。这些气相防锈剂一般在水解后生成氨，然后逐渐向空间扩散，并溶于金属表面的水膜中，形成碱性的氢氧化铵溶液膜，从而对金属起保护作用。

② 有机化合物。

a. 有机胺的无机盐。如亚硝酸盐、铬酸盐、磷酸盐、碳酸盐等。

b. 有机酸的胺盐及亚胺盐和酯类。如苯甲酸单乙醇胺、苯甲酸三乙醇胺、苯甲酸铵、铬酸叔丁酯等。

③ 有机酚及其衍生物。如邻硝基酚、邻硝基酚钠盐、邻硝基酚乙烯五胺等。

④ 有机杂环化合物。如苯并三氮唑、双苯并三氮唑、烷基苯并三氮唑等。

⑤ 其他有机化合物。如环己胺、二环己胺、三乙醇胺、尿素等。

（3）常用的几种气相防锈剂

① 亚硝酸二环己胺（VIP-260）。亚硝酸二环己胺常温下为白色至淡黄色的结晶状物质，熔点为 175 ℃，化学式为 $(C_6H_{11})_2NH \cdot HNO_2$，能溶于水及有机溶剂。在水中的溶解度随温度的升高而增大。水溶液的 pH 约等于 7。它的蒸气压较低，25 ℃时为 2.66 MPa。它的挥发速度随温度的升高而增大，也与风速和包装等有关。亚硝酸二环己胺是国内外公认的对钢铁材料最优良的防锈剂。但它对镁、锌、铝、铜及铜的合金则有一定的腐蚀作用。

② 碳酸环己胺（CHC）。碳酸环己胺为白色粉末，熔点为 110.5 ~ 111.5 ℃，有氨味，无毒，化学式为 $(C_6H_{11}NH_2) \cdot H_2CO_3$。易溶于水及一般有机溶剂，水溶液呈碱性。它的挥发速度极快，在 25 ℃时其蒸气压比亚硝酸二环己胺大 2 000 余倍，碳酸环己胺的挥发性随温度升高而迅速增大，它能迅速地充满包装空间，很快对金属制品起到保护作用，由于其蒸气压过大，易从包装容器中泄漏，所以它不能单独用于长期封存，常与亚硝酸二环己胺混合使用，能消除亚硝酸二环己胺蒸气压小、扩散慢的不足，起到很好的防锈效果。

碳酸环己胺对钢、铸铁、铝、铬、锡等金属有一定的防锈效果，但对铜、镁则加速腐蚀。

③ 苯并三氮唑（BTA）。苯并三氮唑是一种无色絮状或针状结晶，无臭，熔点为 95 ~ 98 ℃，化学式为 $C_6H_5N_3$，在温度为 98 ~ 100 ℃时升华。易挥发，在温度为 30 ℃时的蒸气压比亚硝酸二环己胺大 100 倍。能溶于醇、苯等极性溶剂中，溶于水，其水溶液 pH 值为 5.5 ~ 6.5。

苯并三氮唑对铜及铜的合金的防锈性能好，对锌及镀锌、镀镉等制品有一定的防锈效果，为了适应对钢和其他金属的防锈，苯并三氮唑常与乌洛托品、亚硝酸二环己胺等气相防锈剂混合使用。

④ 尿素。尿素为白色结晶体或颗粒状物，无臭、无味、无毒。分子式为 $CO(NH_2)_2$，在空气中能潮解，在真空中能升华，加热时分解成 CO_2 和 NH_3，分解温度为 132.7 ℃。尿素一般不单独作为气相防锈剂使用，常与亚硝酸钠、苯甲酸钠混合使用，作为工序间的防锈，主要用于钢铁材料的气相防锈。

4. 可剥性塑料

可剥性塑料是一种以塑料为成膜材料，再添加防锈剂、增塑剂等多种辅助材料制成的复合材料，用以阻隔外界锈蚀介质对金属制品的锈蚀。

可剥性塑料涂覆于金属制品表面后形成一层薄膜，同时在塑料膜与金属之间析出一层防锈油膜，再起到一种防锈作用，并降低可剥性塑料膜的附着力，使其在启封时很容易从金属表面剥掉外层塑料膜。

可剥性塑料是三大防锈包装材料之一（防锈油脂、气相防锈剂、可剥性塑料），它是 20 世纪 40 年代开发的一门防锈技术。它具有拆封容易、使用方便、防锈期长、适应性好的优点。

（1）可剥性塑料的组成

① 成膜剂。成膜剂是可剥性塑料的主要成分，成膜物质是确定可剥性能的关键材料。一般要求成膜性能好，具有较高的机械强度，耐水、耐热、耐寒和化学稳定性好，并能与其他添加剂均匀混合或互溶。

常用的成膜材料有乙基纤维素、过氯乙烯、聚氯乙烯等。

② 增塑剂。增塑剂主要是用来降低聚合物分子间的引力，增强塑性，降低脆性。优良的增塑剂与各组成成分有良好的互溶性，挥发性小，在光、热或紫外光照射下稳定，并有较高的塑性，无毒，无臭，不易燃烧。

常用的增塑剂有邻苯二甲酸二丁酯、邻苯二甲酸二辛酯、蓖麻油等。

③ 稳定剂。稳定剂用来阻止或减缓可剥性塑料在光、热、氧等因素下的老化分解。常用的稳定剂有二苯胺、硬脂酸钙等。

④ 缓蚀剂。可剥性塑料防止金属锈蚀除了靠塑料成膜来阻隔外界介质外，还依靠溶解于润滑油中的缓蚀剂的吸附作用。缓蚀剂基团在油和金属表面形成定向紧密排列，从而减轻金属的锈蚀作用。常用的缓蚀剂有羊毛脂、石油磺酸钡、环烷酸锌等。

除了上述几种组分外，可剥性塑料中还有润滑剂、防水剂、防霉剂等组分。

（2）可剥性塑料的种类

① 热熔型可剥性塑料。热熔型可剥性塑料是由树脂加热熔化后与其他添加剂混溶而成的透明防锈涂层材料。此类可剥性塑料使用时要加热到160℃左右才能熔化。一般采用浸涂法,冷却后可在金属表面形成1.0～2.0mm厚的塑料膜。涂层有弹性、光洁、柔韧、机械强度较高、防锈性能好的特点。但由于需要较高的温度浸涂,对于大型、多孔、外形复杂或受热易损的制品不易使用。

② 溶剂型可剥性塑料。溶剂型可剥性塑料是将树脂、多种添加剂同时溶解于溶剂中制得的常温下呈液态的防锈材料。溶剂型可剥性塑料使用时不用加热设备和温控装置,在常温下即可浸涂或喷涂。把它涂敷在金属制品表面,溶剂挥发后即成0.2～1.0mm厚的塑料膜。溶剂型可剥性塑料具有热熔型可剥性塑料的多数特点,虽然防锈能力不及热熔型可剥性塑料,但由于是在常温下涂敷使用,因此扩大了其使用范围。

可剥性塑料与上述几种防锈材料相比,具有涂抹柔韧性好、机械强度高、耐摩擦性好、防锈期长、耐候性好、使用方便等优点。

5. 防锈包装材料的选择原则

防锈包装材料的种类很多,如果选择不当,不但不能达到对制品的防锈要求,甚至还可能带来不利的影响。一般来说,选择防锈包装材料应考虑的主要因素有以下几方面:

（1）与产品特性相适应

产品是被保护的中心,对它们的保护也要因性质不同而各异。在选择防锈包装材料时,首先应了解产品的特性,只有彻底了解产品的特性,才能"对症下药"。例如对于金属铜和钢铁制品的防锈材料是不同的,用橡胶包装的金属制品不能用防锈油脂防锈,精密仪器、光学仪器不能使用气相防锈剂防锈等。

（2）有可靠的保护性

为了确保产品的防锈性能可靠,应根据产品流通环境及储存条件、时间等,选择适当的防锈材料,保证产品的防锈期。

（3）经济性

选择防锈包装材料还应充分考虑到产品的自身价值,进行经济合理的防锈包装。

二、防锈包装方法

金属制品的锈蚀主要是由电化学锈蚀造成的,电化学锈蚀主要是由于金属表面的电化学反应不均匀性,当金属制品表面和大气接触时,形成锈蚀电池。为了防止金属制品锈蚀,最有效的防锈包装技术就是设法消除锈蚀电池的产生条件。

防锈包装技术不同于改变金属的结构、金属镀层等"永久"防锈方法,它是指保护金属制品在经运输、储存、销售等流通环节到达消费者手中使用,这个过程中的"暂时"防锈。说其"暂时"并不是指其防锈时间短,防锈包装的防锈期可以从几个月到十几年。

防锈包装的工艺通常按下列程序进行:除锈→清洗→干燥→防锈包装。

1. 除锈

在实际的防锈包装中除锈工序常与清洗工序合并进行,即在清洗液中加入除锈剂。除锈方法可以分为物理除锈和化学除锈两大类。

（1）物理除锈

物理除锈又分为人工除锈和机械除锈两种方法。

① 人工除锈。用钢刷、铁锉、刮刀、纱布、砂纸等除锈。此法方便、简单易行,但是不适于小型及大批量金属制品的除锈。

② 机械除锈。使用砂轮、布轮和喷射法除锈。砂轮除锈法只能对非加工面使用。布轮除锈可对表面镀层或表面粗糙度值较小、表面平整的金属制品除锈。喷射法是使用强力将砂粒(海砂、河砂等)喷射在金属表面,借其冲击与摩擦的作用除锈的方法。喷射法适用于大型制品的除锈,特点是除锈效率高,成本低。

（2）化学除锈

化学除锈可分为酸洗和碱洗两种除锈方法。酸洗应用较广泛。

酸洗法是将金属制品浸渍在各种酸(硫酸、盐酸、硝酸、磷酸等)的溶液中,酸与金属锈蚀物发生化学作用,使其脱离金属表面的方法。其优点是不会引起金属制品的变形,处理的表面不粗糙,操作简便,效率高,除锈完全。适用于大量小型金属制品的除锈。但对金属表面有腐蚀作用,容易影响制品的表面粗糙度。

碱洗除锈是在含有苛性钠、羟基乙酸、络合剂及起泡剂等的溶液中进行的除锈方法。碱洗法不腐蚀金属表面,所以表面光洁,适用于钢铁、铜及锌等非铁金属制品的除锈。

2. 清洗

除锈后进入清洗工序。金属制品在机械加工、表面处理、装配和检验等过程中,在金属制品表面和缝隙中不可避免会沾上灰尘、切屑、磨料、切削液、手汗、油脂及酸、碱、盐等污物,这些污物都会导致金属锈蚀并影响防锈包装效果,必须除去,因此,清洗是防锈包装的关键步骤之一。清洗不彻底甚至可能造成防锈的失败。

清洗剂按性质可分为石油及有机溶剂清洗剂和水基清洗剂两大类。也可细分为石油溶剂、卤代烃溶剂、碱性溶剂和非离子表面活性剂等。

（1）清洗剂

① 石油溶剂。

a. 汽油。清洗用的常用汽油型号有 200 号、160 号、120 号。含铅的汽油不能作为清洗剂。汽油易挥发、清洗效率高、除油脂能力强,是常用的清洗剂之一,主要用于钢、铁及非铁金属的清洗。由于汽油的易燃性,使用时要特别注意安全防火。

b. 煤油或轻柴油。煤油对非极性的矿物油有良好的去污能力,但对动植物油脂的去污能力不理想。对水溶性无机盐等污物无效。适用于一般制品和零件的清洗,常采用浸洗和喷洗。

② 卤代烃类溶剂。

a. 三氯乙烯。三氯乙烯的沸点低,易挥发,但不燃烧,具有一定的毒性,吸入少量可引起昏睡,吸入大量会使人失去知觉。三氯乙烯的除油脂能力极强,是汽油的 40 倍。清洗时要用清洗机进行蒸气清洗。

b. 四氯化碳。四氯化碳具有强脱脂能力,但毒性很大,不宜多用。

③ 碱性清洗液。碱性清洗液因材料来源广泛、成本低、安全可靠等优点广泛用于清除粗件制品表面的轻度油污及某些无机盐污染物。其不足之处是对某些金属(如铝、铜等)易引起变色和腐蚀。对形状复杂、多孔或深孔的零件,清洗后残碱难以去除。

④ 非离子型表面活性剂。非离子型表面活性剂具有去污力强、不易挥发、溶液稳定、不易燃烧、节能、环保等优点。它是近年来国内外大力发展的水基型清洗剂。常用型号有 6501、TX－10、6503、105、664 清洗剂。

（2）清洗方法

① 溶剂清洗法。在室温下,将金属制品全浸、半浸在石油溶剂或非石油溶剂中,用刷洗、摆洗、擦洗、喷洗等方式进行清洗,大件制品可采用喷洗或刷洗。

② 汗迹清洗法。为了除去金属制品表面的汗迹,可以采用石油溶剂稀释的置换型防锈油浸洗、刷洗或摆洗。高精密小件制品可在适当的装置中用温甲醇浸洗。

③ 碱液清洗法。碱液清洗法是将精密度要求不是很高的金属制品浸渍在碱性清洗液中浸洗、煮洗或压力喷洗,然后用热水充分清洗,除去残碱。

④ 乳化剂清洗法。乳化剂清洗法是利用乳化剂作为清洗剂,将制品置于清洗液中浸洗或压力喷洗。

⑤ 表面活性剂清洗法。表面活性剂清洗法是将制品放在离子型表面活性剂或非离子型表面活性剂的水溶液中进行浸洗、刷洗、压力喷洗。它既能清洗油污,又可清洗水溶性污物,具有去污能力强、溶液稳定、不易燃烧、无毒性、经济等优点。

⑥ 蒸气脱脂清洗法。蒸气脱脂是选用适宜的卤代烃清洗剂,在蒸汽机或其他装置中对制品进行蒸气脱脂。

专家提醒 选用的清洗剂应不腐蚀金属,容易从金属表面挥发,并易将油污溶解。一般在蒸气脱脂清洗后,不需再进行干燥,清洗质量较高。但是凡带有橡胶、塑料或有机涂层的组件均不适合采用此种方法清洗。此外,清洗用的多数溶剂有毒,使用时要特别注意安全。

⑦ 超声波清洗法。超声波清洗法是将制品浸渍在各种清洗液中,利用超声波设备进行清洗。超声波清洗的效率高、速度快、清洗质量好,可以减轻劳动强度,降低生产成本。它的清洗质量与设备的功率、频率、清洗介质、清洗温度和清洗时间等因素有关。

三、防锈包装的应用及发展趋势

1. 防锈包装的标准及分类

（1）防锈包装方法（GB/T 4879—1999）

防锈方法见表7-3,包装方法见表7-4。

表7-3　防锈方法

代号	名　称	方　法
F1	防锈油脂浸涂法	将产品完全浸渍在防锈油中,涂覆防锈油膜
F2	防锈油脂刷涂法	在产品表面刷涂防锈油脂
F3	防锈油脂充填法	在产品内腔充填防锈油脂,充填时应注意使内腔表面全部涂覆,且应留有空隙,并不应泄漏
F4	气相缓蚀剂法	按产品的要求,采用粉剂、片剂或丸剂状气相缓蚀剂,散布或装入十净的布袋或盒内
F5	气相防锈纸法	对形状比较简单而容易包扎的产品,可用气相防锈纸包封,包封要求接触或接近金属表面
F6	气相防锈塑料薄膜法	产品要求包装外观透明时采用气相防锈塑料薄膜袋热压焊封

表 7-4　包装方法

代号	名　称	方　法	适用等级
B1	一般防潮、防水包装	制品经清洗、干燥后，直接采用防潮、防水包装材料进行包装	3 级包装
B2 　B2-1 　B2-2 　B2-3 　B2-4	防锈油脂的包装 涂覆防锈油脂 涂防锈油脂,包覆防锈纸 涂防锈油脂,塑料袋包装 涂防锈油脂,铝塑薄膜包装	制品直接涂覆硬膜防锈油脂,不需采用内包装 　制品涂覆防锈油脂后,采用耐油性、无腐蚀内包装材料包封 　制品涂防锈油脂后,装入塑料薄膜制作的袋中,根据需要用黏胶带密封或热压焊封 　制品涂防锈油脂后,装入铝塑薄膜制作的容器中,热压焊封	3 级包装 3 级包装 1 级包装 2 级包装 1 级包装 2 级包装
B3 　B3-1 　B3-2 　B3-3	气相防锈材料包装 气相缓蚀剂包装 气相防锈纸包装 气相塑料薄膜包装	使用粉剂、片剂、丸剂状的气相缓蚀剂的方法与 F4 相同 　与 F5 相同。必要时,再加密封包装 　与 F6 相同	1 级包装 2 级包装 3 级包装
B4 　B4-1 　B4-2 　B4-3	密封容器包装 金属刚性容器密封包装 非金属刚性容器密封包装 刚性容器中防锈油浸泡的包装	制品涂防锈油脂后,用防锈耐油脂包装材料包扎和充填缓冲材料,装入金属刚性容器密封。需要时,可作减压处理 　采用防潮包装材料制作的容器,将防锈后的制品装入,用热压焊封或其他方法密封 　制品装入刚性容器(金属或非金属)中,用防锈油完全浸渍,然后进行密封	1 级包装 2 级包装
B5	密封系统的防锈包装	制品内腔密封系统刷涂、喷涂或注入气相防锈油。气相防锈油的用量通常按内腔空间计算,以 6 kg/m³ 为宜	3 级包装
B6 　B6-1 　B6-2	可剥性塑料包装 涂覆热浸型可剥性塑料包装 涂覆溶剂型可剥性塑料包装	制品长期封存或防止机械碰伤,采用涂覆热浸可剥性塑料包装。需要时,在制品外按其接头包扎无腐蚀的纤维织物(布)或铝箔后,再涂覆热浸型可剥性塑料 　制品的孔穴处充填无腐蚀性材料后,在室温下一次涂覆或多次涂覆溶剂型或可剥性塑料。多次涂覆时,每次涂覆后必须待溶剂安全挥发后,再涂覆	1 级包装 2 级包装
B7	贴体包装	制品进行防锈后,使用硝基纤维、醋酸纤维乙基丁基纤维或其他塑料膜片作透明包装,真空成型	2 级包装
B8	充氮包装	制品装入密封性良好的金属容器,非金属容器或透湿度小、气密性好、无腐蚀性的包装材料制作的袋中,充氮密封包装。制品可密封内腔,经清洗、干燥后,直接充氮密封	1 级包装 2 级包装
B9 　B9-1 　B9-2	干燥空气封存包装 刚性容器干燥空气封存 套封包装	制品进行防锈后,放入防潮包装材料制作的容器中,并在容器中放入干燥剂,然后密封金属刚性容器,按 B4-1 方法进行,非金属刚性容器按 B4-2 方法进行 　制品进行防锈后,需要时进行包扎和缓冲,与干燥剂一并放入铝箔复合材料等包装容器中密封。必要时可施行内部减压和充氮	1 级包装

（2）防锈包装等级

根据金属制品的重要性和储运要求等，GB/T 4879—1999《防锈包装》将防锈包装制品分为三个等级，见表 7 - 5。

表 7 - 5　防锈包装等级

级别	防锈期限	要　　求
1 级包装	3 ~ 5 年	水蒸气很难透入，透入的微量水蒸气被干燥剂吸收。产品经防锈包装的清洗、干燥后，产品表面完全无油污、水痕
2 级包装	2 ~ 3 年	仅少量水蒸气可透入。产品经防锈包装的清洗、干燥后，产品表面完全无油污、汗迹及水痕
3 级包装	2 年内	仅有部分水蒸气可透入。产品经防锈包装的清洗、干燥后，产品表面无污物及油迹

2. 防锈包装的应用

防锈包装主要应用于机械制品的包装，表 7 - 6 ~ 表 7 - 13 列举了各种典型机械制品的防锈包装。

表 7 - 6　各种典型机械制品的防锈包装举例 1

轴承防锈包装方法	制品类型	防锈效果	适用防锈包装方法标准	防锈等级
防锈油脂 + 防锈内包装材料（石蜡纸、牛皮纸、苯甲酸钠纸、聚乙烯薄膜袋等）	轴承	1 ~ 3 年	B2 - 2 B2 - 3	1/2
气相缓蚀剂（粉剂） + 聚氯乙烯袋	轴承	2 ~ 3 年	B3 - 1	2
气相水剂 + 气相纸 + 塑料袋密封	轴承	1 ~ 3 年	B3 - 2	1/2
塑料管 + 防锈油浸泡	轴承	2 ~ 3 年	B4 - 2 B4 - 3	2

表 7 - 7　各种典型机械制品的防锈包装举例 2

汽车零件防锈包装方法	制品类型	防锈效果	适用防锈包装方法标准	防锈等级
硬膜油封	轴瓦	1 年	B2 - 1	3
防锈油脂 + 防锈内包装材料（牛皮纸、蜡纸、塑料袋）	缸体、凸轮轴、齿轮、液压泵心套等	1 ~ 3 年	B2 - 2 B2 - 3	1/2
防锈脂封存	曲轴	1 年	B2 - 1	3
气相防锈纸 + 防潮纸	活塞销、曲轴、连杆总成、气缸体总成等	1 ~ 2 年	B3 - 2	2/3
气相防锈纸 + 塑料袋	活塞销	2 ~ 3 年	B3 - 2	2
蜡封 + 包纸 + 纸盒	轴瓦、凸轮轴	0.5 ~ 1 年		3
塑料袋封存	铝合金活塞		B1	3

表 7 - 8　各种典型机械制品的防锈包装举例 3

机床防锈包装方法	制品类型	防锈效果	适用防锈包装方法标准	防锈等级
涂防锈油 + 贴中性蜡纸（或苯甲酸钠纸）	镗床、摇臂钻床、滚齿机	2 年	B2 - 2	2
油封 + 防潮纸或塑料薄膜	摇齿机、铣齿机、刨齿机	1 ~ 2 年	B2 - 2 B2 - 3	2/3
涂防锈油 + 贴中性蜡纸	C5623 车床等	2 年	B2 - 2	2
油封 + 塑料薄膜	大、中型机床	1 ~ 2 年	B2 - 3	2/3
涂防锈油 + 中性蜡纸 + 塑料罩	车床	1 ~ 2 年	B2 - 2 B2 - 3	2/3
涂防锈脂 + 苯甲酸钠纸或塑料复合纸	磨床	2 年	B2 - 2 B2 - 3	2
热涂防锈脂	机床、导轨面、主轴箱等	1 年	B2 - 1	3
溶剂稀释型防锈油喷涂	铣床	1 年	B2 - 1	3
凡士林 + 石蜡热涂	卡盘	0.5 年	B2 - 1	3
涂 201 防锈脂	坐标铣床附件箱	1 ~ 2 年	B2 - 1	2/3
涂防锈脂 + 玻璃纸包装			B2 - 2	
防锈纸包装	磨床专用工具		B2 - 1	
浸气相防锈水			B3	

表 7 - 9　各种典型机械制品的防锈包装举例 4

工、量、刃具制品防锈包装方法	制品类型	防锈效果	适用防锈包装方法标准	防锈等级
浸 22# 水剂防锈油 + 聚乙烯复合纸包装 涂量具脂 + 聚乙烯塑料袋包装 涂量具脂 + 苯甲酸钠纸包装 涂量具脂 + W41 气相防锈纸 + 塑料袋包装	刃具制品 量具制品 量块制品 仪表制品	2 年以上	B2 - 3 B2 - 3 B2 - 2 B2 - 2 B3	2
浸气相防锈水 + 气相防锈纸 + 聚乙烯袋包装 BB - 16 防锈油封存 干燥封存	刃具制品 量具制品 量具制品	3 ~ 5 年	B3 B1 B9	1
11# 复合气相防锈纸包装 气相防锈纸 + 聚乙烯袋包装	刃具制品 量具制品		B3 B3	
涂薄层油 + 聚乙烯薄膜 + 纸盒包装 15# 气相复合防锈纸 + 纸盒包装	直柄钻头 丝锥、板牙		B2 - 3 B3	
涂防锈油 + 塑料袋包装 涂防锈油 + 气相塑料袋包装 浸气相防锈水 + 气相防锈纸包装	刃具制品 量具制品		B2 - 3 B2 - 2 B3	

表7-10　各种典型机械制品的防锈包装举例5

光学仪器防锈包装方法	制品类型	防锈效果	适用防锈包装方法标准	防锈等级
油封+防潮纸+气相防锈纸+塑料容器	7J1、6W、9JA 等		B2-2 B3 B4-3	
涂907脂+苯甲酸钠纸或电容器纸包装 涂907脂+苯甲酸钠纸+铝塑料薄膜罩或可发性聚苯乙烯塑料盒包装	万能工具显微镜、测长仪、折射仪等		B2-2 B2-2 B2-3 B4 B9	

表7-11　各种典型机械制品的防锈包装举例6

重型机械防锈包装方法	制品类型	防锈效果	适用防锈包装方法标准	防锈等级
油封+防潮纸或塑料薄膜包装	重型机器		B2-2 B2-3	
涂907冷涂脂+F20-1油封存 涂F20-1油+1#气相防锈纸或19#气相防锈纸包装	重型机器库存产品		B2-1 B2-2 B3	
涂防锈油脂+气相缓蚀剂+气相防锈纸包装	重型机器及设备		B2-1 B3-1 B3-2	
防锈油封存 油封+气相防锈纸+塑料膜包装	锻压,矿山,轧钢设备		B2-1 B2-2 B2-3	
油封+防潮纸或中性石蜡纸包装 气相防锈纸+塑料薄膜包装或可剥性塑料包装	重型机械		B2-2 B3 B6	
防锈纸封存	重型机械		B2-1	
防锈油封存 气相防锈纸包装	重型机械		B2-1 B3	
防锈油脂封存 防锈油脂+苯甲酸钠纸+塑料薄膜包装	压延设备		B2-1 B2-2	
防锈纸+防潮纸	钻机、卷扬机、轧钢机、选煤设备		B2-2	

表7-12　各种典型机械制品的防锈包装举例7

航空及武器器材防锈包装方法	制品类型	防锈效果	适用防锈包装方法标准	防锈等级
防锈油封存+石蜡纸或牛皮纸+中性牛皮纸 防锈油+PE或铅塑封套	成品零件整机产品	3~5年 7~10年	B2-2 B2-4	1

（续）

航空及武器器材防锈包装方法	制品类型	防锈效果	适用防锈包装方法标准	防锈等级
防锈油 + 防潮纸（蜡纸、牛皮纸、塑料薄膜） 干燥空气封存	锻、铸件等 成品	2 年 5 年	B2 B9	
11# 复合气相防锈纸 + 塑料袋封		3 ~ 5 年	B3	1
防锈油封存 15# 气相防锈纸包装	内燃机 轴承		B1 B3	
涂防锈油 + 塑料袋封 涂防锈油 + 金属罐（干燥空气封存或充氮封存）	黑色、非铁金属制品	2 ~ 5 年	B2 - 3 B9 B8	1/2
P - VCI 气相防锈纸封存	硅钢片	3 ~ 5 年	B3	1
涂防锈油 + 蜡纸或牛皮纸包装		1 年	B2 - 2	3
油封 + 二层石蜡纸 + 一层羊皮纸包装		1 ~ 2 年	B2 - 2	2/3
油封 + 蜡纸包封 + 塑料薄膜或铝塑薄膜包装		2 ~ 5 年	B2	1/2

表 7 - 13　各种典型机械制品的防锈包装举例 8

其他机械制品防锈包装方法	制品类型	防锈效果	适用防锈包装方法标准	防锈等级
油封 + 中性防锈纸包装	汽轮机零部件	1 ~ 2 年	B2 - 2	2/3
防锈油封存 + 二醋酸纤维素 + 塑料成型片焊接	油嘴、液压泵		B2 - 3 B7	
涂防锈油 + 塑料薄膜黏胶带封包溶剂型可剥性塑料（冷喷涂）包装	水轮发电机组	2 ~ 3 年	B2 - 3	2
防锈脂（201 脂）封存	标准件		B2 - 1	

参 考 文 献

[1]　王志伟.食品包装技术[M].北京:化学工业出版社,2008.

[2]　吴艳芬,叶海精.包装工艺[M].北京:中国轻工业出版社,2009.

[3]　金国斌,张华良.包装工艺技术与设备[M].2版.北京:中国轻工业出版社,2009.

读者信息反馈表

感谢您购买《包装工上岗就业百分百》一书。为了更好地为您服务,有针对性地为您提供图书信息,方便您选购合适图书,我们希望了解您的需求和对我们教材的意见和建议,愿这小小的表格为我们架起一座沟通的桥梁。

姓　　名		所在单位名称		
性　　别		所从事工作(或专业)		
通信地址			邮　编	
办公电话			移动电话	
E-mail				

1. 您选择图书时主要考虑的因素:(在相应项前画√)

(　)出版社　　　(　)内容　　　(　)价格　　　(　)封面设计　　　(　)其他

2. 您选择我们图书的途径(在相应项前面√)

(　)书目　　　(　)书店　　　(　)网站　　　(　)朋友推介　　　(　)其他

希望我们与您经常保持联系的方式:

　　　　　　□　电子邮件信息　　□　定期邮寄书目
　　　　　　□　通过编辑联络　　□　定期电话咨询

您关注(或需要)哪些类图书和教材:

您对我社图书出版有哪些意见和建议(可从内容、质量、设计、需求等方面谈):

您今后是否准备出版相应的教材、图书或专著(请写出出版的专业方向、准备出版的时间、出版社的选择等):

非常感谢您能抽出宝贵的时间完成这张调查表的填写并回寄给我们,我们愿以真诚的服务回报您对机械工业出版社技能教育分社的关心和支持。

请联系我们——

地址:北京市西城区百万庄大街 22 号　　机械工业出版社技能教育分社

邮编:100037

编辑电话(010)88379078

社长电话(010)88379080　88379083　68329397(带传真)

E-mail cmpjjj@ vip.163.com